# 꿈꾸는 20대

워킹홀리데이 100배 활용하기

# 꿈꾸는 20대

초판 1쇄 인쇄    2009년 12월 01일
초판 1쇄 발행    2009년 12월 10일

지은이 | 백원선
펴낸이 | 손형국
펴낸곳 | (주)에세이퍼블리싱
출판등록 | 2004. 12. 1(제315-2008-022호)
주소 | 157-857 서울특별시 강서구 방화3동 822-1 화이트하우스 2층
홈페이지 | www.essay.co.kr
전화번호 | (02)3159-9638~40
팩스 | (02)3159-9637

ISBN 978-89-6023-306-5  03810

# 꿈꾸는 20대

## 워킹홀리데이 100배 활용하기

백원선 지음

ESSAY

내 나이 스무 살 즈음에 이외수의 '내 나이 스물에'라는 시를 읽고서 뜨거운 가슴으로 살아가자고 각오를 함과 동시에 배낭을 짊어지고 시작한 여행이 어느새 서른이라는 나를 만들었다.

누구의 책에서처럼 나의 여행은 내가 만든 것이 아닌 여행 중 만난 사람들이 내게 준 선물이었음을 여행 경력 10년이 되어서야 깨닫는다.

지금에서야 돌이켜보니 당시에 만났던 스쳐 지나간 인연의 소중함을 절실히 깨닫게 된다.

첫 여행의 설렘과 낯선 곳에서의 막연한 두려움, 돌아온 인천공항의 매캐한 버스매연 냄새.

프롤로그를 쓰고 있는 지금은 한국을 떠난 지 1년 반이 조금 넘었다.

그렇게 싫어하던 인천공항의 매캐한 버스매연 냄새마저도 그립다고 한다면 나, 향수병에 걸린 것일까?

하지만 여행이 아름다운 추억으로 갈무리 될 수 있는 이유는 돌아갈 곳이 있어서라는 진리처럼 운이 좋으면 당장 오늘밤이라도 꿈속에서 가족들과 친구들을 만나게 될지도 모른다는 희망을 품는다.

그동안 내가 써 내려갔던 이야기들이 내가 스무 살 즈음에 읽었던 이외수의 시처럼 또 다른 누군가에게 용기를 불어넣어줄 수 있다면 더할 나위 없이 기쁘겠다.

특히 바늘구멍의 취업에 지쳐있고 스펙 쌓기에 여념 없는 슬픈 자화상의 대한민국 이십 대 나의 친구들에게 "고개만 돌려도 여행입니다"라는 인도에서 만난 명삼 스님의 영혼을 맑게 해주는 한마디처럼 내 친구들의 영혼을 잠시나마 여행이라는 주제로 조금 쉽게 해주고 싶다.

친구들아, 우리 때는 재수 없으면 120살까지도 살 수도 있다지 않아? 인생 길게 봐야지 여행도 해가면서.

P. S. 나는 이 책에 처음부터 정보를 담을 생각을 하지 않았다.

인터넷이라는 매체는 우리에게 5분이라는 시간만 허용하면 몇 백만 바이트고 검색어에 관한 내용을 뱉어내기 때문이다.

정보를 찾는 것은 친구들의 몫이다. 모를 때는 네이버 지식인에 물어보라. 숨어있던 중원의 손가락 고수들이 근질거리는 손가락을 참지 못하고 자판을 두들겨 댈 것이기 때문이다.

참고로 그런 귀찮은 일은 친구들의 몫이다. 여행을 마치면 그때의 귀찮은 일들이 고스란히 아름다운 추억이 되기 때문이다. 나의 친절함으로 친구들의 추억을 방해하고 싶지 않다.

이 책은 가이드북이 아닌 수백만 가지의 방법 중 한 가지 방법을 제시한 것뿐이다. 여행을 떠나는 친구들에게 모든 행운이 있기를…. 나무아미타불 아멘.

호주 다윈에서 2009년 11월

# | 차례 |

# 꿈꾸는 20대

내 나이 스무 살 즈음에 이외수의 '내 나이 스
물에' 라는 시를 읽고서 뜨거운 가슴으로 살아
가자고 각오를 함과 동시에 배낭을 짊어지고
시작한 여행이 어느새 서른이라는 나를 만들
었다.

# 리얼리스트가 되자,
# 가슴속엔 불가능한 꿈을 안고서

요즘 대학생의 필수코스라는 호주에 워킹홀리데이 비자로 입국했다.

호주에는 세 번째 여행이자 두 번째의 워홀메이커 생활이며 일본 캐나다 뉴질랜드를 거친 5번째 워킹홀리데이 생활이었다.

레스토랑이나 카페 일을 알아보려고 차에 시동을 걸고서 지도를 살폈다. 퍼스 시내는 주차하기가 힘들어서 일단 제외하고 주변 조그만 도시를 둘러 이력서를 뿌려볼 예정이었다. 리더빌이나 수비아코까지는 20분 정도 차를 타고 가야 하는 거리에 난 살고 있었다. 버스가 아주 없는 것은 아니었지만 귀찮아서 잘 이용하지 않았다.

워킹홀리데이 메이커로서 도전과 끈기 인내, 절약, 이런 단어들은 버스카 드처럼 항상 휴대해야 하는 필수품이었음에도 불구하고 5번째의 워킹홀리 데이를 하는 입장에서 조금은 시니컬해지기 마련이다. 결국 여자 친구의 따 가운 눈총에도 불구하고 조그만 중고차를 한 대 구입을 하게 되었고 그 차 덕분에 며칠 용역 일거리를 할 수 있었던 것도 사실이며 짧은 기간에 난 이 차를 사랑하게 될 정도로 만족했다.

아침기온은 18도 하늘엔 구름 한 점 없는 화창한 날씨였다. 분명히 오후 에는 35도 이상 올라갈 날씨가 분명하지만 퍼스의 건조한 날씨 때문에 상쾌 한 하루가 될 것임을 믿어 의심치 않았다. 라디오를 신나는 음악채널에 맞추고 우리나라와는 반대편의 운전대에서 마음속으로 좌측주행을 새기며 엑셀을 부드럽게 밟았다.

모든 게 완벽했다. 내가 일자리를 갖는 것은 말 그대로 시간문제였다. 그래 영어로는 타이밍 문제였으며 모든 것은 계곡물이 흐르는 것처럼 순조로워 보였다. 그동안 크리스마스와 신년 때문에 사람을 뽑지 않았던 레스토랑과 카페 그리고 건축 일자리도 한꺼번에 쏟아져 나올 것이기 때문이었다. 하지만 고난이 없는 인생은 앙꼬 없는 찐빵이요 가시 없는 장미라고 했던가? 지금까지의 경험에 비추어 볼 때 내 경우에는 교과서에도 나오는 평범한 진리를 깨닫게 해주는 계기가 반드시 생긴다. 마치 영구와 땡칠이처럼 혹은 타잔과 치타처럼 떼려야 뗄 수 없는 그런 관계인 모양이었다.

10분 정도 달리면서 클러치를 밟고 수동기어를 바꿀 때 조금 부드럽지 못한 느낌을 받았다. 그리고 이내 클러치를 밟을 때마다 고음의 쇳소리가 라디오의 음악이 들리지 않을 정도로 울려 퍼졌다.

근처 주차구역에 바로 차를 세웠다. 차를 산지 꼭 일주일 만에 차는 멈춰버린 것이다. 역시 이번에도 앙꼬 없는 찐빵 먹게 생겼다. 아! 이 얼마나 아름다운 광경인가. 아직 이력서를 한 장도 돌리지 못한 상태에서 목련이 잎을 틔우기도 전에 꽃을 피우는 것처럼 나의 얕은 집중력은 금세 한계를 드러냈다.

순간 끊은 지 2달 된 담배가 생각이 났다. 그동안 끊기를 잘했다, 수없이 되뇌었지만 역시 담배는 정신적인 해탈을 돕는 물질이자 백해무익하지만 아직 밝혀지지 않은 신비의 성능이 있을지도 모른다는 생각마저 들었다. 갑자기 땀이 나기 시작했다. 10분 만에 모든 상황은 달라졌다.

신나는 음악채널을 끄고 조수석 위에 얹혀 있던 이력서를 가방에 쑤셔 넣고서 차를 정리했다. 보닛을 열어봤지만 차에 대해서는 일자무식 깡통이나 다름없는 처지였다. 알 수 있는 건 클러치가 이상이라는 점이었다. 왜? 클러치가 안 되니까!

내가 차를 세운 곳은 우체국 맞은편 주차구역이었다. 우편물을 확인하기 위해 꽤 많은 사람들이 왕래하고 있었는데 차를 조금 알 것 같은 구세주가 필요했다. 보닛 열린 내 차를 보여주면서 지나가는 사람들에게 나의 100만 불짜리 썩소를 날리며 도움을 청했다.

당황스러운 미소를 지으며 지나가던 아저씨는 차마 옆에 3명의 아이들의 슈렉에 등장하는 고양이의 초롱초롱한 눈빛을 피하지는 못했다. 자식들 앞에서 친절을 보일 수 있는 절호의 기회를 나는 제공하고 있었던 것이다. 안타깝게도 그 아저씨도 차에 대해서는 나와 마찬가지였다. 하지만 그는 내게 근처 차고까지 데려다 주는 친절을 베풀었다.

차고에서는 아마도 클러치 베어링 문제일거라는 대답을 했다. 그리고 500불 정도 들어갈 거란다. 툭하면 500불이다. 젠장, 뉴질랜드에서도 중고차 라디에이터 교체하는 데 500불이었는데 여기서도 마찬가지다.

여자 친구에게 전화를 했다. 아무래도 현지인인 트레시가 나보다는 많은 해결방법을 가지고 있을 것이기 때문이다. 보닛을 열고 주변 IGA 편의점에서 산 시원한 캔 콜라를 마시며 우체국 앞에서 쪼그려 앉아 있는 나를 보고 트레시는 어이없는 웃음을 지으면서 손을 흔들었다.

난 그 순간 내가 왜 호주에 있는지 깨닫게 되었다. 2008년 5월에 2년 가까이 다닌 회사를 때려 치웠다. 생각보다 회사를 그만두는 건 쉬운 일이었다. 때려치우기 직전의 각오가 어려웠을 뿐 여느 때처럼 아침 회의를 주관하시던 부장님은 일 그 따위로 하려면 회사 당장 그만두라는 말씀으로 회의를 마치셨다. 부장님은 신사였다. 회사에서 내가 알고 있는 어떤 간부들보다도 신사였지만 업무는 신사적으로 처리되는 법이 없었다.

난 그 회의를 마치고 사직서를 제출했다. 물론 일을 그 따위로 해서 그만두자고 결정한 건 아니었다. 회사를 다니면서도 여전히 여행에 목말라 했고 난 새로운 일탈이 필요했다. 하지만 돈이라는 것은 참으로 무서운 것이어서 한 달에 꼬박꼬박 찍히는 월급통장을 보면서 감히 사직서를 제출하지 못하고 있었던 것뿐이었다. 나의 이런 결정을 앞당기게 된 결정적인 계기는 바로 일주일 전의 친구의 죽음이었다.

화창한 봄날이었다. 셋째 누나는 이사를 한지 얼마 되지 않아 냉장고의 위치가 맘에 들지 않는다며 내게 도움을 청했다. 최신식 냉장고의 크기와 무게에 나와 매형은 땀을 뻘뻘 흘려가며 겨우 냉장고를 옮기고 물을 한잔 들이켜고 있을 때 내 친구에게서 그 친구의 죽음을 알리는 문자 메시지가 도착했다.

서둘러 옷을 챙겨 입고 운전대에 앉았다. 운전대에서 난 교통사고일 거라는 생각을 했다. 얼마나 무서운 세상인가? OECD국가 중 교통사고 사망률 1위의 한국이 아니던가? 얼마나 많은 차들이 과속으로 생명을 잃고 음주운전으로 생명을 잃고 있지 않은가? 그 순간도 위험하기 짝이 없는 끼어들기를 시도하는 차들이 몇 번이고 나의 짜증을 불러일으켰다.

병원에 도착했을 때 내게 문자 메시지를 보낸 친구의 침통한 모습을 보며 담배를 한 대 피웠다. 그리고 교통사고가 아닌 자살이었음을 알게 되었을 때 난 담배연기조차 들이킬 수 없을 정도의 쇼크를 받았다. 내가 알고 있는 친구 중에 누구보다도 용기 있고 순수한 친구였다. 그랬기에 그 충격은 이루 말할 수조차 없었다.

흔히 사람들이 이야기하지 않는가. 자살할 용기로 세상을 살면 어떻겠냐고 말이다. 난 그 순간 자살하는 데는 용기 따위는 필요하지 않음을 깨달았다. 그저 세상이 귀찮아져 버린 것일지도 모른다. 나도 그 순간 모든 것이 귀찮아져 버렸다.

다음날 어찌되었든 아침회의에 난 참석을 해야 할 것이었고 욕을 한 바가지 먹고서야 하루를 시작할 것이기 때문이었다. 서른 명이 넘는 친구들이 모였다. 실로 오랜만에 보는 친숙한 얼굴들이었다. 한때 꽤나 친하게 지냈던 친구들과도 반가운 인사를 나누기에는 불편한 장소였다.

다만 담배를 뻑뻑 피워대며 과연 그들은 지금 무엇을 하며 먹고 살고 있는가가 궁금할 뿐이었다. 대부분 대학을 졸업하고 생활전선에 뛰어든 대한민국의 꺾이는 20대들이었다. 거기에 절반이 공무원시험에 매진하는 중이었고 그것은 슬픈 대한민국 20대의 자화상이었다. 현재 진행되는 일들 모두가 실타래처럼 엉켜버려서 이해가 되지 않기 시작했다. 이미 개념은 안드로메다 밖으로 던져버린 그런 사회.

담배를 비벼 끄면서 난 회사를 그만둘까 하는 생각을 했다. 이내 귀찮아져서 그만두었지만 일주일 뒤에 난 정말로 사직서를 제출했다.

사실 난 제도권이랑 잘 안 어울리는 놈이었어, 라고 자책하기엔 너무 세상일에 무관심했고 이기적이었으며 월급통장을 사랑했다.

어찌되었건 나는 내 인생을 버리고 싶지도 않았고 잃고 싶지도 않았다. 다만 확실한 건 난 여행을 하고 싶었다. 마치 그날이 마지막인 것 마냥 열심히 발에 땀나도록 새로운 곳을 걷고 싶었다. 이 세상이 끝나는 종점까지 돌아보고 어딘가 길가에서 객사하고 싶었다고 하면 너무 큰 비약일까?

한 달에 한 번씩 들어오는 월급통장에 난 자유로운 영혼을 팔아 치워버린 건지도 모를 일이라고 생각했다. 여행을 생각하며 운전을 하고 있노라니 갑자기 눈물이 날것만 같았다. 어디론가 향하고 있으면서 또 다른 여행을 꿈꾸는 난 정상이 아니라는 생각이 들 정도였다.

"리얼리스트가 되라 가슴속엔 불가능한 꿈을 안고서."

체 게바라의 말처럼 난 다시 꿈을 꾸기 시작했다.

빙하가 녹아 흘러내리는 물 앞에서, 파키스탄 파수

# 시작은 미미했으나 끝은 창대하리라

군대생활 2년 2개월 만에 제대를 하던 그날, 군대동기들과 김포 시내에서 술을 한잔 마셨다. 그날 먹었던 삼겹살은 참으로 맛난 것이었다. 더 이상 선임하사에게 기상하라고 잔소리를 들을 필요도 없었다. 난 그 순간의 행복에 젖어 사제 담배를 한대 피우며 잠시 꿈에 젖었다.

바로 나의 꿈은 호주에 가는 것이었다. 배낭여행을 해보는 것이었다. 뜨거운 7월의 여름이었다. 대한민국에서 사나이로 산다는 것은 2년2개월간의 구속이 필요했다.

난 코스모폴리탄이 되고 싶었다. 자유가 필요했다. 왠지는 모르지만 난 호주에 가고 싶었다. 권투하는 캥거루가 보고 싶었다.

프레이저 아일랜드

# 프로는 여행가이고 아마추어는 관광객이다

　한창 꿈에 취해 고등학교를 졸업했다. 그 당시 나의 꿈은 군인이 되는 것이었다. 당시의 나는 어쩌면 너무 큰 자유를 감당할 수 없음을 알고 있었는지도 모를 일이다. 지금 생각해보면 그때 당시의 나는 주체할 수 없는 자유는 퇴폐와 타락을 동급으로 생각하고 있었는지도 모를 일이다. 그것이 바로 나의 입대 이유였다. 주체할 수 없는 자유가 퇴폐와 타락이라면 스스로 구속을 선택하면서 정도를 걷겠다는 조그마한 나의 자존심이었다.

　고등학교를 졸업하던 그해 5월에 난 입대를 했다. 입대하던 날 아버지께서는 아침 일찍 바다에 나가셨고 엄마는 밭 매러 가신다고 호미를 들고 동네 앞 버스정류장까지 나를 배웅했을 뿐이다.

　군색한 결단으로 입대한 군 생활은 믿을 수 없을 만큼 순탄했다. 남들 받는 훈련을 받았고 2년2개월 동안 나름 풀린 군 생활을 하며 동기들과 졸병 때를 생각하며 마지막 술잔을 기울일 때는 눈물까지 날 정도였으니까. 그리고 병장 계급장 대신 예비군의 개구리 마크를 붙이고 22살의 난 대한민국예비역이 되었다. 이제는 멋진 사복으로 갈아입고서 이 세상 여자들의 감동의 이벤트며 아름다운 인생을 책임질 것을 다짐하며 멋지게 서울 한복판 신촌을 어슬렁거렸다. 하지만 현실이란 언제나 그렇게 달콤하지는 않는 법이다. 다행히 그걸 깨닫는 데에는 그리 오랜 시간이 걸리지 않았다.

　제대 며칠 만에 후배들이 마련해준 제대 비라는 명목의 주머니는 가벼워져 있었고 아무 목적 없이 집안에서 빈둥거리는 게 지겨워지기 시작했다.

군대에서 생각했던 달콤한 사회는 아주 멀어져 이미 안드로메다쯤을 지나가고 있을 터였다.

누나들이 출근한 빈방에서 컴퓨터 앞에 앉아 이력서를 작성했다. 군대에서 연습한 타자실력으로 몇 줄 안 되는 이력서를 아주 힘겹게 완성시켰다. 군대 병장시절 난 타자연습을 꽤나 열심히 했다. 제대하면 반드시 채팅으로 여자를 꼬시겠다는 아주 보잘것없지만 확고한 목적이 있었기 때문이다. 그런데 제대를 하고 보니 이미 채팅은 유행이 한창 지나버렸다.

간혹 채팅사이트에 들어가서 100타가 겨우 넘는 실력으로 대화에 끼곤 했는데 그럴 때마다 대화 내용을 채 이해하기도 전에 방장에게 강퇴를 당하기 일쑤였다.

군대에서의 2년 2개월의 공백은 나를 완전한 대한민국 예비역 아저씨로 만들어 버린 것이다. 그때 당시의 난 청바지에 구두가 썩 잘 어울린다고 생각하는 보편적인 예비역이었다.

겨우 완성시킨 아주 보잘것없는 고졸 이력서를 가지고 신촌 식당가를 배회하다가 일식 집 앞에 붙어있던 구인광고를 발견하고 사회에 첫발을 내디뎠다.

"시작은 미미하나 끝은 창대하리라."

초코파이 얻어먹으러 간 교회에서 배운 이 말이 이토록 희망적일 줄은 꿈에도 생각하지 못했다. 꿈에서도 생각하지 못한 말을 마음속에 새기고서 나는 나의 꿈에 한 발짝 다가섰다.

그때 당시의 나의 꿈은 호주에 가는 것이었는데 왜 그때 호주였는지는 아직도 의문이다. 내가 호주에 대해 아는 것이라고는 단지 캥거루가 뛰어다니는 곳이라는 것 밖에 몰랐는데 말이다. 무식이 용기를 불러일으킨 사건이다. 지금도 그때와 별반 다를 건 없다고 생각한다. 아직도 무식과 용기의 의미 차이를 정확히 알지 못하기 때문이다.

사실 그 캥거루도 동물원에서 직접 본 것도 아니고 해외토픽 뉴스에서 권투 하는 왈라비였다는 것은 나중에야 가이드북을 보고 알게 되었다. 아침 9시부터 저녁 10시까지 일식당에서 서빙을 하고 새벽에 영어회화를 공부하기 시작했다. 그때 선생님이 했던 말은 아직도 내 가슴에 선명히 남아 내 뇌리 한편에서 영어에 대한 의욕을 불러일으키곤 한다.

"백원선 씨는 고등학교 때 영어 안 배웠어요?"

나는 '웁스' 하며 어깨를 들썩거려줬고 주위는 웃음바다가 되었다. 배운다고 다 아나 하고 이상하다는 듯이 혼자 고개를 저었다. 그런 굴욕에도 아랑곳 하지 않고 열심히 배웠다. 아니 열심히 출석했다고 하는 게 정확한 표현이겠지만. 그리고 역시 배운다고 다 아는 건 아니라는 것을 재차 확인만 하는 계기가 되었을 뿐이다.

그런데 이상하게도 영어에 대한 자신감은 왜 생겼는지 정말 알 수 없는 일이다. 난 그곳에서 나만 영어를 못하는 것이 아니라는 이상한 자신감을 얻었다. 그 당시 신촌에 사는 누나들에게 얹혀살고 있었는데(나는 2남4녀 중에 귀여움 가득 받지 못한 막내다) 누나들에게 왕 짠돌이 소리를 들어가며 모은 300만원의 거금이 3개월 만에 손에 쥐어졌다.

태어나서 처음으로 여권이라는 것을 만들었다. 여권사진은 영등포 구청에 가면서 즉석사진으로 찍었는데 카메라 렌즈가 볼록렌즈인지 얼굴이 볼록 튀어 나오게 찍힌 이상한 사진이었다. 지금까지 3개의 여권을 만들었는데 이상하게 여권사진은 죄다 범죄형이다. 그래서 입국 심사대에서 그렇게 떨리는지도 모르겠다. 심지어 여권 사진 부분이 약간 찢어졌을 때는 위조를 의심받아 따로 취조를 받는 경우까지 있었다.

국제 학생증도 만들었고 드디어 비행기 티켓도 손에 쥐었다. 호주에 갈 준비는 발로 뛰면서 준비했다고 하면 새빨간 거짓말이고 그냥 여행사에서 비행기 표를 사고 국제 학생증을 만드니 준비가 끝나버렸다. 좀 더 복잡한 절차를 기대했는데 너무나 싱거운 준비 과정이었다.

그리고 그 해 12월 난 호주 행 비행기에 몸을 실었다. 출국하기 전날 눈이 많이 와서 비행기가 이륙하지 못하면 어쩌나 하고 밤잠을 설친 내 자신이 조금 부끄러워질 정도로 쾌청한 12월의 맑은 겨울 하늘이었다.

그때까지만 해도 해외여행은 특정계층만 할 수 있는 일인 줄 알았다. 비행기를 타기 전까지 난 내가 특정계급이라고 생각할 정도로 멍청했다. 아니 순수했다.

막상 비행기를 타는 나의 느낌은 광주행 고속버스를 타고 귀향길의 느낌이었다. 탑승수속을 빼면 별반 특별한 게 없었으니까. 물론 광주행 고속버스에는 없는 스튜어디스 누나들만은 처음부터 특별한 존재였다. 지금도 역시 비행기를 탈 때 가장 즐거운 일은 스튜어디스 누나들과 이야기 하는 것이다. 이제는 그들이 나보다 누나가 아니라는 점은 조금 서글픈 점이지만.

멋진 선글라스도 하나 준비했고 튼튼한 아디다스 신발도 하나 장만했다. 한 달 간의 계획을 세웠다. 역시 계획이라고 해봐야 시드니로 도착해서 케언스에서 나오는 것뿐이었지만. 그 중간은 언제나 부딪치면서 새로이 작성을 해 나가야 할 부분이었다고 생각했다면 오산이고 캥거루와 코알라가 살고 있다는 기본적인 정보만 들고 시드니에 도착했다.

시드니에서 케언스까지 여행하면서 숙박비를 아끼려고 야간버스에서 잠을 청한 적도 있었고 쏟아질 듯한 별을 바라보며 공원벤치에서 잠을 청한 적도 있었다. 천장에 붙이는 형광 별이 아닌 진짜 별을 바라보면서 말이다. 지금 와서 생각해 보니 찬바람에 입이 안 돌아간 게 천만다행이다.

나의 여행이라는 것은 주로 공원에 앉아서 일기를 쓰거나 주변 유명 관광지를 돌아보는 정도였다. 일기를 모범생들만 쓰는 전유물이라고 생각한다면 오산이다. 공부를 못했던 고등학교 시절부터 난 읽고 쓰는 것들을 좋아했다.

고등학교 때는 이미 머리도 클 만큼 커버려서 고3이 되었을 무렵 선생님들도 내게 매를 대는 걸 거의 포기했다. 나 역시 선생님들에게 더 이상 맞을 이유를 찾지 못했고 때리면 맞아주겠다는 배짱도 갖고 있었다.

주로 나는 뒷자리에 앉아서 무협지를 하루에 서너 권 보는 것이 일과였을 정도로 인문계 고등학교의 배짱 좋은 공부 못하는 학생이었고 따분한 일과를 보내는 그저 그런 학생이었다.

친구 중에 붕어라는 친구가 있었는데 그 친구가 매일 빌려오는 무협지를 반 협박으로 그 친구보다 먼저 수업 내내 읽곤 했다.

무협지의 내용은 대부분 비슷비슷했다. 주인공은 언제나 운이 좋아서 비서나 비기를 발견하고 우연히 먹게 된 산삼에는 내공이 60갑자쯤 들어있고 절세미인과 결혼을 하는 해피엔딩이다. 그것도 서너 명은 기본이다.

붕어라는 친구는 내용이 비슷한 무협지를 가리기 위해서 제목과 작가를 수첩 뒤에 적어가 일일이 확인하며 새로운 책을 매일 빌려왔다.

호주에서는 그런 붕어 같은 부지런한 친구도 없었다. 이해도 안 되는 영어책 보면서 폼을 잡기란 여간 어려운 일이 아니었으니까. 그래서 매일 일기를 적고 먼 바다를 멍하니 바라보면서 시간을 보내곤 했었다.

어느 날 호스텔 근처 공원에서 여느 때처럼 일기를 쓰고 있는데 내게 말을 거는 현지인이 있었다. 피터라는 사람이었는데 이런 저런 이야기를 하다가 그의 차로 유명한 교회를 데려가 준다고 해서 나는 내가 가장 자신 있게 사용하는 영어 굿과 오케이를 연발했다.

경계심 없이 차를 덥석 올라타는 건 내가 가진 무기 중의 하나인데 아마 내가 가진 게 없기 때문에 가능한 일인지도 모른다. 잃을 게 없으니 채우기만 하면 되는 게 아닌가 하는 생각은 영어회화학원 2달 다니고 갖게 된 영어에 대한 자신감과 비슷한 것이었다.

나는 그의 회갈색 애완견 애샤를 안고서 조수석에 올라탔다. 호주에서 가장 오래된 교회를 보고 하얀 등대를 배경으로 해서 사진도 찍었다. 그의 집에서 햄버거로 저녁을 먹고 맥주를 마시면서 시간을 보냈다.

그런데 누가 벨을 누른다. 경찰이다. 다름 아닌 신고가 들어왔단다. 내가 안고 있던 개의 색깔이 회갈색이었는데 코알라라고 생각하고 지나가던 차에서 동양인이 코알라를 안고 간다고 신고가 들어간 것이다. 그 해프닝은 지역신문에도 실릴 정도로 큰 사건이었다. 그 덕분에 난 다음날 크리스마스 초대를 받았다. 비닐 왕관을 쓰고 손짓 발짓으로 피터의 가족들과 대화를 하며 난생 처음으로 칠면조를 먹으면서 크리스마스를 보냈다.

한 달을 계획하고 간 여행에서 난 배고픔과 갈증을 느꼈다. 물론 실제로도 배고픈 여행을 하고 있었지만 아직 가슴속에 채워지지 않은 그 무엇인가는 나를 더욱더 허기지게 했고 갈증 나게 만들었다.

여행을 하면서 다양한 여행자들을 만날 수 있었는데 서로의 입장이 비슷하다 보니 쉽게 마음을 열게 되고 많은 이야기를 하게 마련이다. 그 이야기의 내용들은 내가 경험하지 못한 또 다른 여행자의 모습이었고 귀가 얇은 나에게는 천금 같은 정보들이었으며 그런 기본적인 것들조차 알지 못하고 이곳에 덜컥 와버린 내 자신이 부끄러워질 정도였다.

호주에는 다양한 여행객이 존재했는데 크게 세 가지로 나눠보면 그냥 나처럼 배낭여행을 하는 여행자와 워킹홀리데이 비자로 온 여행자, 농장에서 잠깐 일을 돕고 농장에서 숙식을 해결하는 우퍼가 있었다. 내가 가진 관광 비자로도 우프는 가능했는데 시간과 돈을 계산해 보다 무작정 중간에 만난 홍콩 여행자가 가르쳐준 우프에 전화를 걸었다. 어쨌든 나의 영어는 조금씩 발전하고 있었던 모양이다. 전화로도 소통이 가능했던 걸 보니.

케언스 위에 있는 쿠란다라는 열대우림 지역의 조그만 마을에서의 우프 생활은 그렇게 시작됐다. 경험 삼아 한번 해보자고 하는 그런 우프가 아니었고 다름 아닌 생활을 위한 우프가 시작된 것이었다. 돈은 부족했고 귀국 비행기도 무작정 한 달 뒤로 연기해버렸기 때문이었다.

아침에 일어나서 다섯 시간 정도 허브를 포장하는 일이었는데 초등학교 6학년 때부터 경운기 운전을 하면서 시골에서 자란 내게는 아주 간단한 찬밥에 물 말아먹기 같은 쉬운 일이었다. 함께 생활하는 우퍼들과도 많은 그림을 그려가며 대화를 나눴다.

자신감만 충만한 나의 영어는 그들에게 아마 팬터마임처럼 보였을지도 모를 일이다. 그렇게 많은 말을 하면서도 영어실력이 늘었다기보다는 그림 실력과 표현력만이 굉장히 풍부해지는 느낌이었으니까.

그렇게 허브 농장에서 3주를 꼬박 채웠다. 그리고 남은 돈으로 그레이트 베리어리프에서의 몇 번의 스노클링과 요트여행을 하고서 난 10달러의 돈을 쥐고서 반바지를 입고 2월에 인천공항에 도착했다.

아직도 잊지 못하고 있다. 외국인에서 내국인으로 돌아온 그 처음 기분을. 한국에 도착해서 인천공항의 자동문이 열리면서 풍기던 버스매연 냄새를 맡고서야 드디어 다시 한국에 돌아왔구나 하고 실감했다. 어쩌면 나의 방랑은 인천공항 버스매연 냄새가 싫어서라고 말하면 너무 비약적일 지도 모르지만 난 인천공항의 버스매연 냄새가 굉장히 싫은 건 사실이다.

첫 여행에서 꽤나 많은 것을 보고 배웠고 느꼈다. 그리고 난 그곳에서 비로소 여행과 관광의 본질적인 차이를 알 수 있게 되었다.

한 달을 관광객으로서 관광을 했고 또 다른 한 달은 여행자로서의 생활을 하면서 깨달았다. 관광은 눈으로 보는 것이고 여행은 가슴으로 느끼는 것이라는 나름대로의 명쾌한 결론을 내리고서 23살의 나는 2002년 대학 신입생이 되었다.

무지해서 용감했던 나의 첫 배낭여행은 그때 당시의 나에겐 한걸음의 발걸음에 불과했지만 내 인생에 있어서는 커다란 진보였다.

나는 나의 젊음을 주체하지 못했다. 그 당시의 나는 내가 자고 있는 동안에 재미있는 일이 일어날까 봐 잠도 못 자고 안절부절못할 정도로 에너지가 넘쳐났다.

**청춘의 시기**
만 21세
대학교 1학년
예비역 1년 차

# 암호명 청춘(대학교 1학년)

꿈만 같았던 호주 배낭여행에서 돌아와서 남들은 20살이면 된다는 대학생을 난 23살이 되고서야 신입생이 되었다. 강의실에는 내가 군에 입대하던 1999년도에 중학교를 졸업한 산소학번인 02학번 친구들과 나란히 앉아 있게 되었다. 공강시간에 로비에 서서 온갖 인상을 구기며 담배를 한대 피웠다. 이제 코밑에 수염이 막 자라기 시작한 그들은 아직 밖에서 담배를 피우는 것조차 어색한 것처럼 보였다. 그들과 친해질 방법을 생각하며 담배연기를 높이 내뿜었으나 담배연기는 이내 정처 없이 흩어져 버릴 뿐이었다.

이내 우리나라 대학교 시스템이 공부보다는 유대관계에 의미가 있음을 개강파티에서 알게 되었지만 나는 1학년 예비역으로서 형 노릇에 최선을 다하기 위해 후배들에게 술을 사주고 과제를 도와주고 멋진 인생을 위한 충고를 후배들에게 했다고 하는 것은 나만의 생각이고 그들이 먹기 싫어하는 술을 억지로 먹이고 과제는 후배들 것을 베끼고 그들에게 알지도 못하는 인생에 대해서 구라를 치며 선배 행세를 했다.

조금 억울한 일이지만 나의 동아리는 제대하는 순간 해병전우회로 정해졌다. 나의 상큼해야 할 신입생 생활은 어딘지 모르게 어디에서부터인지 모르게 조금은 비뚤어져 있었음이 분명했다. 역시 신입생이라면 미팅과 동아리 활동이 아닌가? 그런데 난 군 생활과 별 다를 바 없는 생활을 계속 이어가고 있는 청바지에 구두를 신은 암울한 기분이었다.

군대를 제대하면서 했던 각오들은 모두 잊혔고 술독에 파묻혀 보내니 한 학기는 쏜살같이 지나가고 대학 첫 방학이 오고 말았다. 물론 담배를 피우면서 고민했던 이 어린 친구들과 과연 친해질 수는 있을까 하고 생각했던 것은 커다란 기우였다. 나의 정신연령은 내 생각보다 훨씬 유치해서 그들과 별반 차이가 없었기 때문이다.

그리고 맞이한 첫 방학에서 난 엄청나게 놀라고 말았다. 방학이 장장 3개월이라는 사실은 꽤나 충격적이었다. 물론 고등학교처럼 방학식도 없었고 보충수업도 없을뿐더러 방학숙제도 없었다. 난 그제야 고등학교 방학 때마다 행해지던 보충수업이 자유에 대한 탄압이었음을 깨달았다.

그냥 수업이 끝나고 친구들과 종업식에 참석한다는 사실에 적응하지 못한 채 술을 퍼부었다. 여지없이 다음날 머리가 빠개질 듯한 두통에 방학 첫날을 맞아야 했음은 여지없는 사실이자 현실이었다.

느지막한 오전에 자취방 근처 중국집에서 브런치 짬뽕 한 그릇으로 해장을 하고서 이 넘쳐나는 시간에 무엇을 어떻게 해야 할지에 대해 파리똥이 덕지덕지 묻어있는 중국집 벽에 기대 담배 한대 피우면서 고민을 해야만 했다.

역시 대학생활의 꽃은 미팅과 동아리 그리고 아르바이트다. 미팅과 동아리는 이미 물 건너가서 나와는 별 관계도 없고 해서 지나가는 개에게 줘버린 지 오래였다.

남은 건 아르바이트뿐이었다. 후배 삼촌네 건설현장에서 10일간 우리나라 건축역사에 획을 그을 만한 일을 했다고 하면 새빨간 거짓말이고 얼굴에 페인트를 묻히고 내 얼굴을 새까맣게 태워 가면서 자유에 대한 보상으로 일당 5만원을 받았을 뿐이다.

그리고 손에 쥔 55만 원을 들고 바로 자전거 숍으로 향했다. 후배네 삼촌은 수고했다며 5만 원을 더 얹어주신 성인군자 같은 성품을 지니신 분이셨다. 귀에는 때수건으로도 벗겨지지 않는 유성 페인트를 묻힌 채였고 손톱 밑에는 까맣게 때가 끼어 있었다.

수많은 자전거 중에 제일 싼 7만 원짜리 자전거가 다른 수많은 예쁜 디자인의 고가의 자전거를 제치고 나의 선택을 받았음은 당연한 일이었다.

아르바이트로 직접 돈을 벌어본 사람은 그 이유를 굳이 설명 안 해도 잘 알 거라고 생각한다. 그렇게 나의 하루 일당도 넘는 7만 원짜리 자전거는 내 소유가 되었다.

힘들게 번 돈으로 자전거를 산 이유는 꽤나 오래 전으로 거슬러 올라간다. 고등학교 2학년 여름방학이 시작되기 직전 난 탈선을 결심했다. 방학보충수업을 빼먹고서 내 고향 함평에서 부산까지 자전거 종단이 나의 탈선계획이었다. 지금에서야 꽤나 건전한 것 같지만 그때 당시에는 혈기왕성한 젊은 선생님들의 몽둥이세례를 감수한 꽤나 대범한 행위였다.

조선시대에는 반역죄였을 것이고 미국의 입장에서 보면 탈레반 같은 세계평화를 위협하는 악의 축에 끼는 행위였을 것이다.

그나마 내가 대학졸업장까지 딸 수 있었던 이유는 고등학교 위치가 한몫했다고 지금도 믿고 있으며 감사해 하고 있다. 학교가 산꼭대기에 위치해 있었는데 주위에 문명의 혜택을 받은 곳이라곤 산 밑 동네에 있는 구멍가게 한 곳뿐이었다.

당구장과 노래방도 읍내까지 나가야 했었는데 그 읍내로 가는 몇 대 없는 버스시간에 맞춰 땡땡이를 치는 일이란 이승엽 선수가 엄지손가락 부상을 입은 채 도쿄 돔에서 홈런을 쏘아 올리는 것만큼 대단한 일이었다.

학교 땡땡이를 치고도 갈 곳은 학교 옆 냇가에서 수영을 하거나 자취방에서 라면을 끓여먹고 기타를 치는 정통 오리지널 불량 학생의 입장에서 보면 너무나 건전한 햇병아리였을 뿐이었다.

물론 그때도 계획은 집으로 돌아오는 것 같은 건 생각하지도 않았었다.

그런 걸 생각했으면 난 공부 못하는 그저 그런 고등학생이 아니었다. 오로지 목적지만을 정하고 앞으로만 페달을 밟은 작정이었다. 아마 돌아오는 것까지 생각했더라면 출발하려고 생각도 못했을 것이다. 2명의 친구와 함께 자전거를 친구 동생에게 빌리고 모든 준비가 되었다. 여행 자금을 위해 막내누나에게 전화를 해서 무작정 돈을 보내달라고 했다. 어디다가 쓸 거냐고 묻지 않는 누나가 고마울 뿐이었다. 얼마를 보내주느냐고 물어보기에 난 사랑하는 만큼만 보내달라고 했다. 누나가 10원 하고 물었다.

웃으면서 전화를 끊었지만 돈을 받아보기까지 정말 10원어치밖에 사랑하지 않으면 어떡하나 하고 걱정을 한 건 사실이다. 10만 원이라는 돈은 분명 난 사랑받고 있음을 증명했다. 그런데 그 계획은 허무하게도 친구 엄마의 강력한 한마디의 반대로 인해 무산되고 말았다.

그 해 여름 보충수업에 여지없이 참석하게 되었고 짧은 방학은 친구들과 보길도에 놀러 가서 고스톱을 치는 동안 지나가 버리고 말았던 것이다. 그때 못했던 자전거 여행이 내내 가슴 한구석 언저리에 남아 있었기 때문에 자전거 여행을 위해 손톱 밑에 낀 때를 부끄러워하지 않고 7만 원짜리 고급 (?) 중국제 자전거를 구입하게 된 것이다.

여행 전날 친구들과 모여서 알바를 끝낸 기념으로 걸쭉하게 한잔 했다. 학교 주변에서 자취를 하고 있던 나에게 방학이라고 해서 별다를 것도 없이 학기 중처럼 친구들에 둘러싸인 느슨한 생활이었다. 전날 마신 술로 아픈 머리를 콜라 한잔으로 겨우 진정시키고 동진이라는 고교 친구가 있는 부산으로 자전거 페달을 밟았다. 동진이와는 중고등학교 동창이었고 나의 일탈에 유일하게 맞장구 쳐주고 동참해주는 쿨 한 친구였으며 둘이 만나면 접시가 깨질 정도로 수다를 떨곤 했다.

물론 공부에 관한 이야기도 아니며 세계평화나 한국 경제에 대한 미래는 더더욱 아니었다. 앞으로 갈 수 있는 대학을 모의고사 점수로 전국 대학 리스트로 확인하는 게 주된 화제였다. 모의고사 점수로 턱도 없는 대학들을 골라놓고서 헤헤거리는 게 고작이었지만 결국 나는 군대를 선택했고 그 친구는 EBS 교재 뒤표지에 실린 섬을 통째로 학교 캠퍼스로 만든 한국해양대학교를 선택했다.

부산은 버스로 4시간밖에 안 걸리고 숫자상으로도 400km밖에 되지 않는 가까운 거리라고 생각했다. 역시 무식한 게 무모한 여행을 가능하게 하는 건지도 모른다.

다음날 지독한 숙취에 시달리며 느지막이 출발했다. 전날 마신 술기운이 올라와 천안삼거리에서 토하고서 잠시 쉬는 중에 포항으로 향하는 자전거 하이커들을 만났다. 포항이 고향인 대학 선후배 사이였다.

이런저런 이야기를 하고 물을 나눠 마시고 당연하다는 듯이 함께 출발했다. 물론 나의 계획은 부산에 도착하는 것이었지만 그 과정은 전혀 준비되지 않았기 때문에 10분전에 만난 그들의 여행계획은 나와 공유를 하게 된 셈이었다. 나의 뻔뻔함은 친근함이라는 이름으로 또 한 번 빛을 발했다.

하루에 자전거로 300km는 거뜬할 줄 알았다. 고작 100km를 달리고 난 그날 저녁 도중에서 만난 자전거 하이커 친척집에서 뻗어버렸다. 자전거 안장에 너무 오래 앉아서 엉덩이가 찢어질 듯이 아파 길가의 공사장에서 주운 스티로폼을 안장 위에 깔고 앉았다. 폼을 생각하는 여유 같은 건 이미 오는 도중 버린 지 오래됐다. 폼보다 내 엉덩이 괄약근이 백만 배는 소중했다.

그리고 또다시 아침을 먹자마자 달리고 달려서 영남의 입구라는 경북 김천에 도착했고 공원에서 본드를 불며 헤헤거리는 고등학생들을 집으로 돌려보내고 기차 길 옆 공원에다 텐트를 치고 하룻밤을 보냈다.

다음날 뜨거운 아침햇살에 땀을 뻘뻘 흘리며 일어나 텐트를 접고서 기사식당에 들렀다. 간단히 화장실에서 세수를 했고 아침 백반을 먹고서 또다시 자전거 페달을 밟아 대구를 거치고 영천을 거쳐서 우리는 밤이 되어서야 포항에 도착했다. 도중에 만난 자전거 하이커들의 종점이었다. 죽도 시장에서 배가 터지도록 회를 얻어먹었고 술을 얼마나 마셔댄 건지 해병대의 고향 포항에서 이틀간 뻗어 버렸다.

신세를 진 자전거 하이커들과도 헤어지고 부산까지는 혼자서 페달을 밟게 되었다. 혼자 하는 여행은 언제나 많은 생각을 하게 만든다. 세계평화를 위협하는 탈레반과 대북 햇볕정책에 대해 생각했다면 새빨간 거짓말이고 그동안 만났던 여자들과 어떻게 헤어졌던가, 그리고 만약 누구와 사귀었으면 어떻게 되었을까 하는 쓸데없는 잡다한 생각으로 내 페달은 움직였다.

양산에 약간 못 와서는 커다란 밀짚모자를 쓰고 터벅터벅 혼자 걷는 사람을 만났다. 서울에서 출발한지 15일째인 그의 얼굴은 농사꾼의 얼굴보다 새카맣게 그을려 있었고 때 묻은 티셔츠는 땀에 전 지 3일은 된 것 같아 보였다. 내 모습도 꾀죄죄했지만 그는 더욱더 처량한 모습이었다. 사과 반쪽을 나눠먹고서 나는 다시 페달을 밟았다. 왠지 내가 너무 빨리 가는 것 같은 느낌이 들었다. 빨리 가려고 자전거 타고 온 게 아닌데 하는 생각이 들었고 잠시 동안 이상한 기분이 되어버렸다. 그럼에도 불구하고 왠지 그보다 빨리 가는 내가 더 멋있어 보인다고 생각했다.

가다가 너무 더워 잠시 나무 그늘에 앉아 쉬고 있는데 오토바이 택배 배달부가 쏜살같이 지나갔다. 그가 멋있어 보였다. 다음에는 여행할 때 반드시 오토바이로 여행을 해야겠다고 생각했다. 그 시절 난 그런 나의 단순한 사고가 좋았다. 그 당시 나는 물론 나름 복잡한 정신세계의 소유자라고 멋대로 생각했지만 저녁이 되어 동네 슈퍼에 들러 간단히 빵과 우유를 사서 언양에서 하룻밤 텐트를 쳤다. 냇가에서 양말을 빨아서 자전거 운전대에 말려놓고 계곡의 물소리를 들으며 잠을 청했다.

다음날 아침에 일어나 냇가에서 세수를 하고 근처 기사식당에 들러 간단히 아침을 해결하고 자전거 페달을 다시 밟았다. 자전거 여행을 하면서 대부분의 식사는 기사식당에서 해결했는데 기사식당 백반이 그렇게 맛있는 줄은 태어나서 처음 알았다. 아마 자전거 여행을 안 했다면 평생 알지 못했을 기가 막힌 맛이었다.

신기한 일은 들르는 기사식당 사장님들은 죄다 자전거 여행쯤은 젊었을 때 모두 한 번씩 해봤다는 점이다. 사장님들은 밥을 먹고 있는 내 앞에 앉아서 담배를 피우며 이렇게 말을 시작했다.

내가 왕년에 말이야 자전거를 타고 어디서부터 어디까지 가는데 하고 시작하는 이야기다. 그리고 내게 밥이며 반찬을 듬뿍 더 얹어 주곤 했다. 돈을 주는 사장님도 계셨다. 언젠가 나도 나이가 들어 자전거 여행을 하는 대학생을 보고 똑같은 말을 하고 있을지도 모른다는 생각을 하면서 기사식당에서 챙겨온 물통을 배낭에 넣고서 다시 페달을 밟았다.

아무 생각 없이 페달을 굴렸다. 그저 앞만 보고서 페달을 밟고 또 밟았다. 그리고 오전 12시가 조금 넘어 드디어 '어서 오십시오 부산입니다' 라는 팻말이 눈에 띄었다.

드디어 부산에 도착한 성취감에 들떠서 팻말을 보자마자 자전거를 세우고 친구 동진이에게 부산에 도착했다고 전화를 걸었다. 난 그때까지도 친구의 학교가 부산의 어디에 붙어있는지도 몰랐다. 동진이는 무조건 영도로 오라는 대답에 나는 다시 영도를 향해 페달을 밟았다. 부산으로 입성하면서부터 깔끔한 표준어로 영도가 어디냐고 물었다. 복잡한 부산의 길거리를 헤매고 싶지 않아 시간 나는 대로 자주 물었다. 부산의 억센 사투리의 아주머니는 몇 개의 버스번호를 알려주었다.

자전거 타고 간다고 하면 들려오는 대답은 여지없이 "억수로 먼데예"라는 대답이 들려왔다. 마음과 몸이 지쳐서 그랬는지 몰라도 왜 그렇게 부산의 도로는 오르락내리락 하는지 또 왜 그리 차도 많고 사람도 많은지 좀체 앞으로 나아갈 수 없었다. 처음으로 자전거 버리고 갈까 하고 생각이 들 정도였다.

마음 같아선 진작 택시를 타고 가고 싶었지만 지금까지 페달을 굴려 여기까지 온 게 아까워서 오기로 페달을 밟았다. 별의별 생각을 하며 별의별 욕을 혼자 하면서 페달을 밟아 마침내 영도다리에 도착해서는 영도라는 말이 얼마나 뿌듯했던지 기념사진도 한 장 찍었다.

가랑비가 흩날리기 시작해 서둘러서 영도다리를 건너고 나니 진짜 험난한 오르막이 나를 기다렸다. 최종목적지인 한국해양대는 그렇게 부산 구석에 꼭꼭 숨어 있었다. 마지막 힘을 쥐어짜며 엉덩이를 좌우로 흔들면서 페달을 미치듯이 밟아 겨우겨우 고개 정상에 올라섰다.

그리고 난 또 한 번 자연의 섭리에 머리를 숙였다. 알고 있는 욕들을 수십 번 곱씹어가며 겨우겨우 올라간 정상에는 가슴이 뻥 뚫릴만한 시원한 내리막이 기다리고 있었던 것이다.

당연한 일이라고 생각할지도 모르지만 자전거 여행에서 나는 험난한 오르막길 다음에는 항상 시원한 내리막이 있음을 몸소 깨닫게 되었다. 이상하게도 오르막을 오를 때는 내리막길의 시원함 따위는 생각나질 않고 지금 순간의 고통의 오르막이 영원히 계속될 것처럼 보였다.

숨이 턱까지 차 올라와 자전거에서 내려 포기하고 걸어갈까라는 생각이 내 머리에 비집고 들어올 때 즈음 정상이 보이고 시원한 내리막이 나를 기다리고 있었던 것이다.

몇 번을 포기하려는 마음이 들어 자전거에서 내릴까 하다가도 내리막을 신나게 내려오면 다음 오르막까지는 어떻게든 다시 에너지가 충전이 되는 것이다. 이것이 내가 1번 국도에서 몸소 얻은 살아있는 진리였다.

그렇게 일주일 만에 도착한 해양대 정문 운동장에 곰만 한 덩치의 친구 동진이는 슬리퍼에 반바지 차림으로 마중 나와 히죽히죽 웃으며 나를 맞이했다. 난 마중 나온 친구를 보자마자 자전거를 내팽개치고 포옹을 했다. 나의 첫인사는 "야 자전거 좀 끌고 와라."였다.

우리는 그렇게 삼 년 만에 재회했다. 살이 조금은 빠질 줄 알았는데 기사 식당의 후덕한 인심 덕분에 많이 먹고 달렸더니 기대했던 살은 안 빠지고 허벅지만 두 배정도 커진 느낌이었다. 앞으로 좀체 청바지는 입기 글렀다는 생각을 하며 한숨을 쉬었다.

친구 기숙사에서 기생을 하며 좀체 풀리지 않는 여독을 풀면서 한가롭게 바다를 보면서 담배를 피우거나 친구들과 운동장에서 족구를 하거나 컴퓨터로 그동안 밀린 드라마를 보며 하루하루 빈둥거리며 일본 비자를 준비했다.

**위** 해양대에서 일본 비자를 준비중인 모습 **우측하단** 영도다리에서

# 청춘 18세 세이슈운 주하찌

원래 계획은 자전거로 일본까지 가려고 했는데 접이식 자전거가 아니었기 때문에 배로 이동이 불가능했다. 자전거 여행 대신 세이슈운 주하찌라는 티켓으로 일본을 여행하기로 계획을 급 변경했다. 하지만 목적지는 여전히 도쿄였다. 그때까지만 해도 사실 도쿄가 지리적으로 정확하게 어디쯤 있는지 알지도 못했다. 어떻게든 일본에 가기만 하면 도쿄에 도착할 수 있을 것 같은 느낌이 들었다.

왜 그런 느낌이 들었냐고 물어본다면 굉장히 설명하기 어렵다. 경험해 보면 자연스럽게 알게 되는 문제일 뿐이다. 사람의 적응력이란 우리가 생각하고 있는 것보다 훨씬 월등한 것이니까.

이제까지의 나를 보면 꽤나 모험정신이 강할 것이라고 생각할지도 모르지만 역시 그런 거창한 단어와는 어울리지 않는다. 다만 계획 세우는 게 귀찮아서 귀찮지 않은 모험을 하는 그저 그런 대학생일 뿐이었다.

일본비자가 조금 늦어지는 바람에 2주나 한국해양대 기숙사에서 빈둥거렸다. 당시만 해도 일본을 여행하려면 일본 관광비자가 필요했기 때문이다.

한국해양대 식당에서 세상에서 제일 맛없는 짬뽕 밥도 질리도록 먹었고 전화만 하면 오는 배달 분식에 아주 질릴 대로 질렸다.

마치 한국해양대 학생처럼 기숙사 점오를 받으며 2주를 보내고서야 고속정 비틀을 타고 일본 후쿠오카로 향했다.

2주 동안 나의 외모는 조금 변했다.

당시 2002 한일월드컵이 끝난 지 얼마 되지 않았기에 김남일 선수처럼 아주 샛노랗게 염색을 했고 짐도 필요한 속옷과 가벼운 티셔츠 몇 장만을 넣어 옆으로 가방 하나 메고 슬리퍼에 반바지 차림으로 입국 심사대에 당당히 범죄형 사진이 찍혀 있는 나의 여권을 들이 밀었다. 그때까지만 해도 내가 후쿠오카 입국심사대에서 세 시간이나 취조를 당하게 될 줄은 꿈에도 몰랐다.

우선 예정 숙소가 없어서 입국카드의 숙소 란을 비워놨던 게 화근이었다. 아버지께서는 언제나 말씀하셨다. 거짓말하지 말라고. 하지만 거짓으로 입국카드를 작성하지 않은 걸 일초도 걸리지 않고 바로 후회했다.

왕복티켓도 오픈티켓이었고 모든 여행자라면 당연히 가지고 있는 JR패스도 없었으니 입국심사대 직원도 당황했을 터였다. 당연한 결과라고 생각할 수도 있지만 그때는 왜 내가 아까운 시간을 허비하는 것인지에 대해 화가 났고 반박하고 싶었지만 내가 아는 일본어라고는 아리가또와 빠가야로, 사요나라뿐이었던 것이다.

결국 그들은 도쿄에 있는 내 친구에게 전화를 걸어 내가 어디에 머물 것이지 일본어로 묻고 확인했고 난 일본어로 그들에게 사요나라를 외치며 계획보다 3시간 늦은 여행을 시작했다. 입국장에는 덩그러니 나 혼자뿐이었고 계획을 자세하게 세웠으면 큰일 날 뻔했다는 어처구니없는 생각을 하며 하카타 페리 터미널 정문에서 담배를 하나 빼어 물었다.

후쿠오카의 여름은 부산보다 훨씬 많은 습기를 머금고 있는 불쾌지수 120프로짜리의 견디기 힘든 더위였다. 하카타 역까지 버스를 타고 하카타 역에서 세이슌 주하찌(청춘18세) 티켓을 11만 원을 주고서 구입했다. 거의 여행경비의 절반을 티켓 한 장으로 사용해 버린 셈이었다.

나는 여행할 때 여행계획도 세우지 않지만 경비계획도 세우지 않는 편이다. 여행계획은 부딪치면 풀리게 되어 있었고 물론 시행착오가 조금 많아지는 단점이 있었지만 그 시행착오 중에 재미있는 일이 많이 생기기 때문에 위험한 일이 닥치지만 않는다면 만사 오케이다.

여행경비 계획 부분에서도 교통비 정도만 대충 계산해본다. 목적지까지 가기만 하면 먹는 것과 자는 것은 어떻게든 현지에서 절약 가능하다고 생각하기 때문인데 사람이란 동물은 돈이 없으면 자연히 절약하는 생활모드로 바뀌게 되기 마련이라는 신념 같은 게 있기 때문이다.

세이슌 주하찌 티켓은 인터넷 검색으로 알게 되었는데 역시 싼 가격이 가장 매력적이었다. 5일간 사용할 수 있도록 도장 찍는 부분이 다섯 칸 있었고 도장 하나에 하루를 사용할 수 있도록 되어 있었다.

예를 들면 그날 0시에 사용한 티켓은 24시간 후 만료가 된다는 의미고 지방 열차만 가능하기 때문에 몇 번이고 갈아타야 하는 번거로움이 있는 티켓이지만 교통비가 비싼 일본에서 나처럼 지갑이 가벼운 여행자에게는 충분히 매력적이었다.

물론 신칸센과 특급열차는 허용이 되지 않는 이해심 없는 티켓이긴 하지만 가격이 저렴하기 때문에 학생 여행자가 주로 이용한다지만 그다지 인기가 있는 것 같지는 않았다. 현지인들도 대부분 알고는 있지만 별로 사용하지 않는걸 보면. 그렇게 열 몇 번의 환승을 하고 이틀 반이 걸려서 도쿄에 도착했다. 아직도 신기할 뿐이다. 일본말 세 마디 하는 내가 어떻게 그 많은 기차역에서 갈아타고 자리를 찾고 도쿄 역까지 갔는지는 아직도 미스터리로 남아 있다.

도쿄 역에 도착해서 친구에게 전화를 하니 친구가 마중을 나왔다. 1년 만에 다시 본 친구 한나는 꽤 일본 스타일로 멋스러워져 있었고 난 노랑머리의 양아치가 되어 있었다.

오랜만에 만나서 수다를 실컷 떨며 그녀의 기숙사로 갔다. 어찌된 영문인지 나는 여대 기숙사에 자연스레 머물게 된 것이다. 친구에게 입국심사대의 일을 물으니 그녀도 깜짝 놀랐단다. 자기가 먹여주고 재워 준다고 해서야 내가 여행을 시작 할 수 있었다는 것이다. 역시 친구도 제대로 둬야 한다는 생각을 했다. 나의 일학년 일 학기 여름방학은 본의 아니게 대부분을 친구들의 학교 기숙사에서 보내게 된 셈이다.

한나와 도쿄 시내 여기저기를 구경하고 그녀의 봉사활동 단체에 가서 의미 모를 우표를 봉투에 붙이고 하나비를 구경했다. 한창 뜨거운 팔월이었다. 후쿠오카에 도착해서 생전 처음으로 유카타를 입은 아가씨들이 전단지를 들고 있는 모습을 보며 나의 건전하지 못한 사상은 일본의 주점 홍보하는 아가씨들로 생각을 했었다.

도쿄까지 오면서도 유카타 입은 아가씨들을 볼 때마다 체인점인가 하고 생각해서 친구를 만나면 물어봐야지 생각했다. 한나에게 물어봤다. 한나는 내 이야기를 듣고서 어이없다는 웃음을 지으며 불꽃놀이 의상이라고 알려 줘서 그제야 왜 그렇게 하카타 역 뿐만 아니라 여기저기에 수많은 주점 홍보 아가씨들이 있는 걸 이해했다.

일본 불꽃놀이 날

불꽃놀이를 보고 난 다시 후쿠오카로 돌아가야 함을 떠올렸다.

돌아가는 길에는 교토와 오사카에 들렀다. 교토가 가고 싶어서 들른 게 아니라 아직 시간적인 여유가 있었고 경비도 여유가 있었기 때문이다. 교토의 절은 한국과는 또 다른 정갈함이 배어 있었다. 한국 절의 곡선의 미학보다는 직선의 미학이 일본인의 정서를 나타내고 있는 듯 보였다. 심지어 전봇대에 붙어있는 전단지도 오와 열을 맞춰놓았다.

오사카 성에는 나뿐만 아니라 한국 초등학생 여행객들로 인해 초등학생들 뒤를 졸졸 따라다니며 한국어 가이드를 받으면서 성을 구경했다. 나는 그곳의 역사보다도 그저 관광지에 쓰레기 하나 없는 일본이라는 나라가 조금 더 궁금해지기 시작했을 뿐이다. 돌아가는 길은 이미 한번 와본 길이기 때문에 조금 여유가 생겼다. 일본말은 못하지만 몸으로 익힌 학습효과는 있어서 천만다행이다. 어쩌면 귀소본능일지도 모르지만.

오사카에서는 후쿠오카까지 가는 문 라이트라는 기차가 있었다. 밤새 잠을 자면서 후쿠오카까지 도착할 수 있는 여름 한철의 기차였다. 나에게는 숙박비도 절약할 수 있는 굉장히 유용한 열차였는데 꽤나 인기가 있는 기차여서 예약을 하지 않으면 자리가 없는 경우도 있을 정도였다. 하룻밤을 자고 일어나니 기차는 어느새 후쿠오카에 도착했다.

후쿠오카에서 간단히 시내 관광을 하고 비틀을 타고서 난 다시 부산으로 돌아왔다. 부산에서 군대 선임에게서 전화 한통을 받았다. 대전에서 군대 선후임 모임이 있으니 참석하라는 명령이었다. 명령을 핑계 삼아 자전거로 돌아가야만 했던 길을 포기했다. 포기는 김치 담글 때만 쓰는 말이 아니라 이럴 때 더욱더 요긴하게 쓰는 말인 것 같았다.

새마을호는 순식간에 대전에 도착했다. 내가 거의 자전거로 일주일이 걸린 거리를 2시간 만에 가로질러 버렸다. 방학 시작할 때의 삼 개월이라는 시간은 영원히 끝나지 않을 것 같았는데 시간은 여지없이 일학년 2학기를 향해 나아갔다.

그렇게 일학년 일 학기 기나긴 첫 방학이 끝났다. 그리고 마음속에 오랫동안 담아뒀던 자전거 여행을 무사히 마쳤다는 보람이 차고 넘쳐 건방진 개기름이 얼굴에 묻어나올 정도였다.

그해 여름 난 또 다른 여행자들의 냄새에 취했고 나의 체취를 1번국도의 곳곳에 그리고 일본의 구석구석에 남겨 놓았다. 나도 언젠가 기사식당에서 아침밥을 먹다가 자전거 여행을 하는 대학생을 만나면 할 말이 생겼다. 내가 말이야 왕년에 자전거 여행을 말이야 하고 말이다.

# 내공 3갑자짜리 우육면

그렇게 일학년 일 학기 첫 기나긴 방학이 끝났다.

자전거는 친구가 택배로 보내줘서 학교 게시판에 광고를 내서 7만 원에 다시 팔았다. 어쩌면 장사에 소질이 있었는지도 모를 일이다. 1학기 때처럼 후배들에게 술을 억지로 강요할 필요는 없었다. 자작 하는 법을 가르쳐 주지도 않았는데 스스로들 터득했고 심지어는 나 몰래 친구들끼리 먹기까지 했다. 그 심한 배신감은 절친한 군대 동기가 나 몰래 화장실에서 초코파이를 먹고 나오는 모습을 목격한 때와 맞먹었다. 더 이상 그들의 담배 피우는 모습이 어색하지도 않을 정도로 그들 또한 방탕한 생활에 익숙해졌다. 물론 나의 영향은 아니라고 생각했다. 그 모습은 어느 대학에나 있는 모습이니까. 아마도 우리나라 대학 시스템의 쿨하고도 어두운 단면이 아닐까 생각했다. 2학기도 여전히 후배들의 숙제를 베끼고 알지도 못하는 인생에 대해 구라를 일삼았다.

정말이지 일학년은 어떻게 지나갔는지도 모르게 쏜살같이 지나가 버렸다. 술 마시느라 밤을 샜고 과제하느라 밤을 새고 여행계획을 구상하며 새하얗게 밤을 지새운 날이 더 많을 정도였다. 그 당시의 나는 내가 자는 동안에 재미있는 일이 일어나면 어떡하지 하는 생각으로 항상 날밤을 샜다고 하는 게 맞는 표현일지도 모르겠다. 그 정도로 불끈불끈한 시절이었다.

그리고 다시 방학숙제 없는 기나긴 겨울방학은 순식간에 다가왔다. 방학을 하고 며칠을 중앙난방으로 보일러가 빵빵하게 들어오는 후배 방에서 빈둥대다 보니 어느새 크리스마스가 다가왔다. 내 자취방은 11월 중순에 기름이 떨어져 냉방에서 몇 주를 보내야만 했던 것이다. 크리스마스이브 날 후배 방에서 촛불만 켜놓고 청승을 떨고 있는데 어둑해져서야 후배가 노가다에서 묻은 청바지의 흙먼지를 털어내며 내게 한마디 한다.

"형 돈 벌어 왔어요. 밥 먹으러 가요."

내 주머니는 심각하게 가벼워져 있어서 후배가 벌어오는 돈으로 하루하루가 아닌 한 끼 한 끼를 연명했다. 잘 키운 후배 하나 열 동기 안 부럽다더니.

아르바이트를 찾기 위해 과 사무실에 들렀다. 그리고 이내 모 대기업 공장에서 용접 화재 감시원 일자리를 얻었다. 유난히 추웠던 그 해 겨울 나의 여행 계획은 그렇게 다시 시동을 걸었다. 한 달 동안 꼬박 잔업까지 채워가면서 일을 했다. 그때 일했던 십장 아저씨는 나를 꽤나 마음에 들어 했는데 내게 명함을 주며 다음 방학 때 꼭 연락을 달라는 말을 할 정도였다. 어쩌면 새로운 적성을 발견한 것이었는지도 모른다. 그때 적성을 살렸다면 어쩌면 지금쯤은 멋진 용접 기술자가 되어있을지도 모를 일이다. 시급도 꽤나 쏠쏠했는데 다음 학기 학비를 충당하고도 여행이 가능할 정도였다. 아르바이트를 친구에게 넘기면서 아까울 정도였지만 역시 그런 유혹들도 나의 여행에 대한 욕구를 잠재우진 못했다.

먼저 자전거를 인터넷으로 구매했다. 접이식 자전거였고 바퀴는 12인치짜리로 그 당시 최고 인기의 자전거였다. 왜 그렇게 자전거에 집착했는지 모르지만 왠지 자전거를 타고 가면 재미있는 일이 가득할 거라고 아무 근거도 이유도 없이 어떤 신념 같은 것이 마음속에 자리했다. 한마디로 자전거 이외에 눈에 보이는 게 없었다.

배낭을 짊어지고 이번엔 인천으로 향했다. 출근하는 사람들로 인해 붐비는 전차 안에서 사람들의 이상한 시선을 즐기면서 자전거 안장에 앉아서 중국 여행기를 읽으며 인천항으로 향했다. 호주 여행에서 3일 만에 무거운 가이드북이 배낭의 맨 밑을 차지하게 되었을 때 난 결심 아닌 결심을 했다. 앞으로의 여행에서 다시는 무거운 가이드북 따위는 갖고 다니지 않기로 말이다.

도착한 인천항은 서해바다의 짭조름한 바다 냄새를 물씬 풍겼다. 멀리 내가 탈 배가 보였다. 촌놈이라서 그런지 몰라도 그렇게 큰 배는 처음 봤다. 아마 타이타닉호가 이만하지 않았을까 하고 생각했을 정도로 어마어마한 규모였다. 일본 갈 때 탔던 비틀은 고속정이라 버스 한대만 했는데 이건 버스 20대정도 크기는 되지 않을까 싶었다.

출국심사대에서 근무하는 사람들이 나를 잡고서 자전거 어디서 샀냐고 묻는다. 자전거는 관심 받고 있었고 나 역시 관심을 받았다. 관심대상이 된다는 것은 조금 싫은 일이기도 하지만 역시 싫지 않은 우쭐한 기분이 되기도 한다. 역시 자전거를 가져오기 잘했다는 단순한 생각을 했다. 자전거를 타고 중국에 가는 사람은 처음 본다고 해서 웃으면서 나도 처음으로 자전거 타고 중국 간다고 했다. 갑판 위에서 사진도 찍고 비디오도 보고 일기를 써 보기도 했지만 여전히 망망대해에서 헤맬 정도로 기나긴 항해였다.

장장 꼬박 하루를 채운 24시간 동안 항해를 해서 다음날 아침 중국 칭다오에 도착했다. 지금까지 살아오면서 못된 장난은 수없이 많이 했지만 경찰서에 잡혀간 건 딱 두 번밖에 없는 난 꽤 깨끗하게 살아온 대한민국 청년이었다. 그런데 어찌된 영문에선지 입국심사대 앞에만 서면 나도 모르게 슬쩍 위축되고 만다. 아마 범죄 인상의 여권 사진 때문일지도 모르겠지만 지난번 일본에서의 경험 때문에 그 불안함은 더욱더 커져 버렸다.

어쨌든 지금도 입국심사대에서는 벌거벗은 것처럼 불편하다. 그런데 중국여행에서는 자전거 덕분에 무사통과했다. 자전거 때문에 배에서 내려 버스를 타고 입국심사대까지 이동하지 않고 버스의 메케한 매연을 맡으며 뒤에 자전거를 타고 따라가 입국심사대에서 바로 도장을 받고 옆으로 자전거를 끌고 나왔다. 역시 자전거를 가져오기 잘했다는 단순한 생각을 했다.

베이징 갈 때 버스 승무원이 2인분 요금을 내라고 하기 전까지는 말이다.

칭다오 역까지는 택시로 이동을 했다. 멀지 않을 줄 알았는데 택시를 타고서 1시간이 넘게 드라이브를 했다. 1시간 넘게 택시를 타보긴 처음이었고 택시로 고속도로도 처음으로 달려봤다. 택시기사는 톨게이트 비를 나에게 내라고 해서 한참 실랑이를 했다. 그리고 마침내 도착한 칭다오 역에서 내가 다시 버스를 타고 베이징으로 갈 줄은 나도 미처 몰랐다. 칭다오 역에 가면 여행자 숙소가 당연히 있을 줄로 알았는데 너무 삭막한 분위기에 그냥 베이징으로 가기로 마음을 먹은 것이다. 역시 무계획성 여행이 여실히 탄로나는 지점이었다. 칭다오 여객터미널에서 바로 베이징으로 가는 버스가 있었기 때문이다.

이제까지 여행하면서 항상 목적지까지 가는 여행계획만 세웠지 가서 어떻게 하는 건 생각하지 않았던 게 이렇게 돈과 시간을 낭비하게 만들었다. 이 부분에서만큼은 도무지 학습효과라는 게 없다. 지금까지도 여행하면서 구체적인 여행계획을 세워 본 적이 없는 걸 보면 말이다.

베이징에 도착하니 벌써 어둑어둑해진 밤이 되어 버렸다. 어렵사리 여관을 찾아 들어가 침대에 누워 그날 하루를 되돌아 봤다. 말도 제대로 통하지 않는 택시기사와 실랑이를 하느라 꽤나 피곤한 하루였다. 침대 옆에 예쁘장한 자전거 한대 세워놓고 금세 잠이 들었다. 그렇게 자전거 천국 중국에서 예쁘장한 나의 자전거와의 여행은 시작되었다.

그리고 아침에 일찍 일어나 간단히 씻고서 여관을 나섰다. 2월의 베이징의 아침은 아직 겨울의 추위가 물러가지 않은 차가운 공기가 하얀 입김을 만들어 내고 있었다. 주변을 보니 마치 만화처럼 말풍선을 달고 자전거를 타고 가는 사람들이 보인다.

천안문 광장을 한문으로 쓴 쪽지를 보여주며 어떻게 가는지 물어 엄청난 자전거 대열에 나도 합류했다. 그런데 기분이 이상해서 주변을 살펴보니 모두가 나를 보고 있다. 내 얼굴이 너무 잘생긴 건가 으쓱해 하며 천안문 광장을 향해 자전거 인파에 합류했다. 정말 엄청난 수의 자전거 행렬이었다.

해양 다큐멘터리에서 보는 작은 물고기 떼들이 상어에게 쫓겨 이리저리 도망 다니는 영상을 보고 있는 느낌이었다. 나도 그중에 하나의 물고기처럼 느껴질 정도로 엄청난 행렬이었다.

그리고 천안문 광장에서 아침에 사람들이 왜 그렇게 나를 뚫어져라 쳐다 봤는지 알게 되었다. 천안문 광장 옆 자전거 주차장에 자전거에 열쇠를 채워 세워두고 광장에서 과자를 먹고 있는데 내 자전거 주변에 사람들이 구름 떼처럼 모여 있는 게 보였다. 무슨 문제가 있나 하고 달려가서 보니 내 자전거가 너무 예쁘게 생겨서 다들 쳐다보고 있는 것이었다. 호기심 많은 중국 사람들에 둘러싸여 과다한 관심을 받고 있는 자전거가 창피할 것 같아서 열쇠를 풀어 핸들을 잡았다. 누군가 한 명이 어디서 샀냐고 영어로 물어 와서 내가 앞에 새겨진 '메이드인 차이나'를 보여줬더니 누런 이를 드러내며 웃는다.

그렇게 중국을 자전거로 요리조리 둘러볼 요량이었는데 자전거로 꽤 돌아다닌 건 사실이지만 중국이 그렇게 넓은 건 상상조차 하지 못했다. 그리고 원체 눈에 띄는 자전거라서 도둑맞을까 봐 조바심 때문에 여행도 제대로 못할 정도였다.

여행자 숙소를 찾아 헤매고 자전거를 타고 가방에 담아 버스를 타고 해서 드디어 여행자숙소 도미도리에 짐을 풀었다. 중국을 일 년째 여행하며 중국어 공부를 하고 있다는 사람을 만나서 이런저런 이야기를 듣고 사진을 구경했다. 중국 북서부 카슈카르까지 다녀온 모양이다. 아직 루트도 제대로 정하지 않고 온 내게 아주 요긴한 정보였다.

하지만 그날 저녁에 마신 중국 슈퍼에서 산 공업용 알코올 같은 미지의 액체를 마시고 난 그날 기억을 아주 깨끗하게 지워버렸다. 기억이 전혀 안

날 정도로 이상한 액체를 너무 많이 마셔버렸다. 다만 그 사람이 보여준 사진만은 기억이 나는 게 용했을 뿐이다.

남자라면 한번 꼭 올라가봐야 한다는 만리장성에 가기 위해 베이징 역 앞에 있는 투어버스를 탔다. 만리장성은 직접 걸어 올라가지 못하고 케이블카로 단숨에 올라간 탓에 남자의 웅지를 확인한 게 아니고 만리장성 벽돌에 새겨진 한글이름과 하트만 확인하고 왔을 뿐이다.

역시 대단하다는 생각이 들만큼 엄청난 건축물이었던 것만은 확실하다.

그리고 과거 장안인 시안으로 향했다. 고등학교 때 그렇게 읽어대던 무협지에서 나오던 장안을 직접 가다니 꿈만 같았다. 어쩌면 무협지의 주인공처럼 비서를 발견하거나 비기를 익히고 엄청난 미녀를 얻는 것을 상상하며 시안으로 향했다. 마치 무협지 주인공이나 된 것처럼 자전거 페달을 밟아서 베이징 역에서 잉쭈어라는 좌석과 운명적인 만남을 했다.

중국 기차여행은 상상을 초월할 정도로 장거리이기 때문에 장거리 여행을 하는 사람들의 대부분은 침대칸을 이용한다. 중국의 기차는 몇 등급으로 나뉘어져 있는데 장거리용 침대칸과 단거리용의 란워라고 부르는 푹신한 좌석이 있었다. 물론 난 잉쭈어 이외에는 이용해 본 적이 없기 때문에 자세한 설명은 불가능하다. 많은 현지인들은 가격이 싼 직각 나무의자인 잉쭈어 칸을 주로 이용하고 있었다. 딱딱한 직각 의자에 앉아서 해바라기 씨를 기가 막히게 까먹고 뱉어내는 중국인들 사이에서 여덟 시간을 보내고 나니 진짜 중국을 보고 있는 것 같았다. 첫 잉쭈어 여행에서 난 비기나 비서를 발견한 건 아니고 나도 어느새 해바라기 씨를 기가 막히게 뱉어내고 있었다. 그다지 내공이 소모되는 일은 아니었다. 물론 해바라기 씨에 내공이 들어있을 리도 만무했다. 그렇게 시안에 도착하니 어슴푸레 해가 떠오르고 있었다.

아무런 정보도 없었기 때문에 신선한 새벽공기를 마시며 역을 등 뒤로 한 채 앞으로 직진했다. 주변 공원 여기저기에서 한 무리의 중국인들이 태극권으로 아침 운동을 하고 있었는데 어쩌면 저 안에 무림 고수가 있을지도 모른다는 상상을 하며 자전거에 올라타 한가로이 새벽공기를 마시며 페달을 밟았다. 시안의 새벽공기는 굉장히 신선한 느낌이었다. 베이징에 비해 훨씬 깨끗한 공기가 폐 깊숙이 들어와 정화시켜주는 기분이었다. 시안도 분명히 그리 깨끗한 공기는 아니겠지만 베이징의 공기는 그만큼 탁했던 것이다.

아침에 바쁜 걸음을 하는 사람들을 붙잡고 호스텔을 물었다. 현지인들이 알 리가 없다. 비싸 보이는 호텔에 들어가서 그곳에서 일하는 사람에게 묻는 게 오히려 빠르다는 걸 몇 번의 여행으로 터득했다.

잠시 공원에 앉아 일기를 썼다. 그리고 호텔에 들어가 호스텔 주소를 가지고 페달을 밟았는데 자전거가 오히려 짐이 되기 시작했다. 바로 버스를 타면 간단히 도착할 거리도 자전거로 한참을 헤매기 시작한 것이다. 2시간이 걸려서 호스텔에 도착했다.

먼저 호스텔 바에 가서 시원한 칭다오 맥주를 한잔하니 살 것 같았다. 마치 주화입마를 극복한 무공인이 된 듯했다. 바에 비치된 방명록에 뭔가 적고 싶어서 펼쳤다. 몇 개의 외국인들의 글이 보였고 한국 사람들의 글도 보였다. 우리나라 사람들은 '누구누구 왔다 감' 이라고 방명록을 적는 게 특징이다. 적힌 사람들의 이름을 보니 피식 하고 웃음이 나왔다. 나는 그날 일기를 거기다 적어놓고 나 역시도 이름을 적고 사인을 했다.

진시황제의 권력의 집합체라는 병마용과 양귀비가 목욕을 했다는 화청지에 갈 예정이었다.

버스를 타고 도착한 병마용은 우리 동네 비닐하우스 같은 온실처럼 꾸며놓고 비싼 입장료를 요구했다. 학생 할인도 없는 병마용에서 입장하면서부터 조금 기분이 불쾌해졌다. 병마용은 텔레비전에서 너무 많이 봐서 그런지 몰라도 별 감흥을 받지 못했고 오히려 병마용 정문 앞에서 팔던 수타 라면이 감동적이었다.

그날은 꽤 눈이 많이 와서 화청지에 있는 소나무 위에 눈이 소복이 쌓였다. 양귀비가 목욕을 한곳이라 그런지 왠지 눈 쌓인 화청지는 꽤나 섹시한 느낌이었고 다녀간 높은 양반들 사진을 구경하고 숙소로 돌아왔다.

그날 하루도 내공을 소모했으니 내공을 보강하기 위해 바에 들러서 칭다오 맥주를 한잔 마셨다. 바의 주인은 꽤나 젊은 사람이었는데 영어가 유창했기 때문에 그에게서 많은 정보를 얻을 수 있었다.

중국에 도착해서 놀란 점은 영어가 발을 디딜 틈이 없다는 것이었다. 대부분의 사람들은 영어를 아예 할 줄도 몰랐고 표음문자인 한자로 영어를 표기하는 것은 내가 보기에 한마디로 코미디였다. 코카콜라도 한자고 케이에프씨도 영어가 없는 한자뿐이었다. 완전 까막눈이 된 듯한 느낌이었다. 한자 문화권인 한국인이 그러할진대 유럽인들은 오죽할까?

기차 안에서는 다행히 주변에 영어가 가능한 대학생들이 몇 명 있었기 때문에 도움을 받을 수 있었지만 영어로만 여행을 하기에는 꽤나 피곤한 건 사실이었다. 고등학교 때 제 2외국어로 배운 중국어는 전혀 도움이 되지 않았다. 내가 하는 말을 그들은 단 한마디도 이해하지 못하는 것이었다. 커뮤니케이션이 되지 않는 언어를 어디다 써먹을 수 있겠는가? 아마 내가 했던 중국어를 그들은 무슨 마술 주문처럼 생각했을지도 모를 일이다.

바에서 맥주를 마시며 남은 돈도 생각해보고 시간도 생각해봤다. 돈과 시간은 그다지 문제가 되지 않았다. 그때 당시의 나에게는 광대한 중국을 내 발로 직접 걷고 보고 느껴보고 싶은 것이 먼저였다. 돈이 부족하면 우선 누군가에게 나를 사랑하는 만큼만 빌리면 될 것이었다.

카슈카르까지 다녀오면 개강시간에 못 맞출 수도 있었다. 하지만 베이징에서 공업용 알코올 같은 미지의 액체를 마시고 기억을 모두 지웠음에도 불구하고 카슈카르의 여행 사진만은 기억에 뚜렷이 남아 있었다. 눈앞에 아른거리는 장면을 손으로 마구 휘저어도 봤지만 이내 다시 맥주잔의 거품 위에 더욱더 선명하게 떠오를 뿐이었다. 운명을 거스르지 않기로 했다. 시안 역에서 우루무치까지 가는 기차표를 끊고 말았다.

우선 장거리 여행이 될 것이었고 최대한의 기동력을 위해 거추장스러울 수도 있는 자전거는 호스텔 경비 아저씨에게 30위안을 주고 맡기기로 했다. 30위안의 위력은 대단했다. 먼지가 쌓일까 봐 비닐로 덮어주기까지 했다. 말이 통하지 않는 내게 경비 아저씨는 엄지손가락을 치켜들기까지 했다.

시안 역까지는 자전거로 헤매서 두 시간 걸렸던 거리를 버스로 간단히 15분 만에 도착했다. 거대한 시안역 앞에는 엄청난 사람들이 모여 있었다. 명절의 서울역 앞도 이렇게 붐비지는 않을 것 같았다. 역시 중국의 인파를 실감하는 순간이다.

열차를 타기 위해 줄을 섰는데 사람들에게 밀리니 나도 어쩔 수 없이 인파에 밀려서 이리저리 밀리고 말았다. 인파를 몸소 실감하는 순간이었다. 처음에는 안 밀리려고 안간힘을 쓰다가 어느 순간 나도 인파에 몸을 맡기고 이리저리 자연스레 밀리니 오히려 조금 편안해졌다. 그렇게 다시 잉쭈어와의 만남은 시작되었다.

우루무치까지는 48시간 정도 걸릴 것이고 난 다시 우루무치에서 24시간 동안 다시 기차를 타고 카슈카르에 도착할 예정이었다. 48시간이라는 시간은 다르게 표현하면 이틀이다. 기차에 탈 때는 말끔하던 얼굴이 내릴 때는 수염이 산적만큼이나 덥수룩하게 된다는 말이다. 엄청나게 기나긴 시간이었고 또한 엄청난 사람들이 타고 내렸다. 타슈칸 사막은 끝이 없는 것처럼 달리고 달려도 지평선밖에 보이지 않았다.

기차가 사막 위를 가로지르며 커브를 돌다가 창밖에 기차가 보이기에 내가 탄 기차 바로 뒤를 다른 기차가 따라온다고 생각했다. 그런데 내가 본 것은 기차의 후미였을 뿐이다. 엄청나게 긴 기차의 선두 칸에 앉아 해바라기 씨를 뱉어내며 중국의 광대함에 놀라고 엄청난 인파에 기가 조금 눌리고 있었다.

이내 인해 전술을 생각해 냈다. 6.25에 대한 글을 읽을 때 중공군의 인해 전술에 밀린 국군 생각이 났다. 어쩌면 중국인들은 10개월 만에 아이가 태어나는 게 아니라 한 달 만에 두세 명씩 출산이 가능할지도 모른다는 만화 같은 생각을 했다. 나도 인해 전술에 밀려 내 발 밑에는 이미 수염이 덥수룩한 중국아저씨가 누워 자고 있었고 3명 앉을 수 있는 의자에 4명이 끼어 앉아 가고 있었다. 나도 인해 전술에 밀리고 있는 상황이었던 것이다.

끝이 없을 것처럼 보이던 타슈칸 사막도 이내 어디에선가는 끝이 나게 마련이다. 그렇게 허리가 끊어질 듯한 고통을 이겨내고 컵라면으로 이틀을 버티고 나니 난 위구르인들의 고장 우루무치에 도착할 수 있었다.

그때만큼 내가 많은 생각을 해 본 적은 없었다. 태어나서 기억이 있는 시간부터 지금까지의 나를 돌아보고 지금까지 사귀었던 여학생들과의 애정행각들과 공상과 수없이 읽었던 무협지 내용까지 들쑤셔 보았지만 그럼에도 불구하고 48시간은 기나긴 시간이었다. 충분히 성장한 느낌이었다. 그냥 기차를 타고 이동을 한 것뿐인데 기나긴 시간 동안의 생각들로 난 정신적으로 성장한 느낌까지 들 정도였다.

우루무치에 도착해서 역 근처의 식당에서 우육 면을 한 사발 먹었다. 바로 카슈카르로 가는 기차가 없어 다음날 출발하는 기차를 예약하고서 역 가까운 호텔에 배낭을 내려놓았다.

여기저기에 눈이 파란 서역인들이 중국말을 유창하게 하고 있었다. '이곳이 서역공주가 살고 있는 서역이군' 하고 혼잣말을 했다. 무협지에도 서역공주는 항상 미인이었는데 위구르 인들도 역시 선남선녀였다. 뉴스에서 한창 독립운동을 하는 중이라고 들었는데 왠지 조금 서글프기까지 했다. 우리네 조상들의 과거 모습과 별반 다름없는 모습이 아닌가. 그들도 언젠가는 안중근 의사나 김좌진 장군 같은 영웅이 나타나길 기다리고 있을 것이다.

다음날 우루무치에서 카슈카르로 향하는 기차에 몸을 실었다. 어느 역이

나 마찬가지로 우루무치 역도 인파에 북새통을 이루고 있었다. 처음 베이징 역을 봤을 때는 별 생각 없이 크다고 생각했다. 아마 베이징 역이니까 크다고 생각했는데 어디를 가도 역은 공항만큼이나 컸다. 우리나라의 서울역은 간이역으로 보일만큼 중국의 기차역은 상상도 할 수 없을 정도로 거대한 규모였다. 하긴 중국의 어마어마한 인구를 감안하면 오히려 작을 지도 모른다는 생각이 들긴 했다.

얼마 전까지만 해도 카슈카르까지는 버스밖에 다니지 않았는데 지금은 기차가 다녀서 조금 편하게 갈 수 있을 거라고 생각했지만 역시 잉쭈어로 24시간 가야 하는 거리였다.

옆에는 귀여운 위구르 아가씨가 스카프로 히잡을 쓴 채 앉았다. 앞에는 잘 생긴 위구르인 청년이 앉았고 우리는 몇 장의 그림을 그려가며 대화를 하며 맥주를 마셨다. 그렇게 "호샤"(위구르어 건배)를 외치며 마신 맥주가 어느새 10병을 넘어섰다. 도중에 남은 한자리에는 한족이 앉았다.

위구르 청년은 벌겋게 달아오른 얼굴로 발로 차면서 나가라고 외쳤다. 나는 마시던 맥주병을 떨어뜨릴 정도로 깜짝 놀랐다. 그만큼 한족과의 감정은 극도로 악화되어 있었던 것이다.

그 잘 생긴 청년도 이내 목적지에 도착해서 내렸고 난 히잡을 쓴 위구르 아가씨와 몇 장의 그림으로 대화를 나누며 알콩달콩한 시간을 보냈다.

기차가 지나갈 때마다 흙집들이 쏜살같이 내 뒤로 물러나며 카슈카르는 내게 점점 가까워졌다. 도착한 카슈카르는 베이징 여행자 숙소에서 봤던 인상처럼 흙집이 빼곡히 세워진 따스한 인상의 실크로드의 오하시스 도시였다. 아직 2월이었지만 따스한 햇볕에 먼지 알갱이들이 날리며 반짝거렸다. 버스를 타고 가며 토담에 기대앉아 있는 노인들과 간이 당구대에서 당구를 치고 있는 꼬마들을 지나쳤다.

숙소는 카슈카르에서 유명한 색만빈관이라는 곳으로 정했다. 도착한 색만빈관은 엽서에 사진이 찍힐 정도로 예쁜 호텔이었는데 실내는 비수기여서 공사가 한창인 덕분에 투숙객은 나를 포함해 10명이 채 안 되어 보였다. 위구르인의 건축미가 묻어있는 모스크 형식의 호텔이었다.

가까운 시내를 걸어서 구경한 뒤 버스를 타고 도착한 여러 가지 색의 무덤이라는 의미의 향비묘는 몇 백 년이 지나도 아름다운 타일들이 색의 조화를 힘껏 뽐내고 있었다.

봄 햇살을 듬뿍 받은 토담벼락을 따라 걸었다. 흙먼지를 맡으며 흙냄새로 카슈카르를 기억하고 싶었다. 광장 앞에는 거대한 마오쩌둥 동상이 손을 번쩍 들어 인사를 하고 있었는데 그다지 친숙한 모습이 아니었다. 왠지 남의 집에서 집주인 행세를 하고 있는 것처럼 보였다.

중국은 거대한 땅이었다. 베이징과 카슈카르는 2시간의 시차가 있을 정도였다. 광장에는 삼삼오오 모여 간이 당구대에서 당구를 치는 광경이 펼쳐졌다. 우체국에 들러 오랜만에 누나에게 전화를 걸어 안부를 전했고 몇 장의 엽서를 사서 친구들과 누나들에게 편지를 썼다. 왠지 이역만리에서 편지를 써서 부치니 진정한 여행자가 된 기분이었다. 파키스탄과 국경을 맞댄 오아시스 도시인지라 모스크 앞의 시장은 파키스탄의 상인들과 현지 상인들로 문전성시를 이루고 있었다.

다시 돌아가는 표를 사기 위해서 표를 끊고 있는데 누군가 한국말로 "아빠, 엄마"를 외치며 말을 건다. 내가 들고 있는 한국어 여행 책을 보고 한국 사람인 줄 알았을 것이다.

그가 자꾸 중국말로 자기 오토바이를 타라고 한다. 겁도 없이 날름 오토바이에 올라탔다. 오토바이가 골목으로 들어가자 난 겁이 났다. 그렇다고 달리는 오토바이에서 뛰어 내릴 수도 없는 일이었다. 꽤나 기다랗고 복잡한 토담 길을 지나고 허름한 아파트 앞에서 오토바이는 멈췄다. 그 청년을 따라 올라가보니 할머니가 파를 다듬고 계셨다.

할머니를 보자마자 한눈에 한국 사람임을 알아보고 "안녕하세요" 하고 인사를 건넸다. 다름 아닌 조선족 할머니가 이 먼 곳에 살고 계셨다. 할머니의 딸이 위구르인과 결혼해서 이곳에 정착하게 되었다고 한다. 꽤 오랫동안 과자와 차를 얻어먹고 이런저런 이야기를 나눴다. 비록 할머니의 친북성향과 반미감정은 내가 설득할 수 있는 문제는 아니었지만 나도 미국이 곱지만은 않았기에 할머니 말씀에 공감했다.

호텔로 돌아오면서 한국말을 아직 기억하시는 할머니를 생각했다. 꽤나 외로운 삶이었을 것이다. 고향을 떠나 멀리 이국에서 홀로 살아간다는 것은 집성촌에서 태어나 20년을 그 울타리에서 살아온 내게는 그런 외로움은 상상조차 되지 않았다.

다음날 아침 일찍 유명한 카슈카르 시장 구경을 나섰다. 아직 추위가 가시지 않은 2월이라 여행자들이 드물었다. 시장에 가는 길에 우연히 미국인과 동행하게 되었다. 처음에 그에게 말을 걸 때는 대꾸도 하지 않았다. 이유인즉슨 중국인이 물건을 팔러 오는 줄 알았던 것. 함께 들어간 시장에서 지네나 전갈을 말려서 빻은 것들을 구경할 때는 기겁을 하며 중국인은 아무거나 다 먹는다며 내게 귓속말을 한다. 나는 웃으면서 그 가루를 조금 얻어와 내 입에 조금 대고 그의 입에 대주니 뒷걸음질을 치며 "호러블"을 연발한다.

나는 그에게 무협지 내공에 대해서 꽤 긴 시간 설명했다. 그는 끝내 그 지네 가루를 입에 대지 않았다.

카슈카르도 다시 뒤로해야 할 시간이다. 왔던 길을 다시 돌아간다는 것은 곤욕이다. 지나온 시간의 추억이 아스라이 눈에서 멀어져 가고 점점 여행을 하는 시간이 짧아진다는 것을 의미하기 때문이다. 투르판이며 다른 사막 도시들도 방문해 보고 싶었지만 시간과 돈은 내게 그런 여유를 허락하지 않았고 바로 우루무치로 향할 수밖에 없었다.

우르무치에 도착하니 눈발이 날렸다. 아직 겨울은 쉽사리 봄에게 자리를 내주지 않았다. 우육면을 한 사발 먹고서 다시 란저우 행 표를 끊었다. 올라올 때 경유 없이 카슈카르만을 목적으로 북쪽으로 올라왔기 때문에 남쪽으로 내려갈 땐 조금 여유를 갖고 내려갈 예정이었다.

란저우에서는 인터넷을 사용하려고 여기저기 돌아다니다가 란저우 대학까지 들렀다. 거기에서도 역시 활개를 치고 있는 한류의 열풍을 몸소 느끼면서 대학생들 기숙사까지 들러서 김희선에 대해 설명했다. 마치 내 애인이나 되는 것처럼 김희선이 나왔던 드라마에 대해 말했다.

남자 기숙사는 한국의 그것과 별다를 것 없이 역시 꾀죄죄한 냄새를 풍겼고 방문에는 김희선의 포스터가 붙어 있었다. 차와 과자를 가볍게 얻어먹고 김희선에게 안부를 꼭 전해 주겠다며 손을 흔들었다.

그들을 뒤로하고 둔황 행 기차에 몸을 실었다. 둔황까지는 잉쭈어 표조차 없어서 입석으로 갔는데 중국인처럼 빈자리에 잠시 앉아 눈을 붙이고 중국인인양 해바라기 씨를 뱉었다. 말을 안 하면 현지인으로 착각할 만큼 씻지도 않고 여행을 했다.

도착한 둔황에는 막고굴이 있는데 그곳에서 혜초스님의 왕오천축국전이 발견 되었다고 한다. 역시 대단한 유적이라 감탄사가 절로 나온다. 그 엄청난 사막 돌산에다가 몇 백 개의 굴을 만들어 불상들을 세웠다. 마치 그 시대의 영화를 직접 보고 있는 착각이 들 정도로 웅장한 유적이었다.

혜초스님의 아우라가 여기저기 스며들어 있다는 착각도 들었다. 돈황 막고굴이 발견되면서 돈황학이 생겼을 정도로 많은 자료가 발굴되었다고 한다. 하지만 그 수많은 자료들은 대부분 아쉽게도 유럽인의 도굴로 현재는 유럽 도서관에 많은 자료가 보관되고 있어 볼 수 없었다. 난 그곳에서 우리나라 최초의 실크로드 배낭 여행자였던 혜초 스님의 아우라를 느꼈다.

그리고 중국에서 유일한 모래사막이라는 명사산에 가기로 했다. 막고굴에서 함께 여행하던 사람들의 남자 친구가 그곳까지 데려다 준다고 해서 자동차를 타고서 시내관광을 하고 명사산까지 함께 가게 되었다. 실제로 티브이로만 보던 모래사막을 보고 있자니 황사의 근원이라든지 그런 생각보다는 자연의 엄청난 힘에 놀라고 그 오아시스 옆 사막 한가운데 지어놓은 중국의 사찰에 감탄을 금치 못했다.

가볍게 옆에 보이는 모래 산 정상에 올라가기로 했다. 숨이 턱까지 차고서야 겨우 올라간 모래 산의 정상에서 "야호"를 외쳤다. 뒤로 무수히 많은 모래 구릉이 보였고 끝없이 지평선까지 이어져 있었다. 저 곳 한가운데서 길을 잃는다면 꼼짝없이 미아가 되어 죽으면 미라가

되어버릴 것이라는 생각을 했다. 다시 난 시안으로 돌아가야 할 시간이 되었다. 신발을 벗고서 모래 산 정상에서 미끄럼을 타고서 힘겹게 올라간 정상에서 순식간에 내려왔다.

돈황 역에서 잠시 텔레비전을 보고 가져온 중국여행기를 열 번쯤 반복해 읽으면서 해바라기 씨를 뱉어냈다. 그전에 읽을 때는 못 느꼈던 중국의 광대함을 새삼 느꼈다. 수박겉핥기 식으로 여행을 해도 엄청난 시간이 걸렸다. 거대한 땅덩어리였다.

다시 거대한 땅덩어리를 가로질러 시안으로 향했다. 기차는 여느 때와 다름없이 붐볐다. 괜찮은 호텔에서 따뜻한 목욕을 하고 싶었다. 2번째 올 때도 역시 여행자임에는 변한 게 없지만 두 번째라는 사실이 나를 꽤 자신 있게 만들어 준다. 이 빌딩도 전에 본 빌딩이고 타고 가는 버스도 두 번째니까 말이다.

호텔에 도착해서 시원한 칭다오 맥주를 한 병 마시고 주화입마에 빠질 뻔했던 몸의 내공을 순식간에 회복했다. 경비 아저씨에게 가서 자전거를 돌려받았고 고맙다는 인사를 하고 엄지를 치켜세웠다. 자전거는 비닐에 씌워진 덕분에 깨끗했다. 경비 아저씨의 치켜든 엄지는 거짓이 아니었다.

바의 사장에게서 들은 계림에 가기로 했다. 그곳에서 자전거 하이킹이 재

미있을 것이라는 사장의 추천이 있었기 때문이다. 천하제일의 경치라는 계림에 가기로 결정했다. 역시 결정한 일을 실행하는 건 아주 쉬운 일이다. 기차역에서 기차표를 끊고 직각 의자에 앉아 해바라기 씨를 뱉다 보면 별 내공의 소모 없이 도착할 수 있을 것이다.

계림까지는 18시간의 잉쭈어 행이다. 역시 허리는 끊어질듯하고 컵라면으로 끼니를 때워야 했지만 진짜 중국을 보고 있다는 생각을 하며 내 자신을 위로했다.

사실 잉쭈어를 타고 가면서 한 명의 배낭 여행자도 만나지 못했다. 그만큼 잉쭈어는 엄두가 안 나는 좌석이었던 것이다. 대부분의 배낭여행자들은 침대칸을 사용했다. 보면 볼수록 엄청난 인파에 기겁을 하며 밀리지 않기 위해 안간힘을 쓰며 앞으로 나아갔다. 자전거까지 들고 인파에 끼어 더욱더 밀렸다.

기차 안에서 만난 계림공대 여학생에게 학교구경 약속 받고서 계림에서 가장 경치가 좋다는 양수오 행 버스를 탔다. 중국이 얼마나 큰 걸 느꼈다. 분명히 며칠 전에 우루무치에서는 눈발이 날리고 있었는데 이곳에서는 봄의 냄새가 물씬 풍겼다.

유채꽃들이 활짝 핀 들판에서 봄이 성큼 다가왔음을 실감했다. 도착한 양수오는 정말 하나하나가 그림이었다. 드래곤볼에서 보던 높디높은 산들이 바로 여기구나 하고 생각했다. 어디엔가 손오공과 크리링이 있을 것만 같은 동심의 세계로 나도 모르게 빠져 들었다. 역시 초심은 잃어도 동심은 잃으면 안 된다는 말을 곱씹으면서.

양수오에 도착해서야 상하이까지 가기에 돈이 조금 부족 할지도 모른다는 생각을 했다. 돌아가는 뱃삯을 계산에서 빠뜨린 것이다. 20만 원 정도 한국 돈으로 가지고 있었는데 한국 돈을 환전하기 위해서 암달러상을 찾았지만 한국 돈을 취급하는 암달러상을 양수오에서 찾기란 쉬운 일이 아니었다.

자전거를 한참 동안 쳐다봤다. 자전거를 팔아야 할지도 모른다는 두려움이 조금 스며들었다.

자전거를 팔려고 호스텔 앞에 세워두었더니 같은 방을 쓰는 네덜란드 친구가 사겠다고 나선다. 조금만 기다려 달라고 하고 다른 암달러상에게 가서 한국 돈을 환전할 수 있는 사람을 부탁했다. 그는 수소문 끝에 한국 돈을 환전할 암달러상을 찾아 20만 원을 조금 싼 가격으로 환전했다. 왜 중국은행에서는 한국 돈이 환전되지 않는지 의아했고 그런 것조차 모르고 온 나의 여행이 더욱더 의아해지기 시작했다.

순간 예쁜 자전거를 팔겠다고 나선 내 자신이 자전거에게 조금 미안해지기 시작했다. 조금 우울한 기분이 되어 하이킹을 시작했다. 리강은 높디높은 산과 산 사이사이를 휘감고 돌면서 감탄할 만한 광경을 만들어 냈다.

강가에서는 가이드를 준비 중인 사람들의 소리 높여 읽는 영어 연습이 한창이다. 중국에서 양수오만큼 언어적으로 여행을 편하게 한곳도 없었다. 관광업이 주된 수입원이기 때문에 양수오 사람들은 대부분이 영어가 가능했다. 자전거 대여소도 몇 개 있었지만 이런 멋진 광경을 삼천리 자전거의 디자인의 자전거를 타고 양수오의 멋진 광경을 즐기고 싶은 사람은 없을 것이다.

낮에는 천하제일 풍경을 배경으로 자전거 하이킹을 하고 밤에는 웨스턴 스트리트에 여행자들끼리 옹기종기 모여 앉아 맥주 한잔에 트럼프를 하며 양수오의 밤을 보냈다. 이틀 뒤 약속대로 계림공대로 가서 여대생들과 함께 여행할 기회를 얻었다. 란저우에서 봤던 남자 기숙사와는 엄청나게 비교되는 여대기숙사를 볼 수 있었는데 다인용 침대에 사이사이에 하늘거리는 커튼은 공주취향임을 짐작하게 해준다. 그들의 관심 한류스타도 김희선이 아닌 HOT였다. 함께 공원 구경을 하고 한류드라마 열풍삼매경에 대화를 나누고 그들의 안내로 공원을 구경했다. 나는 다시 상하이로 가기 위해 기차표를 끊었다.

여대생들과 인사를 하고 양수오의 풍경을 하나도 빠짐없이 기억하겠다는 듯이 꽤 오랫동안 풍경을 바라보며 계림에서 상하이로 향하는 잉쭈어 기차에 올라탔다.

양수오와의 추억을 뒤로한 채 며칠 남지 않은 나의 중국 여행의 종착지인 상하이로 향했다. 상하이는 중국의 어느 도시와도 비교가 되지 않을 정도로 현대화가 진행되고 있었다. 지하철과 와인탄의 정경은 마치 일본의 도쿄를 보고 있는 것 같은 착각이 들 정도로 깨끗하고 최신식의 도시였다.

내가 머문 곳은 100년의 역사를 자랑하는 독일식 건물 포강반점이었다. 그곳 꼭대기 층에 도미토리 침대 한 칸을 빌렸다. 시내를 구경하다가 시장통에서 우육 면을 한 사발 먹고 집으로 돌아갈 중국차를 몇 팩을 사 들고서 돌아와 호텔 지하 바에서 칭다오 한잔을 마시며 중국에서의 마지막 밤을 보냈다. 내일 24시간의 기다란 항해후면 목포에 도착할거라는 생각 때문인지 칭다오 맥주는 조금 싱거운 맛이 되어 버렸다. 언제나 마지막은 조금 싱거울지도 모른다. 바로 코앞에 일상으로 복귀를 앞두고 있으니까.

그 동안 했던 어떤 여행보다. 보람이 있었던 여행이라고 생각했다. 세상이 얼마나 넓은지 직접 느끼는 계기가 되었다. 잉쭈어가 아니었으면 어쩌면 지루한 여행이 되어 버렸을지도 모른다는 생각을 했다.허리가 아프지 않는다면 이라는 단서가 붙었지만 진정한 중국을 볼 수 있었고 허리가 끊어질 고통 속에서 많은 생각을 한 건 사실이니까 말이다.

만약 조금 편하게 누워서 가거나 자버렸다면 그런 시간은 맛볼 수 없었을 거라고 생각했다. 다시는 잉쭈어를 탈 일은 없겠지 라고 생각했다. 아니 어쩌면 그리 되기를 희망했는지도 모를 일이다. 하지만 희망사항은 언제나 희망사항일 뿐이다.

돌아오는 배 안에서는 갈 때보다는 지루하지 않게 한국에 왔다. 중국의 티베트며 중국의 다른 곳을 여행한 여행자들과 밤새도록 이야기를 할 수 있었던 것이다.

중국여행은 나에게 다른 사람들과 공감할 수 있는 또 다른 추억을 만들어 주었다. 역시 중국은 내가본 광대함보다 훨씬 광대한 땅덩어리였음을 다시 한 번 깨달았다. 목포에 도착해 돌아오는 무궁화호의 푹신한 시트에 앉아 중국의 잉쭈어 여행에서 사가지고 온 해바라기 씨를 뱉어내며 곱씹어 보았다. 중국국경에는 몇 십 개의 나라가 국경을 맞대고 있다. 위로는 몽골 러시아 서쪽으로는 파키스탄 키르키스탄 등 어마어마했다. 북한과의 단절로 섬 아닌 섬이 되어버린 우리나라의 현실이 조금은 분하기까지 했다. 조금 더 큰 여행을 해보고 싶은 마음을 더욱더 키워버리고 말았다.

내가 모르는 세상은 너무나도 광대했다. 뒤집어 보면 난 정말 우물 안의 개구리였을 뿐이라는 깨달음의 여행이었다. 여행의 시작이었던 권투하는 캥거루는 그렇게 일본말 한마디도 못하는 내게 세이슌 주하찌를 경험하게 해주었고 잉쭈어에 앉아가면서 해바라기 씨를 나도 기가 막히게 뱉어낼 수 있게 만들어 주었다.

여행을 하면 할수록 내게는 또 다른 호기심이 생겨났다. 도대체 이 세상에는 무슨 일이 일어나고 있는 걸까? 그곳의 사람들은 어떻게 살고 있을까? 내가 자고 있는 시간에 다른 곳에서 재미있는 일이 일어나고 있는 느낌이었다.

수업시간에는 단 한 번도 들지 않았던 '왜' '어떻게' 라는 의문부호가 자꾸 붙었다. 이번 중국여행으로 인해 나의 여행의 내공이 부쩍 늘어난 느낌이었다. 어쩌면 내가 먹은 수많은 우육 면 안에 내공이 한 3갑자 쯤 들어있었다면 말이다.

그리고 세상은 비행기로만 여행이 가능한 것이 아님을 직접 눈으로 확인하는 계기가 되었다. 이제부터는 비행기 값은 여행경비에서 제외를 해도 되겠구나 하는 간단한 여행경비 계산 방법을 생각해 냈다.

나의 단순한 성격은 이럴 때 행복함을 느낀다.

# 내가 자고 있는 동안에
## 재미있는 일이 일어나는 것 아닐까?
### (대학교 2학년)

　나는 돈도 필요 없었다. 다만 넘쳐나는 젊음의 시간을 때울 수 있는 무엇인가 의미 있고 가슴 뜨거운 것이 필요했다.
　나의 일기장에 이외수의 '내 나이 스무 살에는' 이라는 시를 프린트해서 새겨 넣었다.

그 투명한 나이

스무 살에는

선잠결에 스쳐가는

실낱같은 그리움도

어느새 등넝쿨처럼 내 몸을 휘감아서

몸살이 되더라

몸살이 되더라

떠나보낸 사람은 아무도 없는데

세상은 왜 그리 텅 비어 있었을까

날마다 하늘 가득

황사바람

목 메이는 울음소리도

불어나고

나는 휴지처럼 부질없이

거리를 떠돌았어

사무치는 외로움도 칼날이었어

밤이면 일기장에 푸른 잉크로

살아온 날의 숫자만큼

사랑

이라는 단어를 채워놓고

눈시울이 젖은 채로 죽고 싶더라

눈시울이 젖은 채로 죽고 싶더라

그 투명한 내 나이

스무 살에는

       - 이외수


그리고 세상으로의 가출은 그렇게 시작되었다.

# 세상으로의 가출(호주 워킹홀리데이)

이미 마음에 조금 더 큰 장기여행을 구상하고 있는 내게 공부가 들어올리가 없었다.

수업 후 남는 시간에 도서관에 양반다리를 하고 바닥에 주저앉아 여행서적 코너에서 여행기를 읽기 일쑤였다. 그 당시 방값을 아끼기 위해 친구들 4명과 함께 살고 있었는데 4발가락이라는 별명처럼 뭔가 나사 하나 빠진 것같은 생활을 하고 있었다. 어느 주말 난 친구들과 함께 역시 술을 마셔야지하는 생각을 하며 집으로 돌아왔는데 세 명 모두 외출복장으로 갈아입고 있는 것이다. 모두 데이트가 있는 것이었다. 친구들이 모두 외출한 큰방에 덩그러니 놓인 소파에 앉아 담배를 하나 꺼내 물며 난 이제까지 주말에 데이트할 사람 하나 안 만들고 뭘 했담 하는 뒤늦은 후회를 했다. 그리고 티브이를 켰다. '파이란' 이란 영화가 방영되고 있었다. 최민식의 삼류인생이 내 모습을 보고 있는 것 같은 착각에 비참한 기분이 되어 버렸다. 다른 채널로 돌리니 박하사탕을 방영 중이다. 설경구의 마지막 대사 "나 돌아갈래"는 영화가 끝난 후에도 내 머릿속에 메아리쳤다.

그리고 다음 날 난 친구들에게 박하사탕의 설경구의 마지막 대사처럼
"나 호주 갈래"하고 외쳤다.

결정해버린걸 시작하는 건 아주 쉬운 일이었다. 호주 워킹홀리데이 비자는 일사천리로 진행되었다. 마침 온라인 비자로 바뀌었다. 비자는 학교 컴퓨터로 간단히 신청할 수 있었고 신체검사를 받기 위해 종로 하나로 병원에

들렀고 2주 후에 별 문제 없이 비자는 발급 되었다.

시골에 잠시 내려갔다. 꽤나 긴 여행이 될 것임을 알고 있었기에 아버지에게 어떻게든 말씀 드려야겠다는 생각이 들었다. 사실 부모님은 그때까지도 내가 중국과 일본을 다녀온 것은 모르고 계셨기 때문이다. 시골에 내려가서 며칠 농사일을 도왔고 소똥을 치웠다. 아버지는 내가 시골에 올 때마다 소똥을 치우거나 경운기 운전하는 일을 굉장히 뿌듯해 하셨고 나는 호주에 가는 계획을 말하기 전에 아버지에게 점수를 딸 요량이었다.

그날 저녁 오랜만에 내려온 막내를 위해 푸짐하게 저녁이 차려졌다. 낙지며 생선들이 가득한 호화스러운 산해진미의 저녁을 먹으면서 아버지께 말씀 드렸다.

"아버지 저 호주 좀 잠시 다녀올게요."

"학교에서 보내주는 거냐?"

"뭐 비슷해요."

그렇게 2003년 여름 겨울의 호주 행 비행기를 타게 됐다

주머니에는 달랑 호주 불 300불이 전부였지만 그렇게 나의 세계여행은 시작이 되었다. 난 2년 휴학을 결심했다. 1년은 호주에서 돈을 벌 작정이었고 또 다른 1년은 그 돈으로 동남아시아를 거쳐 중동과 아프리카 유럽 러시아 시베리아 횡단 열차를 탈 작정이었다.

호주도 이미 두 번째 여행이었고 두 번째 라는 건 그만큼 시행착오도 또한 적어진다는 의미였다.

그런데 인천공항에서 내 이름 때문에 문제가 생겼다. 다름 아닌 내 비자의 이름 원선 중에 원과 선 사이에 하이픈을 집어넣어 버린 것이다.

역시 주의 성 없는 성격을 탓했지만 이미 벌어진 일에 방법이 없어 웃을 수밖에 없었다. 울상을 짓는다고 해서 해결되는 건 아무것도 없었다.

체크인 수속 창구는 나 때문에 분주해졌다. 내 여권과 비자에 적힌 이름

을 복사하고 캔버라에 팩스를 집어넣어 다시 허락을 받아야 해야 한다고 해서 난 배낭을 메고 카운터 구석에서 오랜만에 보는 스튜어디스 누나들을 감상했다.

다행히 비행기 출발 삼십 분전에 답신이 왔고 난 배낭을 메고 뛰기 시작했다. 많은 사람들이 줄을 서있는 출국심사대에서는 새치기를 해야 했고 뒤통수에 따가운 눈총을 받으며 또다시 뛰기 시작했다. 담배 한 보루를 급하게 사고 잔돈을 받지도 못한 채 비행기에 뛰어들었다. 그런 급한 순간에 호주의 비싼 담뱃값을 걱정한 것은 지금 생각해도 훌륭한 선택이었다.

일본을 경유하고 10시간의 비행으로 간단히 호주 시드니에 도착했다. 여전히 적응되지 않은 입국심사대에서 우물쭈물 묻는 말에 대답했고 배낭을 찾아서 공항을 빠져 나왔다.

아직 몇 개의 한국 담배가 남아있는 담배 케이스를 꺼내어 한대 피웠다. 시드니는 한국과는 정반대로 겨울이었지만 햇살은 봄 햇살처럼 따뜻하게 나를 비춰주었다. 지갑에는 300불의 호주 불이 있었다.

시작한 돈이 적었기 때문에 불안하고 힘들었다고 하면 조금 사치스러운 표현이었고 오히려 뒤로 물러설 곳이 없어서 앞으로 돌진하는 것 밖에 생각할 수 없었다는 것이 그때의 심정이었다.

300불이라는 돈을 들고 남반구 최대의 환락가라는 킹스크로스에 도착해서 시드니 센트럴 백패커스라는 곳에 배낭을 내려놓고 6인실의 도미토리 친구들에게 인사를 했다. 일주일 숙박 할인이 있었기 때문이 150불이 지불되어 내 지갑에는 100불이 조금 넘는 돈이 남게 되었다. 리셉션에서 시내 지도를 한 장 얻어서 호주 이민성을 방문해 비자 라벨을 받았고 일을 하기 위해 필요한 텍스 넘버를 신청했다.

시내의 맥도날드를 지나치고 있는데 도미토리에서 인사한 조라는 친구를 만났다. 우리는 함께 햄버거를 먹었고 우리는 서로에 대해서 조금 알게 되었다. 그가 가지고 있는 돈도 100불이 채 되지 않았고 일을 찾고 있었다. 며칠 전에 스리랑카에서 도착했다고 한다. 우리는 뜨거운 동지애를 느꼈다. 그것은 빈민 한 자들끼리만 통하는 특별하고도 각별한 그 무엇이었다. 그날 저녁 난 조와 특별한 동지애를 확인하기 위해 나이트를 갔고 문제는 가지고 있는 100불을 다 써버리고 말았다.

그렇게 조라는 친구와 만남은 시작되었다.

지난밤에 술을 너무 많이 마셔서 아침에 머리가 깨질 듯이 아파왔다. 좀처럼 머리가 흔들려서 침대에 눈을 감고 누워 있었는데 조가 나를 마구 흔들어 깨운다. 눈곱도 채 떼지 못한 내게 조는 아주 빠른 영어로 말을 하고 있었고 난 그 소리가 귀에 들어 올 리가 없다. 들어 왔다고 해도 내가 그렇게 빠른 영어를 이해할 리도 없었다.

멍한 상황에서 조의 태도는 내게 세수할 시간도 없이 리셉션으로 뛰어가게 만들었다. 리셉션에는 한 명의 호주 인이 있었다. 그는 나를 보더니 오케이 라고 말했다. 영문도 모른 채 난 무슨 일이냐고 물었다. 옆에 있던 조가 천천히 이삿짐 나르는 일이라고 설명을 해줘서 그제야 상황을 파악했다.

조는 면접이 있다며 다시 씻으러 갔고 나는 바로 모자를 뒤집어쓰고 호주인 사장을 따라 그의 트럭에 올라탔다. 트럭으로 한참을 가더니 이사할 집이란다. 으리으리한 집에 조금 기가 눌렸다. 함께 간 유럽친구들도 조금은 위축된 모양인지 우리는 정문 앞에 잠시 멈춰 서서 담배를 한대 태웠다. 그리고 이사 짐을 나르기 시작했는데 한국처럼 간단한 가구들이 아니었다. 오래된 가구들은 아예 들어지지도 않았다. 애초부터 바닥에 붙어있었던 것처럼 그런 가구에 손잡이가 제대로 있을 리도 만무했다.

직접 만든 가구들이라 그 무게 또한 어마어마했는데 힘에 대해서만큼은 자신 있던 나도 다리가 후들거리기 시작했다. 점심은 10불이나 하는 커다란 햄버거를 먹었다. 돈이 없어서 사장에게 가불해서 햄버거를 먹는 내 모습에서 어제의 나이트를 기억해냈다. 조와 나이트를 3군데 간 것까지 기억나는데 돌아온 것은 기억이 나질 않는다. 기억을 쥐어짜고 있는데 짧은 점심시간은 끝이 났다.

그리고 그날의 진짜 하이라이트는 바로 정원에 있는 돌을 쪼아서 만든 화분이었다. 잡는 것도 용이 하지 않을뿐더러 그 무게는 상상초월이었다. 그렇게 집에 돌아오는데 손에는 아무 감각이 없었고 손가락이 가을바람의 나뭇잎처럼 후들후들 떨렸다. 다리도 역시 후들거렸고 먼지를 뒤집어쓴 내 몰골은 하루 사이에 폭삭 늙어버린 기분이었다. 로비에서 콜라를 마시고 있는 흙먼지를 뒤집어쓴 조를 만났다.

조도 몰골이 말이 아니었다.건축현장에서 콘크리트를 비볐다는데 하루만에 십 년은 더 늙어 보인다. 우리는 서로의 몰골을 보고 한참이나 웃었다. 손에 쥔 150불은 꽤나 큰돈이었지만 노동의 대가는 혹독한 것이었다. 손에 돈이 들어왔음에도 불구하고 조와 나는 그대로 뻗어버렸다.

그렇게 며칠을 이삿짐을 나르고 핸드인캐시로 꽤 큰돈을 쥐게 되었다. 처음에 올 때 가지고 온 돈 보다 훨씬 많은 돈이 지금 은행잔고로 있으니 천군마마를 얻은 기분이었다.

조, 필립과 한국 식당에서, 시드니

조와 가까운 한국식당엘 갔다. 젓가락질이 꽤나 능숙한걸 보니 꽤나 해본 솜씨다. 그리고 묵이 나왔을 때 몇 번 젓가락으로 건드려 보더니 뭐냐고 묻기에 '베지터블 젤리'라고 말해줬다. 묵이 움직이는 모습을 보며 조는 묵을 한 번도 먹지 않았다.

며칠 전 내가 해물라면을 먹고 있는데 봉지의 그림을 보더니 낙지가 들어갔냐고 물어본다. 맛있다고 했더니 자기가 스쿠버 할 때 본 낙지는 먹을 수 있는 게 아니라 엄청나게 예쁜 생물이라며 손으로 낙지가 헤엄치는 모습을 흉내 낸다. 라면을 먹으면서 나한테는 네가 매일 먹는 소가 더 예쁘다고 했다. 만날 라면만 먹던 내게 조는 누들 보이란 별명을 지어줬다. 그리고 이삿짐 일이 힘에 부치고 일이 많이 없어서 다른 일을 찾고 있는데 호스텔 핸디맨과 청소할 사람이 2주간 필요하단다.

그래서 잠시 2주간 대타를 뛰기로 했다. 대타로 일하면서 이력서를 뿌린 식당에서 도 연락이 오기 시작했다. 그렇게 중국인이 사장인 보디 레스토랑에서 일을 시작했다. 일은 별로 어려운 일은 아니었다. 그저 손님들에게 주문을 받고 웨이트리스에게 테이블 세팅 지시를 해주면 되는 간단한 일이었다.

물론 식사가 공짜였기에 더 이상 라면만 먹는 누들 보이에서 해방되었다. 2주간의 대타가 끝나고 밤에는 호스텔 리셉션을 지키게 되었다. 그 덕에 난 호스텔에 공짜로 머물며 급료를 받을 수 있었고 낮에는 보디레스토랑이라는 중국식당에서 일을 했다.

레스토랑 복장은 검은색 바지에 검은색 남방을 입어야 했는데 그런 옷이 있을 리 만무해서 매니저에게 물어보니 자기 옷을 선뜻 빌려준다. 궁하면 어디든 통하는 법이다. 그렇게 호스텔 사람들과도 친구가 되어갔다.

조는 바로 옆 건물로 이사를 갔다. 조의 룸메이트였던 필립과 조와 나는 쉬는 날이면 함께 술을 마시고 나이트를 탐방하며 시드니 킹스크로스에서 방탕의 길로 접어들었다. 시드니에서 생활한 지 삼 개월쯤 되었을 때 예상하지 못한 곳에서 문제가 터졌다. 그 동안 호스텔에서 매니저와의 암묵적인 협의 하에 무료로 머물고 있었는데 사장은 급료를 받는데 왜 공짜로 머무느냐고 물었다. 나는 숙박비 제외하고 받는 월급 아니냐 하며 반박했다.

사장은 앞으로 일을 계속 하려면 숙박비를 지불하라는 말을 했다. 난 그 이스라엘 빨간 머리 아줌마에게 화가 났지만 어쩔 수 없는 일이었다. 매니저와 상의해봤지만 그도 괴팍한 사장 성격을 어쩔 수는 없었다. 보디 레스토랑에서는 다섯 시간 밖에 일을 하지 않았고 숙박비까지 지불하게 되면 생활이야 되겠지만 돈을 모으기는 힘들어 질게 뻔했다. 나는 일을 그만 두기로 했다.

꽤나 방탕하게 지낸 삼 개월 이었지만 생각보다는 많은 돈이 은행잔고로 있었던 것이다. 농장 일을 찾기로 했다. 어디에선가 농장 일을 하면 큰돈을 벌 수 있다는 말을 들었고 귀가 얇은 나는 솔깃한 것이다.

내가 농장에 가고 싶다고 말했을 때 조는 굉장히 서운해 했다. 자기가 지금 일하고 있는 사장에게 말해서 일을 찾아 보자고 한다. 하지만 난 이미 마음을 굳혔고 배낭을 챙겼다. 떠나기 전날 조와 필립과 함께 스포츠 바에서 평소보다는 조금 조용하게 권투를 보며 맥주를 마셨다.

다음날 아침 조가 아침 일찍 호스텔로 왔다. 평소 아침잠이 많은 조가 나를 위해 아침 일찍 일어나 준 것에 대해 깜짝 놀랐다. 호스텔 스텝들에게 인사를 했고 조는 내 배낭을 들어주면서 언제든 다시 돌아오라고 말을 했다.

나는 크리스마스쯤에 다시 돌아오겠다고 대답하고 우린 킹스크로스에서 하이파이브를 올리며 다음을 기약했다.

정보 하나 없이 시드니 센트럴 역에서 그냥 무작정 시골로 향하는 기차에 올랐다. 시골에 가면 농장 일이 있을 줄 알았던 내가 어리석었다. 주변에 농장 일을 해본 사람도 없었고 시드니에서 조와 필립과 함께 방탕한 시간을 보내던 삼 개월 동안 그런 정보를 하나도 얻을 수 없었기 때문이다.

호스텔도 제대로 없는 시골을 삼 일간 헤매다가 그리피스라는 동네까지 가게 되었다. 저녁쯤에 도착한 호스텔에는 일을 마치고 돌아온 몇 명의 한국인들과 몇 명의 유럽인들이 부엌에서 저녁을 준비했다. 호스텔 매니저와 간단한 인터뷰를 하고 농장 일을 연결해 달라고 했더니 당장은 농장 일이 없단다. 그래서 농장일 이 없으면 바로 다시 떠난다고 했더니 나를 붙잡으면서 농장 일이 아니어도 상관없냐고 묻는다.

농장 일을 경험해 보고 싶어 온 곳이었는데 농장 일이 아닌 일을 하려니 선뜻 내키지 않았지만 방법이 없어 수락했더니 바로 다음날 일을 시작 할 수 있게 되었다.

다음날 사장이 차를 갖고 호스텔로 왔다.

무슨 일인지도 모르고 시작한 일이었는데 그 일은 바로 가든 블록을 자르고 까는 것이었다. 건축 일은 한국에서도 꽤나 해보았기 때문에 누구보다도 능숙하게 할 수 있었고 둘이 하는 일이었기 때문에 이런 저런 이야기를 하며 보조를 맞추어가며 일을 해 나갔다.

첫날 일이 끝나고 호스텔까지 사장인 게리가 데려다 주면서 트레이닝 시급으로 10불을 말했다. 그는 트라이얼이 끝나고 나를 테스트 해본 다음에 시급을 결정할 요량이었다. 나는 그에 순응한 채 트레이닝 기간인 3일 동안 묵묵하게 일만했다. 물론 삼일 동안 일에 꽤나 능숙하게 적응했고 일의 진도는 처음보다 훨씬 속도가 붙었고 게리와의 호흡도 잘 맞았다.

트레이닝이 끝나는 날 난 게리에게 비장한 각오로 말했다. 시드니에서 이삿짐을 나를 때 17불을 받고 일했다. 그 이상이 아니면 하지 않겠다고 했다. 나에게는 농장일 이라는 게 있었고 삼 일간 내가 할 수 있는 일을 모두 다 보여주었기 때문에 조금의 자신이 있었다고 하면 거짓말이고 일이 너무 힘든 게 원인이었다.

다음날 게리는 나의 조건을 수락해줬고 나는 통장잔고를 늘릴 수 있는 절호의 찬스를 잡았다. 시간당 17불에 핸드인캐시(세금 없이 바로 주는 돈)는 꽤나 매력적인 일이었다. 돈은 쓸 곳도 없을 정도로 시골이었고 벌리는 돈은 쏠쏠해서 5일간 일을 하고 주말에 농장 일까지 하면 1000불 가까이 벌 수 있었다. 소문으로만 듣던 주 천불에 도달한 것이다.

가끔 옆 동네로 출장을 가기도 했는데 그럴 때면 호텔 비며 식사비를 모두 사장인 게리가 해결해 주었다. 조그만 시골 동네를 여행할 수 있는 기회는 그렇게 흔치 않았다. 호텔도 많지 않을뿐더러 그런 시골일수록 호텔 비는 더 비쌌다. 물론 정보도 없었기 때문에 일을 하면서 여행할 수 있는 기회는 그렇게 많지 않았다. 분명 그런 기회는 행운이었다. 게리가 코만 골지 않았으면 말이다. 일이 없는 날은 게리의 집을 수선하거나 정원을 꾸미고 수당을 받았으니 게리는 꽤나 나를 배려해 주었던 셈이다. 주말에 가끔 게리의 집에 가서 그의 친구들과 맥주를 마시며 시간을 보내기도 했다.

통장 잔고는 점점 불어났다. 시드니와는 달리 그리피스에서는 밤에 밖에서 나가서 방황하는 것보다 호스텔에서 친구들과 맥주를 마시며 시간을 보내는 일이 더 많았기 때문이다. 생활도 안정이 되어가고 호스텔의 사람들과 친구가 되어갔다. 주말이면 나이트에 가서 술도 마시고 신나게 춤도 추면서 호주에 경험을 쌓으러 온 세계각지의 젊은이들과 친구가 되어갔다.

한번은 도미토리 룸메이트들과 술을 마시고 담배를 피워댔다. 사실 방에서 담배를 피우면 바로 쫓겨나게 되어있었지만 우리는 그날 술 마신 김에 마음껏 피워버렸다. 그런데 갑자기 화재경보기가 울리는 게 아닌가.

우리는 서둘러 밖으로 빠져 나왔다. 이미 호스텔 친구들도 모두 밖에서 연기를 찾고 있었다. 밖으로 나오니 이미 소방차는 도착했다. 그리고 소방사의 점검으로 담배에 의한 원인이 밝혀졌고 그날 우리는 매니저에게 쫓겨날 뻔 한 걸 다시는 담배를 방안에서 피우지 않겠다는 약속을 하고서야 비로소 사건은 해결이 되었다.

호주에 있는 호스텔에는 대부분 그리피스 호스텔처럼 일을 주선해 준다. 여행자들을 머물게 하기 위한 영업 전략이다. 일이 얼마나 있느냐에 따라서 여행자들이 얼마나 머무를 것인지를 생각하기 때문에 호스텔 영업에서 매니저의 능력은 그만큼 중요하다.

그리피스에는 한 곳밖에 없었기 때문에 모든 여행자들이 그곳으로 몰려들었다. 일본인도 한국인도 유럽인도 모두 똑 같은 목적으로 와서 여행을 하고 일을 했다. 다들 비슷한 나이에 서로 다른 꿈들을 안고 젊음을 불태우고 있는 곳이었다. 특히나 일본친구들과는 쉽게 친해지기 마련이다 . 문화도 비슷하고 대부분의 한국인들은 몇 마디의 일본말쯤은 할 줄 알았다. 오죽하면 늘지 않는 영어 줄어드는 한국어 끼어드는 일본어라는 말이 생겼겠는가?

그렇게 삼 개월을 일을 하고 호스텔 친구들과도 술을 마시고 나이트를 다니며 우정을 쌓다보니 어느새 12월이 되어버렸다. 크리스마스 때 다시 보자고 했던 조와의 약속을 기억해 냈다. 그리피스 호스텔에 함께 있었던 독일 친구들의 차를 얻어 타고서 시드니로 향하는 길은 고향으로 돌아가는 기분이었다.

그들과 블루마운틴을 함께 여행했고 다음날 나는 시드니 킹스크로스에 다시 입성했다. 도착한 시드니는 신년과 크리스마스에 어느 때보다도 북적거렸고 활기에 차 보였다. 시드니에 도착해서 전에 신세를 졌던 한국인 찬 아저씨에게 인사를 했고 조에게 전화를 하니 조는 평소의 스포츠 바에 있었다. 배낭을 메고 킹스크로스를 걸어가니 조는 스포츠 바 앞에서 나를 기다리고 있었다. 나를 번쩍 들어 올리더니 후레이를 외쳤다. 조와의 재회는 시끄러웠다. 바에는 전부터 알고 있던 친구들과 처음 본 몇 명의 친구들이 시끄럽게 맥주를 마시고 있었고 역시 그들도 오랜만에 본 나를 환영해 주었다.

나의 시골 농장 여행기를 무용담 삼아 신나게 이야기했다. 조는 한참을 듣더니 내 영어가 많이 늘었다며 머리를 쓰다듬는 척을 한다. 사실은 조는 말도 빨리 하고 영국슬랭도 굉장히 많이 쓰는 편이다.

처음에 내가 이해를 못해도 에스에스 하니까 어느 날은 못 알아듣고 한번만 더 예스라고 말하면 때리겠다고 으름장을 논적도 있었을 정도다. 그런 내가 영어를 꽤나 능숙하게 하게 된 걸 보고는 만족했다는 듯이 건배를 외친다. 시드니에 넘쳐나는 여행자 때문에 호스텔 비는 천정부지로 올랐고 빈자리를 찾기도 어려웠다. 그런 사정을 잘 아는 조는 흔쾌히 자기 방에서 동거를 흔쾌히 수락했다. 그렇게 다시 조와의 동거가 시작됐다

그리고 문제도 거기도 발생했다. 크리스마스이브 날 조와 필립과 함께 정말 필름이 끊길 정도로 많이 마셨다. 다음날 일어나보니 방도 엉망이다. 필립은 거실에서 널 부러져 있었고 난 필립의 침대에 누워있고 조는 생판 모르는 여자와 함께 누워있다.

어제 일을 기억해 보려 해도 도통 기억이 나질 않고 머리는 어지러울 뿐이다. 화장실에 가서 세수를 하고 정원에 앉아 담배를 한대 피웠다. 식탁 위에는 머핀이 몇 개 구워져 있었다. 자식들 크리스마스라고 이런 것도 만들어 놨다며 난 덥석 한 개를 베어 물었다. 그리고 한참 거실에서 티브이를 보다가 배가 고파서 다시 하나를 베어 물면서 티브이를 보는데 이상하게 자꾸 잠이 쏟아진다. 정신이 몽롱했다. 정신을 차리려고 세수를 하러 욕실에 가다가 난 쓰러지고 말았다. 정신은 있는데 몸이 슬로우 모션으로 보이는 것이다. 난 급히 조를 불렀고 911을 외쳤다.

그때 왜 뇌출혈이라고 생각했는지 모르지만 분명 내 뇌는 정상이 아니었다. 조가 뛰어오더니 아침에 뭐 먹었냐고 물어본다. 머핀을 먹었다고 했더니 조가 그냥 침대에 가서 누우란다. 이유인즉슨 마리화나가 들었다는 거다. 그렇게 나는 자의가 아닌 사고에 의해 마리화나에 취해 뻗어버렸다.

그렇게 그 해 크리스마스는 내가 마리화나에 취해 뻗어버린 동안 지나가 버렸다. 그렇게 몽롱하게 뻗은 채 이틀이 지났고 이틀 동안 아무것도 못 먹은 나를 위해 조는 신라면 몇 봉을 사왔다. 신라면 국물을 먹고 나니 정신이 조금 들었다. 다시는 이유 모를 음식 따위는 주워 먹지 않겠다는 다짐을 했다.

새해가 다가왔다. 조는 또 다른 이벤트를 준비했다. 그 이벤트는 친구네 집에 가서 파티를 하는 것이었는데 난 나름 기대를 했다. 조가 엄청 예쁜 여자가 있다고 나에게 바람을 집어넣었던 것이다. 그런데 여행자들의 파티란 또다시 술 마시고 노는 것뿐이었고 엄청 예쁜 여자는 친구의 여자 친구였다.

친구 집에서 신년댄스, 시드니

그날도 역시 술을 실컷 마셨고 춤을 췄다. 태어나서 집에서 음악을 틀어 놓고 그렇게 신나게 춤을 춰보건 태어나서 처음이었다. 신년 불꽃놀이를 보기 위해 우리는 오페라 하우스로 걸어가기 시작했다. 함께 간 친구들도 서둘렀지만 사람이 너무 많아서 좀체 앞으로 나아갈 수 없었고 불꽃은 가는 도중에 터져버리고 말았다.

조의 친구는 엄청 예쁜 여자친구와 키스를 시작했고 난 술을 너무 많이 마시고 정신이 어지러워서 가는 도중 오바이트를 하고 말았다. 그리고 새해는 그렇게 밝았다.

조를 만나고서 참 필름도 많이 끊기고 오바이트도 많이 했다. 남들이 보면 내가 술을 잘 못 마신다고 생각하겠지만 한국에서 소주 다섯 병도 거뜬히 마실 정도로 술이 센 편이고 한국에서는 나를 이길 자가 없을 정도로 무소불위의 주량을 자랑했다. 하지만 호주에서는 조뿐만 아니라 외국인들은 모두 술을 잘 마셨다. 특히 서양인들은 술을 엄청나게 잘 마셨다. 아마도 고등학교 때 정식으로 술 마시는 법을 배우는지도 모를 일이다. 한번은 그리피스에서 소주를 마신 적이 있는데 소주도 인상 한번 안 찡그리고 벌컥벌컥 마셔대는 인종이 서양인이었다. 함께 마시면 이겨낼 재간이 없었다.

오바이트를 하면서 한 해를 보내니 새해는 밝았고 나는 24살이 되었다. 시드니 킹스크로스에서 잠시 방탕한 생활을 보내고 있었지만 물론 내 가슴속에 세계여행을 잊을 리 없었다. 영어공부도 나름대로 열심히 하고 있었고 통장잔고도 두둑했다. 신년이 지난 며칠 뒤 피터에게서 연락이 왔다. 신년 여행으로 시드니에 오게 될 것 같다는 전화였다. 그의 애완견 애샤와의 만들었던 해프닝이 2년 전이니 2년만의 재회였다. 2년 만에 만났던 피터는 꽤나 흰 머리가 늘어 있었고 나와 해프닝을 만들었던 애샤는 이미 운명을 달리했다.

다시 만난 수와 피터는 나를 아직 친구로 기억해 주었고 우리는 하이드파크의 잔디에 앉아 커피를 마시며 그 동안 있었던 시드니의 생활과 그리피스에서 있었던 일들을 이야기하며 시간을 보냈다. 2년 전과 비교하면 엄청난 발전이었다. 시간은 나를 꽤나 성장 시켜서 언어적으로도 꽤나 발전했고 정신적으로도 꽤나 성숙했다고 생각했다. 크리스마스에 마리화나가 든 머핀을 먹고 쓰러진 이야기를 할 때 는 피터와 수도 배꼽을 잡고 웃었다.

피터와 수를 데리고 한국 식당에 가서 오랜만에 한국음식을 먹었다. 오랜만에 친구를 만나 내가 계산을 하려 했지만 피터의 완강한 고집으로 또다시 신세를 지고 말았다. 처음에 왔던 호주는 그저 신비한 곳이었지만 두 번째 여행은 그렇게 친구가 있는 마음 편한 장소가 되었다.

2년 만에 다시 만난 피터와 수

지금은 비록 인정을 못 받는 대우의 김우중 회장이 한 말을 다시 가슴에 새겼다. 세상은 넓고 할 일은 많다.

시드니에 온지도 거의 2주가 되었다. 뭔가를 하지 않으면 안 될 것이었다. 조의 통장 잔고는 심각하게 가벼워져 있어서 매일 건축 일을 하며 십 년씩 늙어가는 신비한 얼굴을 보여 주었다. 나도 심각해지기 전에 뭔가를 다시 시작 하지 않으면 조처럼 하루에 십 년씩 늙는 것을 걱정해야 할 것이었다.

그리고 때 마침 그리피스에서 만난 형국 형과 계산 형이 시드니에 왔다. 형들과 다시 만나 커피를 한잔 마시며 그리피스에서 이루지 못한 농장 대박의 꿈을 다시 꾸기 시작했다. 바로 그곳은 포도농장이었다. 계산 형이 어딘가에서 들었는데 포도를 따면 대박이 난다는 것이다. 주천(1주에 1000불의 수입)은 기본이라는 말도 덧붙였다. 귀가 누구보다 얇은 나는 솔깃했고 우리는 그때부터 포도와 희망이라는 단어를 같은 의미로 사용하기 시작했다.

그렇게 시드니를 떠나 차로 18시간을 달려 로빈베일이라는 곳에 도착했다. 그런데 아직 포도 수확이 시작되지 않아서 우리는 잡일을 하며 하루하루를 연명하다가 로빈베일에서 제일 먼저 포도수확이 시작된 농장으로 옮겨 희망을 따기 시작했다. 일이 시작된 첫날 나와 형국 형은 신기록을 세웠다. 십 년을 일한 사람들도 10박스밖에 못 땄지만 우리는 25박스를 땄다. 포도는 그때 까지만 해도 희망이라는 단어와 동급이었음은 두말하면 잔소리다.

다음날 형국 형과 내가 잘리기 전까지는 분명 잔소리였다. 불량이 너무 많아서 말 그대로 우리는 첫날 신기록을 세우고 잘리고 말았다. 10박스를 채 따지 못해 우리를 부러워하던 계산 형은 박장대소를 하며 우리를 위로했지만 포도라는 희망을 잃은 우리는 쉽사리 회복할 수 없었다.

일을 잃은 우리는 매일 카지노를 전전했다. 겨우 구한 일도 며칠을 버티지 못하고 사장과 싸우거나 잘리기를 반복했다. 통장 잔고는 제자리걸음이었다. 그 동안 카지노에서 잃은 돈이 얼마 되지 않아 제자리걸음이었지만 이런 시간이 길어지면 길어질수록 그 동안 힘들게 쌓아 올린 통장 잔고는 순식간에 무너질 위기였다. 그리고 마침내 농장 일을 잘못하는 계산 형까지 잘렸다. 우리는 박장대소를 하며 위로했다. 포도는 더 이상 희망이라는 단어와 동급이 되지 못했다. 서슴없이 우리는 포도를 저주 했다.

그날 저녁 우리 셋은 맥주를 마시며 계획을 세웠다. 술김에 나온 계획은 바로 웨스턴오스트레일리아(WA)로 가는 것이었다. 누군가 그곳은 사람이 귀해서 이렇게 사람을 마구 자르거나 하지 않는다는 것이었다. 잘린 기억은 꽤나 괴로운 것이어서 술을 마신 우리는 다시 웨스턴오스트레일리아를 희망이란 단어와 동급으로 사용하기로 했다. 거기에다가 배라도 타면 삼 개월만에 만 불 버는 건 일도 아니라는 거다. 세상에서 둘째가라면 서러울 정도의 귀가 얇은 팔랑 귀의 세 명의 남자는 전혀 확인되지 않은 희망으로 이틀 반을 운전해서 눌라보 평원을 가로질렀다.

사람은 희망을 먹고 사는 동물인가 보다. 만약 그게 확인 된 정보였다면 희망이라는 단어를 결코 쓰지 않았을 뿐더러 우리는 그곳으로 갈 엄두조차 내지 못했을 테니까 말이다. 차 상태가 썩 좋지 않아서 시속 90km 이상을 낼 수 없었고 에어컨도 작동되지 않았다. 하지만 그때는 우리에게 희망이란 단어가 있었기 때문에 그런 사소한 문제들은 우리를 멈출 수 없었다. 어쨌든 우리는 로빈베일이라는 작은 동네의 거의 모든 농장에서 잘린 몸이었다. 김광석의 베스트 앨범 테이프를 100번쯤 반복해 듣고서야 우리는 드디어 눌라보 평원을 가로 질렀고 웨스턴오스트레일리아에 입성했다.

거기에서 선장이란 사람을 만나서 배를 타고 싶다고 했더니 호주 불의 강세 여파로 수출이 되지 않아 지금은 킹크랩을 아예 잡지 않는단다. 우리는 크게 실망했다. 하지만 그 누구도 그 실망을 얼굴표정에 나타내진 않았다. 그 순간 누군가 실망했다고 표현 했다면 이틀 반 동안 건너온 눌라보 평원은 무의미한 일이 되어 버리기 때문이었다.

가까운 중국집에서 밥을 먹었다. 아무도 실망하지 않은 것처럼 행동했지만 우리 모두 점점 희망이란 단어가 옅어지고 있음을 감지했다. 그리고 우리는 다시 김광석 베스트 앨범 테이프를 반복해서 들었다.

다음날 새벽 6시쯤에 도착했는데 덴마크라는 조그만 도시였다. 도착할 때 잘 도착 했으면 좋았는데 거꾸로 도착했다. 새벽에 형국 형이 웃통을 벗어

젖히고 운전을 하다가 조수석의 모포를 잡으려다가 왼손이 아닌 오른손으로 잡으려다가 팔이 엉켜서 핸들이 꺾여 버린 것이다. 차도 옆에 2미터 정도 쌓여진 벙커를 올라탔고 차는 한 바퀴 반을 굴러 뒤집어진 채 도착을 한 것이다.

차량전복, 호주WA

난 조수석에서 잠을 자고 있었고 형의 비명을 듣자마자 눈을 떴는데 이미 상황은 끝이 났다. 정말 순식간이었다. 놀래고 자시고 할 시간도 없을 정도의 순식간이었다.

뒤집어 진 채로 우리는 서로의 상황을 확인했다. 나와 형국 형은 안전벨트를 매고 있었고 또한 다행히 의자를 뒤로 젖히고 있어서 위에서 찌그러진 부분에 겨우 화를 면했고 뒤에서 누워 자고 있던 계산 형도 어떻게 화를 면한 모양이었다. 나중에 계산 형의 표현에 의하면 놀라운 운동신경에 의해 화를 면했다고 주장했다. 다행히 어디가 부러지거나 피가 나는 사람은 없었다. 그런데 엔진 부분 쪽에서 무슨 액체가 떨어지는 소리가 들렸다. 평소 영화를 많이 본 내가 "형 엔진에서 뭐가 떨어지는 소리가 나는데 차 폭발하는 거 아냐?"

우리는 순간 서로 뒤집어진 채 얼굴을 바라보면서 동시에 소리쳤다.

"야 빨리 나가!"

찌그러진 차 문을 발로 쾅쾅 두들겨서 겨우 밖으로 기어 나왔다. 상쾌한 아침이었다. 우리 차는 목장 옆의 벙커 옆에 뒤집어진 채 도로 한가운데에 널브러졌다. 웨스턴오스트레일리아로 오면서 한국라면을 살 곳이 없을지도 모른다고 생각하면서 샀던 컵라면 한 박스는 박살이 난 채 여기저기 굴러다 녔다. 그 상황에서도 내 배는 신호를 보냈다. 널 부러진 짐 사이에서 화장지 를 찾아 수풀 사이에서 똥을 눴다. 밖에서 똥을 누는 건 군대 이후에 정말 오랜만이라고 생각했다.

한결 가벼운 걸음으로 돌아오니 처음에 봤던 정경보다 훨씬 더 비참해 보였다. 지나가는 차가 한대 섰다. 깜짝 놀란 그들은 우리가 무사한걸 보고 엄지를 치켜들며 럭(luck)을 외친다. 그들에게 물을 한잔 얻어 마셨고 함께 도로 한가운데 뒤집힌 차를 다시 뒤집었다. 그들이 뜨거운 물을 근처 농가 에서 얻어줘서 우리는 뒹굴어 다니는 컵라면 중에 멀쩡한 것들을 찾아서 끓여먹었다. 사고가 났다고 해서 우리의 입맛까지 빼앗아 가진 않은 모양 이었다.

우리는 경찰이 오기를 기다렸지만 끝내 경찰은 오지 않았고 연락했던 견 인차만 왔을 뿐이다. 주말에는 일하지 않는 호주경찰을 위해 우리는 다음날 직접 경찰서에 가서 사고 경위에 대해 적고 그림을 그렸다. 그렇게 폐차 처 리를 하고 근처의 호스텔에 몸을 뉘이고 하루를 푹 잤다. 정말 오랜만에 자 는 깊숙한 잠이었다. 꿈 하나 꾸지 않은 깊숙한 잠이었다. 푹 자고 일어나 밥을 먹으면서 우리는 지나온 삼일에 대해 이야기하기 시작했다.

난 에스퍼런스 중국집에서 밥 먹으면서 여기 온 거 조금 후회 했다고 그 랬더니 형들도 피식 웃으면서 똑 같은 생각이었다고 했다. 그래도 얼마나 다행스러운 일이었는지 모른다. 차는 비록 폐차를 당할 정도로 심한 일을 당했지만 우리는 기적 같은 반사 신경으로 상처하나 입지 않은 것이다. 다만 엄청난 운동신경을 가진 계산 형만이 옆구리에 커다란 멍이 들었다.

그리고 희망이란 언제나 자고 있는 사이에 슬며시 아무도 모르게 들어오는 법이다. 밥을 먹고 있는 우리에게 호스텔 매니저는 농장 전화번호를 하나 주었다. 그 전화번호는 우연히도 그곳에서 일하는 친구가 농장에서 외출을 나왔다가 우리의 사정을 듣고서 매니저를 통해 건네준 것이었다.

이번엔 딸기 농장이었다. 제대로 농장 일도 못해봤고 이미 차도 없어졌기 때문에 흔쾌히 연락을 했고 다시 희망의 기회가 왔다. 이번의 희망이란 단어는 딸기로 변했다. 덴마크라는 도시까지 마중 나온 사장 차를 타고 한 시간 정도 달려서 도착한 농장에는 이미 몇 명의 일본인이 있었고 유럽인과 아프가니스탄 인이 있었다. 그곳의 아프간 사람들과 호주사람들은 한국 사람을 처음 본다고 했다. 그만큼 한국 사람이 드문 정말 조그만 동네였던 것이다.

딸기 농장에서의 일은 꽤 재미있었다. 오전에는 딸기를 따고 오후에는 포장을 하는 일이었다. 나와 형국 형이 딸기 따기에 두각을 나타낸 건 두말할 필요도 없었다. 역시 불량이 많았지만 웨스턴오스트레일리아는 사람을 자르거나 하지는 않았다. 인정이 있는 동네였다.

쉬는 시간에는 숙소 마당의 소파에 앉아서 형국 형과 이야기를 하곤 했는데 함께 일하고 있는 호주 친구가 우리를 보고 웃으며 게이냐고 묻는다. 난 인상을 쓰면서 아니라고 말했고 왜 그러냐고 물었다. 다름이 아니라 고등학생 여자아이가 있었는데 나와 형국 형의 관계가 의심스럽다고 했다는 것이다. 쉬는 시간마다 매일 형국 형 옆에 앉아서 과자를 먹거나 했더니 사귀는 사이로 오해한 것이다. 난 그녀에게 가서 말했다.

나는 아무거나 다 좋아해 (I like everything).

주위는 순식간에 웃음바다가 되었다. 게이가 많은 호주였지만 아직 시골은 순수했다. 거듭 말하지만 난 게이가 아니다. 일을 할 때 내가 항상 빨리 빨리 대충 대충을 외쳐대며 일을 했는데 어느 날 아프간 친구가 그 말들을 따라했다. 보통 일본인들은 하루에 80불 정도 벌었고 우리는 그 두 배를 벌었다. 놀라운 것은 그 아프가니스탄인은 우리의 두 배를 벌었다. 딸기 따는 일의 거의 신이나 다름없는 그 친구는 항상 '노 프러블럼'을 입에 달고 다니던 친구였는데 단 하나 프러블럼이 있었다. 그것은 바로 허리가 아픈 것이었다. 2주 만에 나도 손을 들었다 허리가 너무 아파서 더 이상 딸기를 땄다가는 장가도 가기 전에 허리가 망가질게 자명했다. 다른 것도 아니고 딸기를 따다가 허리가 망가지는 일만은 피하고 싶었다. 나의 미래의 신부에게의 최소한의 자존심이었다. 세계평화를 위해 허리를 다친 것도 아닌 딸기 따다가 다친 허리는 내 자존심이 허락하지 않았다.

우리는 다시 머리를 맞대고 허리 안 아픈 일을 찾기로 하고 농장을 떠나와 나와 계산 형은 퍼스로 왔다. 형국 형은 또 다른 농장으로 일을 찾아 떠났다.

퍼스에서 잠시 쉬는 동안 시내 레스토랑에 이력서도 뿌려보고 남는 시간은 도서관에서 영어공부를 하며 시간을 보냈다. 퍼스에 온지 며칠 되지 않아 계산 형은 한국에서 오는 여자친구를 만나기 위해 힘겹게 이틀 반을 걸려서 건넌 눌라보 평원을 비행기로 간단히 가로 질러 시드니로 돌아가 버렸고 나는 다시 혼자만의 여행을 시작했다.

시내 일을 찾아봤는데 역시 유학생이 강세였고 사실은 그다지 별로 하고 싶은 일도 없었다. 역시 수입 면에서 농장 일에 두각을 나타내고 있던 내게 성에 안찬 게 이유였다.

매일 도서관에 가서 공부도 하고 퍼스에서 산 기타를 치며 하루하루를 보내다가 호주생활이 얼마 남지 않은 점을 상기했고 다시 농장 일을 위해 먼지밉이란 동네로 배낭을 들쳐 업고서 버스에 올랐다.

역시 아무 정보도 없이 떠난 여행이었기에 무작정 사람을 잡고서 물어보는 수밖에 없었다. 보이는 슈퍼에 들어가서 어느 농장이 제일 큰지 혹시 농장주 중 아는 사람이 있는지 물었다. 그렇게 전화번호를 하나 알아내서 연락을 해서 포도 농장 주인을 만났다.

전에 포도농장의 안 좋은 기억이 있어서 포기하려고 했지만 방법이 없었다. 운이 좋으면 다른 농장의 정보를 얻을 수도 있을지도 모르는 일이었다. 역시 그 곳에서 일하는 사람들은 많은 정보를 가지고 있었다. 그렇게 다른 사과농장주의 전화번호를 알 수 있었고 하루 만에 포도 농장을 벗어났다. 포도 여전히 맛있는 과일이었지만 나랑은 별로 인연이 없었던 건 확실했다.

카쥬아리나라는 농장은 숙소도 있었고 꽤 큰 사과농장이었다. 시내에서 잠시 기다리고 있으니 사장이 차로 태우러 왔다. 차에 기타와 배낭을 싣고 조수석에 앉았다. 간단한 인사를 하고 한국 사람이 있냐고 물었다. 있다고 해서 다시 일 잘하는 한국인이 있냐고 물었더니 한국 사람은 모두가 일을 잘한다는 대답이 들려왔다.

웃으면서 다시 질문을 정정했다. 특히나 일을 잘하는 한국 사람이 있는가 하고 물었다. 사장 앤은 웃으면서 한 명 있는데 이름이 어려워서 기억을 못하겠단다. 형국 형임을 직감했다. 기타 하나를 짊어지고서 도착한 농장에는 일본인과 유럽인 그리고 몇 명의 한국 사람이 있었다. 정말로 외지에 있어서 시내까지 차로 30분 정도 걸릴 정도였고 일주일에 한번 쇼핑을 위한 자동차를 운행할 정도로 산골짜기까지 들어와 버렸다. 그곳에서 당장은 형국 형을 만 날수 없었다. 형국 형은 다른 외지 농장에서 일을 하고 있었기 때문에 앤은 형에게 연락을 해주겠다고 약속했다. 그곳은 핸드폰도 터지지 않는 외지였던 것이다.

20년 시골에서 산 경험을 살리면 이까짓 사과 따기 정도는 문제도 아닐

거라고 생각했다. 트랙터 운전쯤은 시골에 살 때도 해본 적이 있고 사과도 종류별로 실컷 먹을 수 있을 거라고 생각하니 핸드폰이 터지지 않는 시골쯤 은 문제가 되지 않았다. 역시 사과 따기는 허리가 아프지 않았다. 종종 사다 리에서 떨어져 갈비뼈가 부러지는 친구들도 있는 모양이지만 그런 것쯤은 항상 내 인생에서 두 번째 문제였다.

사과를 캥거루주머니에다 담다가 조심스럽게 나무박스에 채워나가면 하루에 꽤나 많은 돈을 쥘 수 있게 되었다. 많이 버는 날은 하루에 200불을 버는 날도 있을 정도로 새로운 적성을 발견했다.

사과 따기, 호주 WA

숙소에는 여러 나라에서 온 친구들이 있어서 항상 새로운 화제들로 화기 애애했고 저녁을 먹고 모닥불에 둘러앉아서 이야기도 하고 기타를 치며 시 간을 보내곤 했다.

주말에는 다 같이 모여 대륙 컵 미니축구를 하기도 하고 다 함께 모여 영화 를 보기도 했다. 잠이 들기 전에는 항상 일기를 적고 기타를 치고서 잠이 들 었다. 호주에 워킹홀리데이를 온 이후 가장 마음의 평화가 깃들던 시기였다.

그런데 얼마 후에 엄청난 사실을 알게 되었다. 내가 노래를 못한다는 것이었다. 나는 그때까지도 내 노래에는 영혼을 울리는 뭔가가 있다고 믿었다. 내 옆방에 살고 있던 소영이라는 친구가 나보다 먼저 떠나면서 잘 때 들리던 시끄러운 기타소리가 그리워질 거라고 말해 아름다운 소리가 아니냐고 물으니 고개를 절레절레 흔드는걸 보면서 조금 자제하자라는 생각을 했지만 언제나 각오는 각오일 뿐이었다.

그렇게 사람을 떠나보내는 건 여행을 하면서 적응이 제일 잘 안 되는 부분이다. 수많은 사람이 떠나고 혹은 내가 먼저 떠나기도 하지만 새로운 사람을 맞이하는 부분은 쉽게 적응하고 쉽게 친해지지만 떠나는 사람에게 아쉬운 마음이 드는 건 어쩔 수 없는 기분이다. 그렇게 2주쯤 지나자 새로운 사람들이 왔다. 새로운 사람 중에 형국 형이 있었다. 그렇게 특별히 일을 잘한다던 형국 형과 나는 다시 커플로 일을 시작했다.

카쥬아리나 농장에서의 최고의 호흡을 자랑하며 수입에서 매일 톱을 향해 달렸다. 통장잔고는 하루하루 불어나고 있었고 세계각지에서 온 친구들과 하루하루 새로운 화제들로 재미있게 보냈다. 그러던 중 하루는 형국 형과 몸보신을 하기로 하고 농장에 돌아다니는 닭을 잡기로 했다.

어렸을 때 닭서리를 해 본적은 있지만 그렇게 야생 닭을 잡아 보기는 처음이었는데 어찌나 빠른지 농장친구를 몇 명 동원하고서야 겨우 한 마리 잡았고 함께 일하고 있던 아프가니스탄 아저씨가 잡아줬다. 그의 닭 잡는 솜씨가 아주 프로급이었는데 잡은 닭의 털도 안 벗기고 칼로 몇 군데 흠집을 내더니 나보고 다리를 잡으라고 했다. 내가 다리를 잡고 그가 반대쪽을 잡은 채 그가 잡아당기니 그냥 껍질째 옷 벗듯이 껍질을 싹하고 벗겨 버렸다. 다들 신기한 광경에 입을 다물지 못했다.

사과농장 닭 잡은 날

그리고 오븐에 넣고 굽기 시작했다. 한 시간 정도 지나고서 꺼내서 먹었는데 그 야생 닭은 고무줄만 먹고 살았는지 질기기가 고무줄보다 질겨서 얼마 먹지도 못하고 다 버리고 말았다. 몸보신을 하기는커녕 닭 잡다가 힘만 소비했을 뿐이었다.

끊임없이 새로운 화제를 찾으며 농장 생활을 했지만 모닥불에 둘러앉아 친구들과 맥주를 마시는 일만큼 재미있는 일은 없었다.

먼지멉에 살고 있던 트레시는 형 국형과 함께 카주아리나로 옮겨 왔는데 그녀는 집에서 통근을 했다. 나이가 비슷해서 농장에 자주 놀러 오곤 했었는데 언제나 우리를 위한 보드카를 준비해오는 속 깊은 친구였다.

가끔 그녀의 집에 가기도 했다. 양 농장을 하고 있는 그녀의 집의 마당에는 3개의 저수지가 있었고 농장 크기는 한국의 우리 동네 전체만 했다. 농장 안에 있는 저수지에서 가재를 잡기 위해서 뜰채를 들고 호주 특유의 아름다운 석양을 바라보며 저수지로 향했다.

먼저 사료를 물가에 던져 넣으면 가재가 사료를 먹기 위해 슬금슬금 다가오는데 플래시로 비추면 눈이 빨갛게 보인다. 그때 인정사정 볼 것 없이 뜰채로 걷어 올렸다. 그렇게 팔뚝만한 가재를 한 20여 마리를 잡았고 트레시의 엄마가 준비해 둔 끓는 물에 집어넣었다. 저녁으로는 스파게티를 먹었는데 엄마가 해주는 밥을 얼마 만에 먹는 것인지 눈물이 날정도로 맛있는 것이었다.

농장 떠나던 날 트레시와

그렇게 트레시하고도 친구가 되어갔다. 함께 사과를 따는 친구들과도 친해져서 농장을 떠나고 싶지 않을 정도였다. 하지만 시간은 그걸 허락하지 않았다. 한국에 전화를 했더니 막내 누나는 5월의 신부가 된다며 들떠 있었다. 물론 결혼식에 참석하고 싶었지만 결혼식에 갔다가는 꼼짝없이 잡혀서 다시 학교에 복학해야 할 것이다. 그러기엔 아직 나는 각오가 덜되어 있었다고 하는 것은 가족들에게 대답했던 핑계였고 세계여행을 시작 하지 않은 내가 한국에 돌아갈 마음은 전혀 없었다.

신혼여행을 태국으로 간다고 해서 누나에게 태국에서 만나자고 하고 결혼식의 불참을 용서해 달라고 했다. 형국 형과 함께 농장을 떠나 퍼스로 왔다. 형국 형은 뉴질랜드를 여행할 예정이었고 나는 태국으로 갈 예정이었다.

퍼스에 있는 며칠 트레시와 함께 퍼스 주변 프리맨틀을 여행했고 소중한 마지막 추억을 만들었다. 그렇게 호주와의 이별을 준비했다. 조에게 연락하니 조도 조만간 영국으로 돌아간다고 한다. 아쉽지만 조와도 그렇게 전화로 마지막 인사를 했다. 11개월 만에 호주를 떠나는 비행기를 예약했다. 그 동안 신세를 진 사람들에게 전화를 하고 이 메일을 보내고 호주를 떠날 준비를 했다.

비행기가 이륙을 하기 위해 활주로를 향해 서서히 움직이기 시작했다.

1년간 호주생활이 머릿속에서 번개처럼 번쩍이고 천둥처럼 머리에 울려 퍼졌다. 조와 함께 했던 킹스크로스의 펍 투어들, 2년 만에 다시 만난 피터와 수, 통장잔고를 위해 남들 선글라스 쓰고 여행할 때 시멘트 먼지 뒤집어쓰며 삽질하던 시간과 트레시와의 농장생활 자동차 사고. 1년 동안 이 세상의 행복과 운은 나를 향해 비추고 있었음이 분명했다. 처음에 들고 왔던 300불에서 호주를 떠날 때는 13000불이라는 거액이 여행자 수표로 바뀌었다.

시간은 내게 또 다른 곳으로의 여행을 권유했다. 귀가 얇은 나는 또다시 배낭을 짊어졌고 몇 백 불의 돈을 지불하니 몇 시간 만에 전혀 새로운 나라에 나를 옮겨놓았다. 돈은 참 편리한 것이었다. 생각한 대로 움직일 수 있게 해주는 자동차의 가솔린 같은 것이었다. 난 그 가솔린을 위해 지금까지 땀을 흘렸다. 하지만 그 가솔린을 준비하는 동안 생각지도 못할 만큼 행복한 일들이 나를 감싸 안았다.

그 행복감으로 나는 새로운 곳에서 추억을 만들 작정이었다.

비잉 어 코스모폴리탄
(being a cosmopolitan)

# 비잉 어 코스모폴리탄
## (being a cosmopolitan)

역시 말로는 세계여행을 한다고 했지만 그 동안 별다른 준비도 하지 않았던 건 부정할 수 없는 사실이었다. 그리고 말로만 떠드는 건 언제나 직접 겪어야 되는 상황이 닥치면 분명 그에 대한 응당한 대가를 감수해야만 한다. 역시나 태국도 마찬가지였다. 방콕공항에서 싸고 여행자가 많이 머무는 곳이 어디냐고 물으니 카오산이라는 대답만 들려온다.

난 처음에 카오산이 유명한 호텔이름으로 알았을 정도로 태국에 대해 무지했다. 카오산에 도착하고서야 비로소 여행자들의 천국이란 카오산 로드를 방랑하기 시작하면서 공항 여직원이 왜 그렇게 카오산만을 반복했었는지 알게 되었다. 값싼 호텔들과 손쉽게 구할 수 있는 값싼 항공티켓과 값싼 호텔들은 세계의 배낭여행자들이 모이는 이유였다. 물론 그 주변의 시장과 값싼 술집들은 여행자의 발목을 잡는 유혹 덩어리였고 그 유혹들을 물리치지 못해 장기간 머무는 경우가 다반사였다.

도착하자마자 엄청난 습기를 머금은 날씨에 헉헉대며 가장 눈에 들어오는 허름한 호텔에 짐을 풀었다. 가격 대비해서 정확한 곳이었다. 천정에는 에어컨 대신 탈탈거리며 숨을 헉헉거리는 커다란 팬이 돌고 있고 침대에는 벼룩의 핏자국이, 벽에는 페인트가 말라 떨어지고 있는 비참한 방이었다. 나의 여행에 있어서 그런 상황은 다행히 별 영향을 미치진 않는다. 그런 상황이 별로 영향을 미치지 않는 나의 무던한 성격이 고마워 지기까지 할 정도였다.

누나가 오기 전 일주일을 여행자들에 섞여서 또한 관광객에 섞여서 나 또한 한 명의 여행객이 되어 관광을 했다.

가까운 여행사에 가서 인도 비자를 신청해 놨다. 찢어진 여권이 조금 걱정이 되긴 했지만 어떻게 되겠지 하는 안일한 마음으로 신청했다. 호주의 출국심사대에서는 이 찢어진 여권으로는 다시 호주 재입국을 할 수 없다는 대답을 들었던 것이다.

며칠을 호스텔 친구들과 방탕한 나이트클럽 파티에 참석하고 흥청망청 돈을 썼다. 낮에는 무더위에 지쳐 카페에서 아이스커피에 기대 뻗어있는 나 자신이 조금씩 안타까워졌다.

낮에는 주로 카오산 로드에서 길거리 누들을 한 그릇 사먹고서 영화관에 가거나 비디오방을 갔다. 처음 극장에 갔을 때 깜짝 놀랐다. 영화를 시작하기 전에 팝콘을 먹고 있는데 주위의 사람들이 모두 일어서는 거였다. 분위기 파악 못하고 여전히 나와 캐나다 친구는 앉아서 주위를 둘러봤다. 옆에 태국인이 일어서라고 손짓을 해서 영문도 모른 채 일어섰다. 이유는 태국 왕에 대한 경외감의 표시로 영화를 시작하기 전에 왕의 일대기를 보여주는 것이었다. 우리나라 예전 70년대의 국민의례처럼 태국에서 태국왕의 초상화에 손가락질이라도 했다가는 그 손가락 잘릴지도 모르니 조심해야 한다고 했다. 태국에서는 주로 영화를 보면서 시간을 보냈다.

그날도 역시 영화를 보러 갔는데 영화표가 없어서 비디오방에 가게 되었는데 깜짝 놀라 자빠질 뻔했다. 너무나 초호화였기 때문이다. 재떨이를 찾았는데 비행기보다 빠른 속도로 달려와서 무릎을 꿇고 내 말에 귀를 기울여주는 웨이터를 보면서 오히려 내가 몸 둘 바를 모를 정도였다. 그렇게 하루하루 시간을 때우며 누나가 오기를 기다렸다. 누나가 오기로 한날 비행기 시간을 정확하게 몰라서 마냥 방콕공항에서 기다렸다. 그리고 도착출구에서 누나를 찾고 있었는데 조금 걱정되기 시작했다.

이유는 아직 신부화장을 지우지 않은 한국 신부들은 하나같이 똑 같은 모습이었던 것이다. 신기한 점은 신부들은 한결 같이 예쁘고 남편들은 하나같이 아저씨 같았다는 점이다.

다들 돈 많은 아저씨 같아서 혼자 실실 웃었다. 끝내 누나를 만나지 못했다. 어쩌면 신부들이 다들 똑같이 생겨서 놓쳤을 수도 있었다. 서둘러서 다시 집에 연락을 해서 호텔이 파타야에 있다는 것을 확인할 수 있었고 다음날 파타야로 향하는 버스에 올라탔다.

파타야는 남들이 생각하는 것처럼 그냥 관광지가 아니었다. 슬픈 표정을 짓고 있는 창녀의 도시 같았다. 낮에 도착한 나는 할 일이 없어서 바다 옆의 바를 갔는데 그곳의 바는 모두 그런 곳이었다. 이런 곳으로 신혼여행을 오는 사람은 도대체 어떤 사람들인가 하는 생각이 들 정도로 암울한 분위기였다. 그런 슬픈 표정의 파타야에서 오토바이를 빌려 타고서 누나가 머물 호텔에 가서 무작정 이름을 대고 카운터에서 찾았다.

역시 찾을 수 없었다. 공항에서 봤던 신혼여행자들은 모조리 여기에서 머무나 하는 생각이 들 정도로 한국 신혼 여행자들이 많았던 것이다. 성만 갖고 단체여행객 사이에서 누나를 찾는 건 서울에서 김 서방 찾는 거나 마찬가지였다. 어쩔 수 없이 호텔 직원에게 약간의 돈을 쥐어줬다.

그는 발에 땀이 나도록 찾아줬지만 역시 허사였다. 옆에 있던 한국가이드가 좋은 정보를 하나 준다. 아침에는 밥 먹으로 모두가 일층으로 내려온다는 것이다. 호텔로 갔다가 맥주를 한잔 마시고서 일찍 잠이 들었다. 다음날 아침 일찍 오토바이를 타고 호텔에 도착해서 로비에서 식당입구를 바라보며 누나를 기다렸다.

그리고 드디어 일 년 만에 만난 누나는 유부녀가 되어 있었다.

처음 본 매형에게 이런 동생도 있노라고 인사를 했다. 함께 호텔 뷔페식당에서 밥을 먹었다. 오랜만에 먹는 한국김치와 푸짐한 뷔페 음식에서 오히려 내가 호강하는 느낌이었다. 누나도 나름대로의 여행 스케줄이 있어서 다시 밤에 만나기로 했다.

신나게들 놀고들 왔는지 볼이 빨갛게 달아있었고 우리는 시내의 레스토랑에서 멋진 저녁을 먹었다. 일 년 만에 만난 누나에게서 가족들의 안부를 전해 들었고 처음 본 매형과도 많은 대화를 나누며 이국땅에서의 멋진 밤을 보냈다. 다시 헤어지는 누나는 내게 열심히 놀다 오라는 멋진 말을 해주었다.

그런 말 안 해도 멋지게 놀 거야 하고 대답했다. 그렇게 다시 방콕으로 돌아와 인도 비자가 붙어있는 나의 여권을 찾았다. 다행히 찢어진 부분이 그렇게 문제는 안 된 모양이다.

하지만 점점 여권의 찢어진 부분이 커져가고 있어서 여권을 신주단지 모시듯 하지 않으면 정말 큰 문제가 생길 수도 있었다. 문제의 원인은 바로 그리피스라는 호주 도시에서 나이트를 시도 때도 없이 들락거린 게 원인이었다.

바지 뒷주머니에 여권을 넣고 춤을 춰댔으니 온전하게 남아 있을 리 만무했다. 여권을 가방 깊숙이 넣어 보관하고 방콕공항에서 인도 캘커타 행 비행기에 몸을 실었다. 스튜어디스는 아줌마만 뽑나 보다고 생각할 정도로 친숙한 인상들이었다. 비행기 안에서부터 카레 냄새가 진동했다. 기내식의 카레를 먹고서 잠깐 눈을 붙였는데 몇 시간의 비행에 캘커타에 도착을 했다.

영화 시티오브 조이의 촬영장소 그리고 타고르의 고향, 인도 문화의 메카라는 캘커타에 나는 드디어 발을 디디게 된 것이다.

캘커타 빅토리아 빌딩, 인도

내 가슴은 어느 때보다도 두근댔다.

사실 호주에 있을 때 지구별 여행자라는 책을 읽은 적이 있다. 평소에도 류시화의 책을 좋아했고 류시화가 표현하고 있는 인도를 철저히 신용을 하고 있는 편이었다. 그의 표현처럼 아름다운 나라이며 히말라야 저쪽 뒤편에 환상이 있는 나라라고 말이다.

하지만 그 환상은 캘커타에 내리자마자 깨져버리고 말았다. 여러 나라를 갔지만 활주로 한가운데서 내려서 입국장까지 걸어가긴 처음이었다. 공항 활주로에는 군인들이 총을 들고 있었고 왠지 인도는 그다지 친숙한 모양으로 다가오고 있지 못했다.

간단한 절차로 입국심사대를 벗어나 짐을 찾고 얼마의 돈을 루피로 환전했다. 북적거리는 인도인들의 틈 사이에서 외국인 여행자를 찾았는데 단 한 명뿐이었다. 택시비를 절약하기 위해 미국인 로라 아줌마와 택시비 를 나누기로 하고 여행자 숙소가 모여 있는 수더 스트리트로 향했다.

공항을 벗어나 한참 도로를 달리다 신호에 택시가 섰는데 동냥을 하는 어린아이들이 창문을 두들기며 손을 벌렸다. 얼핏 보기에도 20명도 넘는 어린

아이들인데 모두 맨발이었고 나이는 7살 정도였다.

생각했던 것보다 훨씬 인도는 훨씬 알기 어려운 나라가 되어버렸다. 빌린 택시에는 운전석과 조수석에 한 명씩 타고 있었는데 조수석에 탄 친구는 택시가 출발 하면서부터 끊임없이 떠들어 댔다. 그리고 마더 테레사 하우스 앞에서는 아예 차를 세우고서 내려서 설명을 하기 시작했다 물론 중간 중간 운전사가 맞장구를 쳤고 난 건성으로 들으면서 고개를 끄덕였다. 그의 말보다 스쳐 지나가는 풍경이 너무 새로웠기 때문이다.

이렇게 열악한 환경의 나라는 상상치도 못했다. 이런 풍경에 대해서는 류시화의 설명이 반도 채 되지 않았다고 생각했다. 그런 생각을 하고 있는데 운전사가 조수석에 있는 친구를 가리키며 설명하는 게 힘이 드니 팁을 좀 주라고 말한다. 점점 어떤 게 인도다워지는 건지 알 것도 같은 모양새다.

웃으며 로라 아줌마가 팁을 건네주었다. 드디어 도착한 수터 스트리트에서 내리자마자 보이는 구세군 호텔에 짐을 풀었다. 구세군 호텔의 첫인상은 군대 수용소 같은 분위기였다. 아무 장식 없이 높은 천장의 방에 침대만 놓여 있을 뿐이었다. 이미 깨끗함과 편안함은 포기한 상태였기 때문에 별 상관없이 배낭을 침대 위에 놓아두고 로라 아줌마와 함께 거리를 구경하기로 했다.

그리고 호텔을 나서자마자 동냥을 하는 어린아이들에게 둘러싸여 버렸다. 너무 많은 어린아이들이 둘러싸버려서 앞으로 나아갈 수조차 없을 정도였다. 난 가진 동전을 모두 주었고 그래도 가지 않은 아이들에게 빈 주머니를 다 보여주고서야 떨칠 수 있었다.

도로에 있는 수많은 차들은 어떤 신호체계로 운전을 하는지 알 수 없을 정도로 서로 엉켜 있었고 서로 클랙슨을 울려댔다. 모든 차의 뒤에는 플리즈 호른이라고 적혀 있었다. 이곳에서는 클랙슨을 울리면서 운전을 하는 게 합법이었고 그게 신호 체계였던 것이다. 로라 아줌마와 빅토리아 빌딩을 함께 구경했고 여기저기서 클랙슨을 울려대는 자동차 사이를 빠져 나와 호텔로 돌아왔다.

구세군 호텔에서 2층으로 올라가는 계단에서 한국 사람 세 사람을 만났다. 중국을 거쳐 티베트와 네팔을 여행하고 캘커타까지 온 친구들이었는데 꽤나 긴 여행에 많이 지쳐 보였다.

"캘커타 재미있어요?" 하고 물어봤다.

"아니요 정말 재미없어요. 볼 것도 없고 바로 떠날 거예요"라는 대답이 들려왔다. 정말 바보 같은 질문이었는데 꽤 긴 생각을 하게 만든 대답이었다. 어쩌면 난 그와 반대의 대답을 예상하며 바보 같은 질문을 하고 있었는지도 모를 일이다. 돌아온 반대의 대답에 꽤 큰 실망을 했다.

그리고 그 친구들이 내게 장기간 여행자들이 머무는 파라곤 호텔을 알려주었다. 그 사람들이 알려준 파라곤 호텔로 가니 꽤 많은 한국 사람들과 외국인들이 있었다.

일층에는 머리를 기다랗게 묶은 두 사람이 새끼 고양이를 만지며 호텔 마당에서 이야기를 하고 있었다. 단박에 한국 사람임을 알아보고 인사를 했고 똑 같은 바보 같은 질문을 했다.

캘커타 재미있어요?

"여기 온지 6개월 정도 됐는데 엄청 재미있어요"라는 대답이 들려 왔다. 망치로 뒤통수를 얻어맞은 느낌이었다. 똑 같은 바보 같은 질문에서 드디어 난 원하는 대답을 들을 수 있게 된 것이다.

그때는 내가 어떤 대답을 실제로 원하고 있었는지 모른다. 다만 지금 생각해보면 난 언제나 재미란 걸 찾고 있었고 남들이 재미있어 하는 것을 나도 해보고 싶었다고 생각할 뿐이다. 그녀들의 손에 이끌려 올라간 이층에는 담배 연기가 자욱한 몽롱한 재즈카페에 온 기분이었다. 굉장히 묘한 분위기의 옥상이었다.

아르헨티나에서 온 친구는 조그만 타악기를 두들기고 있었고 또 다른 유럽친구는 기타를 일본 친구는 호주에서 가져왔을 디지리두를 불면서 삼삼오오 모여 앉아 이야기를 나누고 있는 그들을 달빛이 은은하게 비추고 있는 묘한 저녁 풍경이었다.

한참을 그 장면에 취해 있다가 인영 누나와 진명 누나에게 저도 재미있는데 데리고 가주세요 하고 말했다. 내 부탁을 듣고 누나들이 그럴 줄 알았다는 듯이 빙긋이 웃는다.

다음날 배낭을 메고 파라곤 호텔로 옮겼다. 그리고 내 인생에 있어서 생각지도 않은 자원봉사를 내발로 가게 된 것이다.

마더 테레사는 그렇게 큰사람이었다. 단 한 번도 자발적인봉사활동에 발을 디뎌 본적도 없고 그럴 생각도 없었던 나를 그곳으로 인도했다.

그리고 누나들 손에 이끌려 그들에게 봉사라는 걸 하게 되었다. 그걸 봉사라고 해야 할지 어떨지는 지금도 잘 모르겠다. 오히려 그들이 무미건조한 내 인생에 봉사를 한 건지도 모른다. 캘커타에 잇는 대부분의 여행자들은 봉사활동에 발이 묶여버린다. 한번 봉사활동을 하면 제 아무리 무미건조한 인간도 그냥 말 그대로 봉사활동에 취해 버리는 것이다. 그렇게 일 년을 잇는 사람도 있었고 몇 개월을 보낸 사람도 있었다.

지하철을 타고 진명 누나를 따라서 봉사활동을 갔다. 마더 테레사 하우스는 몇 군대로 나뉘어져 있었는데 도롱이 치마를 입고 앞서가는 진명 누나를 따라 이 골목 저 골목 돌아서 교회 같은 건물에 발을 디뎠다. 그곳에는 이미 일본 여행자와 유럽여행자들이 봉사활동을 하고 있었다. 식사시간이 되면 식사를 식기에 담아 몸이 불편한 사람들에게는 직접 먹여주기도 하고 마사지도 해주기도 하고 그들의 고통을 함께 분담했다.

몇 시간의 봉사활동이 끝나면 다 함께 모여 먹는 쿠키와 짜이는 내가 맛본 짜이 중에 최고의 맛이었다. 무엇을 하고 느꼈는지 짐작할 수 없는 몽롱한 기간이었다. 마치 달빛이 은은한 밤에 어디에선가 재즈소리가 들려 따라가 보니 그곳이 바로 내가 있었던 곳이었을 뿐이라는 꿈같은 이야기 같은 도시였다.

빛의 도시라는 캘커타는 툭하면 정전이 됐고 밤이 되면 길거리는 집이 없는 사람들이 누워 여기저기 널 부려져 잠을 자는 곳이었다. 대부분 방글라데시나 네팔에서 건너온 사람들이었고 그들의 빈곤한 삶에 문명인 행세를 하는 내게는 눈물이 날 정도였지만 그들은 언제나 웃음을 잃지 않고 있었다.

정말 알 수 없는 도시였다. 봉사활동을 하고 남는 시간에는 영화를 보거나 근처 카페에서 차이를 마시며 여행자들과 수다를 떨며 시간을 보냈다. 여행자들과 함께 영화를 본적이 있는데 인도 배우 중에 최고의 영웅인 샤루칸이 나오는 영화였다. 인도 영화를 처음 보는 거였는데 대부분 대사는 영어로 이루어지고 있었다. 워낙에 많은 공용어 덕분이다. 내용을 이해하기란 그리 어려운 일이 아니었다. 대부분의 의사전달은 춤으로 이루어지고 있었기 때문이다. 영화 중간 중간에 춤추면서 노래하는 부분이 많이 나오기 때문에 마치 뮤지컬을 보고 있는 느낌이었다.

영화관의 분위기는 우리나라의 3류 영화관 분위기다. 3류 영화관 분위기가 어떤 건가 하면 맨 앞에 있는 사람과 맨 뒤에 앉은 사람이 영화의 내용에 대해 상영 중 토론이 가능하다는 말이다. 중간에 앉은 우리들은 그들의 토론 내용을 들으면서 배꼽이 빠지도록 웃지 않을 수 없었다.

영화의 상영시간도 보통 3시간을 넘어서 중간에 인터발이 있을 정도로 긴 영화가 대부분이다. 인도영화는 언제나 해피엔딩이다. 처음 본 인도영화는 굉장히 인상적이었고 물론 맨 앞사람과 맨 뒤에 앉은 사람이 토론이 가능한 영화관의 분위기는 다른 어떤 영화관에서도 다시 볼 수 없을 거라고 생각했다.

밤에는 대부분 호스텔 친구들과 삼삼오오 모여 기타를 치고 노래를 부르거나 은은한 달빛아래에서 수다를 떨곤 했다.

어느 날 캐나다 친구와 이야기를 하다 그 친구가 내 고향 옆 목포에서 영어 강사를 했다고 한다. 이야기를 하다가 내가 호박 나이트클럽을 가봤냐고 물어봤다. 그녀는 웃으면서 거기서 부킹한 이야기를 해줬다. 그녀가 한국말을 못했기 때문에 대화를 어떻게 했냐고 했더니. 그들은 그녀에 게 한 문장의 영어를 했다고 한다.

"아 유 러시안?"

결국 그들은 한마디 밖에 못하고 춤만 추다가 나이트를 나섰다고 한다. 배꼽이 빠지도록 웃었다.

그리고 그날 나이트 이야기를 한 김에 캘커타 나이트클럽을 가보기로 했다. 독일친구와 캐나다 친구 진명 누나 나와 이렇게 넷이서 캘커타 최고의 나이트라는 탄투라를 가게 되었다. 그곳의 정경은 캘커타의 것이라고는 믿을 수 없을 정도로 고급스러운 것이었다. 이해할 수 없었던 것은 여자들은 입장이 공짜고 남자는 10불의 입장료가 필요했다. 우리는 넷이서 나눠서 입장료를 지불했지만 인도남자의 평균 하루 임금이 2불인 점을 감안하면 엄청난 액수임이 틀림없었다.

밖에서 보던 고급스러운 정경만큼 안의 인테리어 또한 굉장히 고급스러웠다. 넓은 스테이지와 바가 있었는데 바 안에는 한참 불꽃 쇼가 진행 중이었다. 2층에는 침대도 있었다. 무엇에 쓰려는 물건인지 모르지만 그곳에 이미 꽤 많은 연인들이 사랑을 속삭이고 있었고 우리는 그 당시 한참 유행하던 인도 샤루칸이 나온 영화음악 '잇츠 타임 투 디스코' 에 맞춰 춤을 추었다.

엄청나게 많은 젊은이들은 땀을 흘려가며 춤에 열심이었다. 지금 생각해도 인도의 춤은 꽤나 세련됐다고 생각한다. 워낙 에 관능적인 몸매를 가진 인도 여인들은 평소에는 잘 입지 않는 청바지와 티셔츠 차림에 관능적인 춤을 자랑하고 있었고 느글거리는 눈빛의 인도 남자들은 머리에 기름을 잔뜩 바르고 느끼하게 몸을 흐늘거리고 있었다.

굉장히 새로운 경험이었다. 팝송에 길들여진 나의 춤도 어느새 '잇츠 타임 투 디스코'에 길들여져 있었다. 인도는 워낙에 많은 얼굴이 있어 어느게 진짜 얼굴인지 알 수 없게 되어 버렸다. 그리고 나는 그때 10불의 입장료로 인도의 또 다른 얼굴을 확인했을 뿐이라고 생각했다.

원래 나의 계획은 인도 파키스탄 중동 북아프리카를 건너서 유럽으로 그리고 시베리아횡단열차를 타는 게 목적이었다. 그리고 나는 내 계획 중 출발지에서 발이 꽤나 오래 묶여있었던 셈이다.

바라나시로 향하는 기차를 타기 위해서 누나들과 호스텔 친구들에게 인사를 하고 하우라 기차역으로 향했다. 택시기사는 연신 경적을 울려대며 꼬여있는 차들 사이를 요리조리 잘도 피해 역에 도착했다.

인도기차 시간은 제멋대로다. 코리안 타임처럼 인도 타임이 존재한다. 우리나라의 코리안 타임은 농담에만 존재했지만 이곳에서는 아직 인도타임이 당연시 되고 있었다. 기차표를 살 때도 난 몇 시간 동안 흘러내리는 땀을 연신 훔쳐내며 긴 줄에 서 있었다.

새치기를 당하지 않으려고 앞의 사람과 바싹 붙어서 연신 땀을 훔쳐내고 있었고 그 중간에 점심시간과 티타임을 꿋꿋이 버티며 인도 탁상행정을 욕해댔다. 그리고 기차를 기다리고 있는 동안에는 기차가 한 시간 연착해서 도저히 할 말을 잃게 만들었다.

다만 그때 내가 유일하게 할 수 있는 일은 류시화를 욕할 수밖에 없었다. 이런 젠장 맞을 나라로 끌어들인 사람이니까. 한 번도 만나지 않은 사람을 욕을 하며 내 마음을 다스릴 수 있었다는 건 어쩌면 행운이었는지도 모르겠지만 바라나시로 가는 기차에 몸을 뉘었다.

기차가 출발하기 전에 1.5리터 물 한 병과 바나나 한 다발을 들고 탔다. 이런 곳에서 물갈이를 하거나 하면 어떡하나 하는 걱정에 조금 배고프더라도 바나나와 미네랄워터를 선택했다. 기차를 탔는데 호기심 많은 인도인들은 내게 국적을 묻고 뭐 하는 사람인지 묻고 마치 경찰서에 조서 받는 것처럼 우리 가족의 세세한 것에 대한 것까지 물었다. 웬만한 나의 신상조사가 끝나자 이내 내가 신고 있던 가죽 신발에 그 관심은 옮겨갔다. 바라나시 역에 도착할 때까지 줄곧 내 신발에 시선을 한시도 늦추지 않는 인도인들을 피해 신발을 꼭 안고 자고 있었다.

그리고 드디어 몇 번의 연착으로 열 몇 시간의 시간이 걸려서 바라나시에 도착했다. 역은 이미 만원이다. 몇 번이나 연착되었을 기차를 기다리느라 자리를 깔고 앉은 인도인들로 인해 역 안은 북새통을 이루고 있었다. 사람 마음이 간사해서 도착한 나는 금세 다시 여유를 되찾았다.

오토릭샤를 찾으려 하기도 전에 몇 명의 오토릭샤들이 내게 흥정을 한다. 그리고 가장 믿음직스럽게 생기고 제일 순수한 눈빛과 애처로운 눈빛을 보내고 있는 바바에게 난 손을 내밀었다. 그리고 오토릭샤에 앉아서 론리플래닛의 비시누 호텔을 가리켰다. 그는 씩 웃으며 잘 안다며 "노 프러블럼"을 외친다.

난 그때 까지만 해도 꽤나 인도인을 신용했음이 분명했다. 도착한 그곳은 강가가 보이는 비시누 호텔이 아닌 강가에서 한참 떨어진 비시나 호텔이었다. 엄청나게 더운 인도의 6월이었다.

나는 그 더위를 참지 못하고 화를 내기 시작했다. 더운 인도에서 화를 내는 건 거의 자살행위나 마찬가지다. 바바는 화를 내는 나의 모습을 보고 이해하지 못하겠다는 듯이 고개를 갸웃거리며 비시누 호텔로 가겠다고 말한다. 다시 담배를 하나 빼어 물고 진짜 강가가 보이는 비시누로 가자고 눈에 힘을 주며 말했다. 알 수 없는 미소를 띄우며 릭샤 왈라는 강가가 보이는 비시누로 간단다. 물론 어느새 내 담배 갑에 손을 뻗어서 화를 내고 있는 내 주변의 자기 친구들에게 나눠주기까지 한다.

그들의 뻔뻔함에 이미 손을 들어서 담배 한 갑을 통째로 날렸다. 그리고 도착한 호텔은 역시 비시누 호텔이 아닌 강가가 보이는 엘비스 호텔이었다. 화를 낼까 하다가 카운터에 붙어있는 엘비스 프레슬리의 웃음에 더 이상 흥정할 힘이 다 빠져 나가고 있음을 감지했다.

그렇게 강가가 보이는 비시누 호텔은 엘비스 프레슬리 사진 한 장과 바꿨다. 물론 론리플래닛에 쓰여 있는 한마디는 게으른 나를 탓하게 만들었지만. 유사호텔 주의. 어쨌든 난 그 경고를 새겨들은 셈이다. 전혀 유사호텔이 아니었으니까.

그렇게 속아서 온 건지 아니면 원래 오기로 되어있었는지 몰라도 나 이외의 외국인이 있으니 다행이란 생각이 들었다. 어쨌든 체크인을 하고서 강가로 나갔다. 갠지스 강은 강한 햇살아래에 유유히 흐르며 반짝이고 있었고 강가 너머에는 아지랑이를 피우며 환상을 머금은 것처럼 유유히 흐르고 있었다. 강가 위에 서서 아래를 내려 봤다. 연기가 나는 저곳은 화장터 일 것이고 크리켓배트를 들고 있는 저 꼬마들은 분명 내게 다가와 신발이 얼마냐고 물을 것이라고 생각했다.

잠시 갠지스 강을 바라보며 저 흙탕물에서 저들은 무엇을 찾아서 기도를 하고 살아가는지에 대해 잠시 생각을 해봤다. 평소 그리 깊은 생각 따윈 할 줄도 모르는 나조차도 잠시 그런 기분이 들게 만든 건 갠지스 강이 가진 힘이라고 생각했다.

계단을 따라 더운 날씨에 물이 많이 빠져 있는 강가에 내려갔다. 나를 보던 인도 꼬마들은 곤니찌와를 연발한다. 인도인의 습성 중 내가 가장 좋아하는 부분은 바로 뻔뻔함과 초롱초롱한 눈빛이다. 물론 뻔뻔함은 혀를 내두르게 하는 부분이기도 하지만 초롱초롱한 눈망울은 믿을 수 없을 정도로 티하나 없이 맑다. 외모는 비록 남루 할지 모르나 어딘지 모르게 그 눈빛에 빠져 들게 만드는 건 인도인만이 가진 특이한 아우라 라고 지금도 믿고 있다.

한국 사람이라고 했더니 "사랑해요" 라고 말한다. 웃으면서 누구에게 배웠냐고 물으니 한국 사람이 많이 온다고 대답한다. 역시 그들도 내 신상에 대해 한참 물어보다 이내 신발로 관심이 옮겨 갔다. 자기의 사촌 집에 가면 그런 신발은 내가 산 가격보다 훨씬 싸게 살수 있다고 하면서 소개를 해주겠다고 한다. 한참을 신발가격으로 이야기를 하던 꼬맹이들을 쫓아내고 나니 노인 한 명이 내게 다가온다.

그리고 나에게 악수를 청한다. 영어를 잘못하는 건 교육의 부재를 의미하는 것이리라. 악수를 하고 손을 빼려고 하는데 자꾸 내 손을 주무른다. 그리고 머리를 주무르기 시작하고 이윽고 어깨를 주무르기 시작한다.

난 계속해서 돈 같은 건 가지고 다니지 않는다고 말을 했고 바바는 돈은 중요하지 않다며 계속해서 내 몸을 주무르기 시작한다. 진짜로 내가 가진 돈이 얼마 없었기에 때문에 그에게 조그만 동전을 내밀면서 미안해했다. 바바는 돈을 받으면서 돈은 중요하지 않다는 말을 하며 내게서 멀어져 갔다. 어쩌면 진짜 돈이 필요하지 않았는지도 모르겠다는 생각을 하면서 그래도 돈을 챙겨가는 바바의 뒷모습을 바라보며 씩하고 웃었다. 진짜 인도에 와버렸구나 하고 생각했다. 류시화가 본 인도의 얼굴을 이곳에서 찾았구나 하고 생각했다.

걷다 보니 강가가 보이는 진짜 비시누 호텔이 보인다. 역시 론리플래닛 맨 위에 실릴 정도로 강가가 잘 보이는 호텔이었다. 처음부터 여기로 왔으면 좋았을 것을 하고 생각해 봤지만 내가 엘비스 호텔로 감으로서 오늘 하루 조금은 행복하게 바바는 집으로 돌아갔을 것을 생각하며 내일 당장 비시누로 옮겨야지 생각했다.

돌아오니 어느새 해는 강가 뒤편으로 사라지고 있었고 외국인 투숙객들도 호텔로 돌아오고 있었다. 그들과 잠시 여행이야기를 하다가 무엇을 먹을

지 서로 상의를 했다. 이미 어두워져서 밖에서 먹는 것보다 호텔 옥상 식당에서 저녁을 먹기로 했다. 식사 후 차이를 한잔 마시니 인도의 밤하늘이 눈에 들어온다. 바라나시의 하늘은 매연으로 뒤덮여 별 하나 발견 할 수 없는 회색빛의 밤하늘이었다.

갠지스 강이 보통사람에게는 더럽다고 생각되지만 인도인들에게는 성수인 것처럼 어쩌면 매연에 뒤덮인 바라나시의 하늘에도 어떤 다른 깊은 의미가 담겨 있을지도 모를 일이라고 생각했다. 식당주인이 옥상으로 와서 이런저런 우리들의 신상에 대해 몇 가지를 묻고서 시타 연주를 들어 본적이 있냐고 물었다. 원하면 싼 가격으로 불러주겠다고 한다.

우리는 다 함께 시타와 타르연주를 듣기로 했다.

바라나시 시타 연주

몇 십분 후에 시타와 타르를 연주하는 연주가들이 초청되어 호텔 옥상은 순식간에 연주 회장으로 변신했다. 그리고 그들의 연주가 시작되자 옥상에 세 명의 관객을 위한 연주가 시작됐다. 돗자리를 깔고 누워 하늘을 바라보며 시타와 타르연주를 듣고 있으니 거짓말처럼 하늘이 열리기 시작했다.

그들의 생활을 위해 오토릭샤의 매연과 자가 발전기가 쉴 새 없이 돌아가고 있을지 몰라도 그들의 연주로 거짓말처럼 하늘은 매연을 걷어내고 인도의 모습을 드러내고 있었다. 마치 처녀가 수줍게 속살을 드러내는 것처럼 한 시간 정도의 연주를 듣고서 우리는 얼마의 돈을 주어야 할지 몰라서 주머니에서 적당하게 모아서 모자에 담아서 주었다.

　역시 그날도 침대의 벼룩은 밤새도록 나를 괴롭혔고 더 이상 괴로움에 못 이겨 아침 일찍 옥상에 올라가 짜이 한잔을 마시고 있으니 갠지스 강에 아지랑이가 피어오르기 시작했다. 부지런한 인도인들이 아침부터 갠지스 강에 몸을 담그고 목욕을 하고 빨래를 하고 있었다. 아직도 가장 신기한 건 그렇게 더러워 보이는 갠지스 강에서 새하얀 세탁물을 돌에 몇 번 돌려서 때리고 말리면 정말 새하얗게 변한다는 것이다. 어쩌면 성수라서 가능한 일일지도 모를 일이다. 분명 성수의 힘이라고 생각했다.

빨래하는 사람 바라나시

　다음날 엘비스 프레슬리의 웃음을 뒤로하고 진짜 비시누 호텔로 배낭을 메고 향했다. 그리고 제일로 비시누 호텔에서 강가가 제일 잘 보이는 침대에 배낭을 내려놓았다. 벽에 페인트는 눅눅한 강가의 습기에 의해 반절 정도가 떨어져가고 있었고 방구석 구석에는 거미줄이 여기 저기 쳐져 있는 도미토리였다. 침대시트는 눅눅해서 몸을 뉘 우고 싶은 맘도 싹 가셔 버릴 정도였지만 머리맡에 있는 조그만 창문으로 바로 갠지스 강이 보였고 강가를 지나가는 인도인들을 볼 수 있었다.

다음날은 가랑비가 흩날리기 시작했다. 리셉션 아저씨는 날씨에 관계없이 푸자 의식은 치러진다고 말했다. 리셉션 영감님의 말처럼 궂은 날씨에 상관없이 카스트 제도에서 꽤나 높은 계급의 브라만의 그 젊은이들의 경건한 의식이 시작되었다.

바라나시 푸자 의식

갠지스 강을 향한 그들의 신앙을 직접 옆에서 보고 있으니 경건한 마음이 나도 모르게 스며들고 있었다. 인도에 오기를 잘했구나 하는 생각이 들었다. 류시화 시인이 점점 고마워지고 있었다.

푸자 의식이 치러지고 있는 동안 빗줄기가 점점 굵어지고 있었다. 이미 흠뻑 젖어 있었고 푸자가 끝나자 서둘러서 발걸음을 재촉했다. 돌아오는 길은 무서울 정도로 깜깜했다. 앞이 하나도 안 보이는 그런 어두움 예를 들면 군대에서 이병이 이제 실무배치를 받고서 내무반에 들어갔는데 병장은 없고 일병만 가득 있는 그런 기분 이었다. 앞길이 정말 깜깜한 기분이었고 난 굉장히 당황하고 있었다. 주변에 몇 개의 파란 불이 움직이고 있었다. 아마도 돌아다니는 개의 눈빛이겠지 하며 널 부러진 막대기를 하나 혹시나 하는 마음에 조용히 주워들었다.

나는 이 세상에서 개를 제일로 무서워하는데 이유는 4살 때 당숙의 심부름으로 막걸리를 받아오다가 당숙이 키우던 개에게 엉덩이 살을 뜯긴 이후로 길에서 개를 만나면 옆길로 돌아갈 정도다. 물론 나를 물어뜯은 개는 사람 물은 개라고 보신탕거리도 되지 못하고 몰매를 맞아 최후를 맞이했다.

멀리 조그만 호텔의 불빛을 겨우 발견하고서 발걸음을 재촉했다. 바라나시에서 길을 잃어버리는 건 굉장히 당황스러운 일이다. 플래시도 없이 걷는 바라나시 밤 골목길은 정말 당황스러운 최악의 상황이었다. 겨우 어두움을 헤치고 도착한 호텔에서 안도의 숨을 내뱉었다.

침대에 몸을 뉘었는데 좀처럼 잠이 오지 않았다. 멀리서 개가 우는 소리가 들리고 또 다른 곳에서는 종소리가 들려온다. 죽은 사람에 대한 마지막 인사리라 하고 생각했다. 그리고 가까운 밖에서는 왁자지껄한 인도인의 이야기 소리가 들려오고 웃음소리가 들려온다. 묘한 기분이었다. 죽은 자를 위한 종소리와 아직 숨 쉬고 있는 자들의 웃음소리는 이상한 어울림으로 갠지스 강에 울려 퍼졌다. 돈이 없는 사람은 충분한 장작을 살 돈 조차 없어 시체가 타다가 만다는 이곳에서 공평이란 것에 대해 생각해 봤다. 그래도 역시 개똥밭에 굴러도 이승이 좋다는 말처럼 지금 내가 숨 쉬는 이곳 공기에 감사해하며 눅눅한 침대시트를 머리까지 올려 덮어씌우며 잠을 청했다.

바라나시는 진짜 인도의 냄새가 나는 곳이었다. 구불구불한 골목길을 따라서 가면 인도냄새가 가득 풍기는 식당들이 있고 인도아이들이 어디에서 튀어나와 놀래 킬지도 모르는 좁은 골목길에서 소가 길을 막아버리기라도 하면 돌아가는 수밖에 없는 그런 도시였다. 그날도 바라나시 골목길을 헤매다가 눈에 띄는 커피숍에 커피를 마시러 들어갔다. 인도에서 커피를 마시는 건 굉장히 오랜만이었지만 이내 후회했다. 커피를 너무 볶아 재 냄새 가득한 맛없는 커피였다. 그럼에도 불구하고 세 잔을 시켜 마셨다. 커피를 마시면서 그 동안 못쓴 일기들을 적기 시작했다. 처음은 욕으로 시작한 인도의 이야기였지만 몇 장을 쓰고 생각을 정리하다 보니 어느새 나도 모르게 인도를 좋아하고 있는지도 모른다는 생각을 했다. 욕을 하고는 있지만 왠지 모르게 인도는 밉지 않게 내 마음에 들어오고 있었다. 이상한 일이었다. 그게 바로 애증의 교차가 아닌가 싶었다.

바라나시 시장 풍경

바라나시에서 배낭을 메고서 자전거 릭샤로 역까지 이동했다. 자전거 릭샤 왈라는 아주 힘들게 페달을 밟고 있었다. 뒤에 있는 나를 돌아보며 매우 힘들다고 강조를 하며 페달을 밟는다. 더 많은 돈을 원하는 것이리라 생계를 짊어진 인도 남자에게는 자전거 릭샤 뒤에 앉은 나의 무게가 전부가 아니었다. 그의 어깨에 얹힌 가족들의 생계는 상상을 초월할 만큼 무거워 보였다.

아그라를 가기 위해 기다리던 예약한 차는 역시 어김없이 연착을 했다. 북새통을 이루고 있는 아그라역 에서 사람들 사이에 쪼그려 앉아 그 동안 읽지 않은 론리플래닛을 읽고 있었다. 역시 인도의 기차는 또다시 연착에 멈추기를 반복 하고 있었다. 이제는 인도인들이 내 신발을 보는 것도 꽤나 익숙해졌고 인도음식에도 꽤나 적응이 되어 있어서 배탈쯤은 그냥 잊어먹기로 했다.

허리가 아플 정도로 기차에 누워서 밖의 풍경을 구경했다. 아직 이곳은 문명의 혜택을 플라스틱 봉지밖에 받지 못한 것인지 여기저기 플라스틱 비닐봉지만 날아다닐 뿐이었다. 아무 곳에서나 똥을 누고 있는 아이들이 기차가 지나가니 똥을 누면서 손을 흔드는 표정에서 순수함을 읽을 수 있었다.

그리고 도착한 아그라는 문자 그대로 아수라장이었다. 바라나시보다 훨씬 많은 오토릭샤 때문에 도시전체에 스모그가 자욱해 앞을 분간하기 어려울 정도였고 매운 매연에 숨이 제대로 쉬어지지 않아 연신 콜록 거려야 할 정도였다. 기차에서 만난 호주 친구들과 함께 타지마할 가까운 호텔에 짐을 풀었다. 그리고 그 친구들과 상의한 후에 아예 오토릭샤를 하루 통째로 빌려서 여행을 하기로 했다. 금방 스리랑카 출신의 오토릭샤 기사가 왔고 그는 아그라에 있는 모든 사람을 알고 있는 듯이 지나가는 사람들에게 열심히 인사를 해댔다.

오토릭샤 기사는 콜라를 마시고 있는 우리에게 존 레논이 인도 아그라에서 시타를 배운 것 아냐고 묻는다. 물론 난 처음 듣는 이야기였고 그렇게 존 레논을 가르쳤다는 선생을 만날 수 있었다.

내가 보기에는 그냥 시타를 팔기 위한 장삿속일 뿐이었지만 그냥 속는 셈 치고 그 영감님의 연주를 듣고 가게를 구경했다. 가게는 인도에서 보기 드물게 화려하게 장식되어 있었고 함께 간 아르헨티나 부자 친구가 시타를 한 대 사는 것으로서 우리는 모두 귀빈 대접을 받을 수 있었다. 그리고 오랜만에 잔디밭이 깔린 넓은 가든에서 모두 함께 저녁을 했다. 호텔에 방이 없어두 개의 침대를 붙여 세 명이 자야 하는 상황이었지만 우리는 그런 것 따위는 상관하지 않았다. 타지마할 방문을 하루 앞두고서 그런 것에 대해 불만을 가질 사람은 아무도 없었다.

다음날 아침 간단히 차이를 한잔 마시고 타지마할까지 걸어갔다. 입구에서 라이터와 담배를 반납하고서 입장했다. 날씨가 조금 흐렸는데 멀리서 본 타지마할은 걸리버 여행기의 하늘에 떠있는 궁전처럼 빈민가의 주변과 너무나 안 어울리게 혼자만 아름다웠다. 신발을 벗고서 타지마할에 맨발로 올라섰다. 신발 보관비를 받는다고 해서 한참 실랑이를 하다가 그냥 주머니에 있는 동전을 쥐어버리고서 가이드 아닌 가이드에서 설명을 듣고 있는데 또 돈을 달란다. 무슨 이런 사람들이 있나 싶을 정도였지만 저절로 웃음이 나 있는 동전이 없어서 조그만 돈을 쥐어주니 돈을 좀 더 주면 안까지 설명해주겠단다. 그냥 웃으면서 혼자 보는 게 좋겠다며 대리석의 시원함을 맨발로 느끼며 타지마할을 구경했다.

타지마할에서, 인도 아그라

과연 사자한은 무엇을 위해 이런 대단한 건물을 지었는지 모르지만 타지마할의 아름다움은 내가 알고 있는 어떤 아름다운 단어로도 표현이 불가능했다. 얼마나 사랑한 여자이었기에 이런 멋진 건물을 지어줬는지 모를 일이다. 하지만 그 자신의 인생도 아들에게 권좌를 빼앗겨 자기가 지은 건물에 갇혀 생을 마감한 비극이었지만 그의 이름은 타지마할로 인해 영원히 기억되고 있었다.

다이애나비가 앉아서 사진 찍었다는 곳에서 사진도 한번 찍어보고 그림도 그리며 벤치에 앉아 일기를 적었다. 타지마할을 뒤로하고 호텔로 돌아와 펩시콜라 한잔을 들고서 옥상으로 올라갔다. 옥상에 앉아 콜라를 마시며 타지마할을 보는데 타지마할이 더욱더 신비하게 보이고 있었다. 주변의 아그라의 빈민가의 건물과는 완전 다른 세상의 건물처럼 보일 정도로 신비하게 빛을 발하고 있었다.

하늘에는 여기저기에 연이 보였다. 연을 보면서 어릴 적 생각이 났다. 친구들이 도시로 모두 이사를 가버리는 바람에 함께 놀 친구가 없었던 내게 겨울에 할 수 있는 최고의 소일거리는 다름 아닌 연날리기였다. 햇볕이 내리쬐는 논두렁에 기대어 연을 날리며 하루를 훌쩍 보내곤 했었는데 아버지는 그런 막내아들에게 항상 대보름 까지만 그런 여유를 주셨다.

정월대보름 이후에는 상놈들이나 연을 날리는 거라며 연을 끊어 멀리 날려 버리곤 했었다. 어릴 적 생각을 하고 있는데 내 팔 위로 뭔가가 스르르하고 지나가는 느낌에 뭔가 손에 잡힌다. 다름 아닌 연줄이었다. 연 싸움에 끊어진 연이거나 누군가가 놓친 연이었을 것이다. 그 연을 한참 동안 날렸다. 어릴 적 논에서 혼자 날리던 연을 생각하며 멀리 있는 내 고향을 생각하면서 밑에서 아이들이 서로 연을 달라고 아우성이다. 난 웃으면서 작은 돌을 하나 묶어서 멀리 던졌다. 서로 연을 잡으려고 골목으로 사라져 가는 꼬마아이들을 보며 어릴 적 나를 생각해 냈다.

아그라를 떠날 시간이구나 하고 생각했다. 사실 아그라는 타지마할을 보는 게 목적이었기 때문에 충분히 만족할만한 방문이었다. 아그라에서 델리까지는 2시간 거리밖에 되지 않았다.

기차표가 없어서 두 시간 밖에 안 걸리니 입석으로 끊었다. 그것은 나의 큰 착각이었다. 시간에 맞춰 오는 기차는 인도에 존재 하지 않는 다는 것을 깜빡 했던 것이다. 출발부터 연착이다. 기타를 꺼내 들고서 노래를 부르며 델리 행을 기다리고 있는데 내 앞에 꼬마들이 구두 통을 들고서 서로 내 신발을 닦아주겠다고 난리다.

난 필요 없다고 했지만 벌써 내 가죽신발은 그들의 경쟁에서 이긴 소년에 의해서 반쯤 닦이고 있었다. 어쩔 수 없이 돈을 꺼내서 주니 누런 이를 드러내며 승리의 미소를 짓는다. 그렇게 겨우 델리로 향하는 기차를 탔는데 기차는 다시 멈춰버렸다. 왜 멈춘 지는 아마 기관사만이 알 것이다.

식사 중일지도 모르고 화장실이 급해서 일지도 모르지만 인도인들은 단 한마디의 불만조차 없다는 게 신기할 뿐이다. 다른 사소한 부분에는 엄청난 호기심을 가진 인도인들이 왜 그 부분에서는 왜라는 질문을 안 하는지는 알 수 없는 부분이다.

어쩌면 이런 일이 당연히 생겨야 하는 문제 일지도 모른다. 정시에 출발하고 정시에 도착하면 인도인들은 오히려 왜 라고 물을 지도 모르겠다.

오후에 출발한 기차는 밤이 다 되어서야 도착했다. 도착한 인도의수도 델리의 빠하르간지는 생각보다 어두웠다. 수도 델리 역의 앞이라 꽤 번화할 거라고 생각했었는데 생각보다 컴컴해서 조금 당황했다. 역으로 나오니 여기저기서 호텔 호객행위가 이어진다. 수많은 호객군중에 가장 야무지게 생긴 사람을 선택했다. 아마 그가 인도하는 호텔에서 오늘 하루를 보내게 될 것이다.

꽤나 그럴싸한 건물로 인도해서 의외라는 생각이 들었다. 그리고 로비에서 체크인을 하고 가장 꼭대기 층으로 인도되었다. 그리고 거기서 난 야무지게 속았구나 하고 생각했다. 이제까지 갔던 어느 호텔보다 열악하고 더러운 방이었다. 방안에 있던 화장실 문은 반쯤 부서져 있었고 삼 년 정도 청소를 안 한방에 세 달은 빨지 않은 여기저기에 빈대의 혈흔이 묻은 침대시트가 깔려 있었다.

역시 인도구나 하고 생각했다. 그것도 인도의 수도 델리구나 하고 생각하며 피곤한 몸을 가지고 있던 모포를 위에 깔고 새우처럼 옆으로 누웠다. 시간에 상관없이 밤새 틀어져 있던 라디오는 드디어 해가 뜬 건지 스피커가 찢어져라 인도의 음악이 흘러나오고 있었다.

도저히 잠을 잘 수가 없었다. 일어나서 방을 보고 용케 이곳에서 하루를 보냈구나 하는 생각을 했다. 얼굴을 씻지도 않고서 바로 체크아웃을 했다. 조금만 덜 더럽고 덜 시끄러운 호텔을 찾아야만 했다.

빠하르간지를 한참 돌아다니다. 나름 깨끗해 보이는 호텔에 체크인을 했다. 호텔에 체크인을 하고 샤워를 하고 나니 정신이 좀 든다. 정신을 차리고 보니 날이 밝은 빠하르간지는 밤과 다르게 꽤나 활발히 움직이고 있었다. 여기저기서 자가발전기가 오토바이엔진 소리를 내며 힘껏 전기를 만들어내며 매운 매연을 품어내고 있었다. 이미 매연으로 뿌연 인도의 풍경은 익숙해져 있었고 오토릭샤와 자전거 릭샤가 여기저기서 뒤엉켜있고 소는 먹을 것을 찾아 여기저기 식당을 기웃거리고 있는 풍경은 완전 혼돈의 풍경이었다.

거의 대부분의 식사를 과일로 때우고 있어서 밥이 생각났다. 빠하르간지에도 먹을 만한 볶음밥집 하나쯤은 있을 터였다. 볶음밥을 찾으러 여기저기를 들러보다 메뉴가 한글로 쓰여 있는 식당에서 방명록을 읽으면서 배를 채웠다. 펩시콜라 병에 빨대를 꽂고서 뜨거운 햇볕을 피하고 있으니 또 다른 한국여행자들이 옆에 앉았다.

정보가 필요했던 나는 그들에게 정보를 물었고 그들은 뜻밖에도 한국 만화책이 있다는 인도 쉼터로 나를 인도 해 주었다. 그곳은 기대 이상이었다. 그 동안 인도를 여행하면서 느끼지 못한 쾌적함을 겸비한 곳이었으며 아마 빠하르간지에서 유일하게 조용한 곳이었을 것이다. 평상에 앉아 한글의 만화책을 읽으며 행복을 느꼈다고 하면 웃기는 일이지만 난 그 순간의 행복을 만끽 하고 있었다. 그리고 인도 쉼터 사장형님이 김치를 담근다며 마늘을 한 바가지 가져오니 순식간에 모두가 마늘을 까고 김치를 담그고 있었다.

나중에 안 사실이지만 그렇게 모두가 손님도 되고 종업원도 되어버리는 곳이 인도쉼터였다. 다음날 인도쉼터로 체크인을 했다. 그 동안 쌓인 노고도 풀고 파키스탄과 이란의 비자도 받아야 했었기 때문이다. 틈틈이 파키스탄 대사관을 들러 파키스탄 비자를 받았고 이란 대사관에도 이란 비자를 신청해 놓은 상태였다. 인도쉼터 평상에 누워 만화책을 보다가 뒹굴 거리며 기타를 치는 날이면 이게 늘어지는 삶이구나 하고 느꼈다.

인도 쉼터에서, 인도 델리

캘커타에서는 내가 기타를 치며 노래를 부를 때면 주변의 누나들과 형들의 엄청난 구박을 감수 했어야 했다. 희한하게도 그곳의 관객들은 모두 노래 실력이 상급이었던 것이다. 그런데 델리에서 기타를 치며 노래를 부르는데 놀라운 현상이 벌어졌다. 내가 기타를 치며 '내 마음을 당신 곁으로'나 김종찬의 노래를 부르면 박수를 치며 함께 따라 부르는 것이다. 믿을 수 없는 광경이었다. 내가 기타를 들고 여행한지 6개월 만에 난 스타반열에 올랐다.

그리고 며칠 뒤 캘커타에서 함께 봉사활동을 하던 누나들이 델리로 여행을 왔다. 그리고 나의 콘서트 현장에서 그들은 할 말을 잃었다 관객들의 열광적인 팬 서비스는 델리와 캘커타의 차이는 너무나 확연했기 때문이다.

누나들의 분석에 의하면 그것은 관객의 수준 차이였다. 내가 가지고 있는 기타 책이 대부분 70년대 후반 포크 송이었고 델리의 여행자들은 대부분이 30대 후반이었기 때문이라는 것이다. 분석이 어쨌든 난 델리에서 스타로 거듭났다.

이란 비자는 신청 후 2주 정도 걸렸기 때문에 난 델리에서 머물 수밖에 없었다. 여권이 워낙 에 많이 찢어져 가고 있어 델리의 한국대사관에 들러 여권 찢어진 부분에 대사관 도장까지 찍어서 보강을 했지만 여전히 위조를 의심받고 있었다.

그리고 그렇게 일주쯤 흘렀을 때 김선일 씨 피랍사건이 터졌고 이란비자는 취소되었다. 대사관직원은 단호하게 '캔슬'이라 외쳤고 난 왜 캔슬이 되었는지 따지고 있는데 옆에서는 한국인 가족이 이란 비자를 받고 있는 게 아닌가? 그냥 넘어갈 내가 아니었고 난 매몰차게 따져 들었다. 이란 대사관 직원은 오히려 가족들끼리 단체여행은 안전하고 혼자 하는 여행은 위험해서 안 된다는 대답을 강조했다. 얼굴 벌겋게 씩씩대며 돌아왔다. 한번 취소된 비자는 다시 쉽게 나올 리 없었다. 무엇이 잘못됐는지 모르지만 일주일이 조금 넘어서부터 너무 보챈 게 잘못이리라.

돌아오는 길에 인터넷 카페에 들러 메일을 확인했다. 빨간 글씨의 메일이

한 통 와있었다.

"아버지 건강 적신호 긴급 연락 요망." 집에다 전화를 했고 아버지는 두 번째 식도암 수술을 받아야만 했다. 두말하지 않고 돌아가야 할 상황이었다. 당장이라도 비행기를 타야 할 판이었다.

그렇게 하루를 고민했고 난 돌아가기로 했다. 그렇게 나의 여행은 짧게 무너져가고 있었는지도 모른다. 그리고 다음날 누나한테 전화를 하니 생각보다 아버지 건강이 전보다 괜찮아 지셨단다.

그리고 난 이왕 받은 파키스탄 비자는 써야겠다고 생각했다. 파키스탄으로 우선 넘어가기로 했다. 함께 숙소에서 묶고 있던 여자 두 명과 동행을 하기로 했다. 이유는 여자들끼리 여행하기가 위험하다는 것 누가 위험하게 되는 건지 모르겠지만 파키스탄 국경을 그렇게 세 명이서 넘어가고 있었다.

은혜라는 친구는 캘커타에서도 본적이 있는 친구다. 워낙에 저돌적인 여행을 하는 스타일이라서 단박에 알아봤던 친구다. 나이는 이제 겨우 20을 넘겼는데 아줌마 근성이라고 해야 할지 야무지다고 해야 할지 모르겠다. 인도인들과 대판 싸우는 건 그녀의 사소한 일상이었다.

그렇게 쉼터와의 만남을 뒤로하고서 파키스탄으로 향했다. 기차를 타러 가는데 은혜양은 역시 뒤에 처져서 호객꾼들과 시비가 붙어있다. 제미 누나와 함께 데려와야 제대로 갈 모양새였다. 누가 보호받고 가는 건지 모를 일이라고 하니 제미누나가 웃는다.

기차에서는 마냥 밖을 바라보며 멀어져 가는 인도를 바라봤다. 인도에 처음 도착한 캘커타에서 내가 원하던 대답을 들려준 6개월째 빨래와 설거지가 제일 재미있었다던 진명과 인영누나 아버지가 편찮으셔서 여행을 접을 고민에 휩싸여 있을 때 "고개만 돌려도 여행입니다" 라고 답해주셨던 명삼 스님 서로의 20대의 갈팡질팡했던 고민들을 들어준 은단 양, 베푸는 것만 알고 있는 인도쉼터 사장형님 모두와 안녕을 하고 또 새로운 곳으로 발길을 옮기는 순간 인도를 벗어나기도 전에 인도가 그리워졌다. 아니 그곳에서 만난 사람들이 보고 싶어졌다. 인도 아이들의 말똥말똥한 깨끗한 눈망울과 수많은 질문을 하며 끊임없는 왜라는 질문을 해대는 인도인들이 금세 그리워질 것 같았다.

그리고 만감이 교차하는 생경함을 느끼고 있었다. 사실 그렇지 않은가 걸어서 육로로 남의 나라를 간다는 기분은 처음이라 그런지 엄청나게 생소한 기분이 드는 건 당연한 사실일지도 모른다.

삼면이 바다로 둘러싸여있고 60만 군대가 대치하고 있는 군사분계선으로 막혀있는 대한민국에서 여행을 하려면 배나 비행기가 필수니까 말이다. 아침 일찍 보더(국경)에 도착했다. 아직 문을 안 열어서 보더 앞 식당에서 기타를 치며 시간을 때우고 있는데 누군가가 온다.

이란비자를 받으러 갔을 때 만난 가족끼리 세계여행을 하시는 분들이다. 보더가 열리고 우리는 함께 입장했다. 국경수비대라서 그런지 군인들의 키가 상당히 컸다. 아니 엄청 건장한 군인들이었다. 그리고 입국심사는 허름한 건물에서 이루어졌는데 하필 은혜의 비자번호 중 글씨가 하나 j가 t로 보이는 바람에 입국이 안 된단다.

우리는 가족이라고 했고 함께 들어가야 한다고 떼를 썼다. 그랬더니 그 사람이 한마디 한다. 그럼 j로 보이게 만들어라 우리는 뒤로 돌아섰고 펜을 찾았다. 그리고 다시 웃으며 우리는 패밀리라고 말했다. 입국도장이 찍히고 우리는 드디어 파키스탄에 입국을 했다. 도착한 그곳에서 바로 우리는 버스를 기다렸는데 버스에는 남자 칸, 여자 칸이 따로 있다.

이슬람의 나라에 발을 디딘 것이다. 왠지 여자의 눈을 바라보기도 겁이 난다. 라왈핀디로 가는 버스에서 잠시 졸았는데 그 따사로운 햇살과 먼지알갱이는 왠지 중국의 카슈카르와 닮아 있었다.

라왈핀디에서 짐을 풀고서 라왈핀디 시내를 걷는다. 이곳은 인도와는 또 다른 분위기를 풍긴다. 바로 조금은 정돈된 느낌이다. 오랜만에 보는 피자 헛 그곳으로 발걸음을 옮겼다. 상당히 고급이미지다. 사실 한국에 있는 거랑 디자인은 똑같을 것이지만 파키스탄에 있다는 것만으로 이미 고급이 되어버렸다.

피자 한판을 싹쓸이를 하고 얼마만의 포식을 만끽했다.

파키스탄 피자헛, 파키스탄 이슬라마바드

라왈핀디에서 시장을 구경했고 난 이슬라마바드로 향했다. 사실 마음이 조금 급해져 있었다. 이미 유럽 쪽으로 나가는 길은 막힌 거나 다름없었고 아버지의 건강이 조금은 걱정되기 시작한 것이다. 그렇게 이슬라마바드로 향하는 버스에 몸을 실었다. 이미 장거리 버스여행에 있어서 10시간쯤은 이제 아무것도 아닌 것처럼 되어버려서 그냥 맘 편히 버스좌석에 몸을 기댄다.

그런데 파키스탄의 버스에서는 툭하면 선다. 이유는 바로 기도시간이다. 인도에서 듣기론 파키스탄은 이슬람 종교에 있어서 짝퉁일지도 모른다고 했는데 내게는 절실한 신도들로 보였고 그들 또한 내게 종교를 물었고 난 무교라고 대답했다. 그때마다 들려오는 안타까운 감탄사들이 내 귀에 울린다.

종교가 없는 게 그리 안타까운 일인가 신을 믿지 않는 것은 안타까운 일인가 하고 조금은 진지하게 자문해 보았다. 역시나 진지해봤자 답은 나오질 않는다.

인도와 파키스탄 관계는 군사적으로 꽤나 껄끄럽다. 하지만 역시 샤류칸의 힘은 대단했다. 여기버스에서도 역시 샤류칸의 영화가 상영되고 그의 연기에 환호하고 해피엔딩으로 영화는 언제나 끝을 맺는다. 문화의 힘은 대단했다. 펜은 칼을 꺾는다고 하지 않았던가! 그렇게 버스는 나를 이슬라마바드에 덩그러니 남겨놓고 떠났고 난 이슬라마바드에 입성했다.

호텔을 찾느라 한참을 헤맸다. 역시 현지인들도 모르는 여행자호텔을 찾아 침대하나의 얼마의 돈을 지불하고 몸을 뉘었다. 인도처럼 호텔 수위가 있지만 총을 들고 있는 게 조금은 더 불안하게 만든다. 탈레반을 의식하게 된다. 인도에서는 그저 기다란 막대기로 걸인들을 못 들어오게 했을 뿐인데 파키스탄 호텔의 수위 총을 들고 있다.

그래도 역시 노인의 눈에서는 긴장감을 읽을 수는 없다. 몇 명의 일본인 여행자들이 눈에 띈다. 방명록에는 역시 한국 사람은 누구누구 왔다감이라고 써 났다. 방명록을 한참보고 있으니 누군가가 내 앞에 앉는다.

인도쉼터에서 본적이 있는 수염을 덥수룩이 기르고 있는 영수 형이었다. 우리의 만남은 그렇게 단순하게 시작되었지만 영수형의 인상은 가히 단순하지 않은 인상의 현지인이었다. 결코 한국 사람의 이목구비라고는 할 수 없는 외모에서 그가 30이라는 나이라는 건 더욱더 놀랄 일이었다. 그리고 또 한사람의 한국인을 만났다. 유럽에서 중동을 거쳐 아프간에서 파키스탄으로 온 여행자였는데 얼굴은 초면이지만 인터넷 5불 여행자 카페에서는 구면인 사이였다. 바로 종태 형이었는데 내가 파키스탄 정보를 얻고 있을 때 내게 답글을 달았던 사람이다.

다음날 은혜와 제미 누나도 도착하면서 다시 함께 여행을 하게 되었다.

세계에서 제일로 크다는 이슬람사원에 함께 갔다. 가히 상상을 초월하는 거대한 건물이었다. 축구장만한 사원에 대리석으로 치장을 했으니 그들의 신앙심과는 별개로 경이로워질 따름이었다. 시원한 대리석에서 맨발로 뛰어다니며 동심을 느껴봤다. 남의 신성한 공간에서 버릇없는 행동일지라도 난 마음만은 경건하게 하고 나왔다.

기도를 했다. 누구에게 하는 기도일지 모르나 어떤 신이라도 내 기도에 답해주기를 희망하면서 말이다. 은혜와 제미 누나는 루트를 조금 수정해서 우리는 바람의 계곡 나우시카의 장소라는 훈자마을로 향하기로 했다.

버스에 올라타기 전에 은혜는 또다시 한바탕한다. 제미누나의 국제학생증이 아닌 한국학생증은 효력을 발휘할 수 없다는 부분에서 은혜는 또 다시 목에 핏대를 올리고 말았다. 물론 표 파는 사람은 단호하게 거부를 했다. 그녀에게는 가는 말이 고와야 오는 말이 곱다는 속담이 아마 가는 말이 거칠어야 오는 말이 곱다라고 해석되는 지도 모르겠다고 생각하며 난 싱글싱글 웃으며 표 파는 사람에게 천천히 설명했고 그는 이내 설득 당했다.

은혜가 한마디 한다. 오빠 얼굴이 먹히는 거라며 씩씩거린다. 이슬람에서는 동성연애가 금기시 되어있다지만 이 사람들이 남자의 살을 만지는 거는 이미 이력이 나있었고 이 더운 날씨에 긴팔을 입을 자신이 없는 난 나시를 입고 다녔고 그들은 내 어깨를 떡 주무르듯이 주무르고 있었다.

그렇게 몇 다발의 바나나와 생수를 사서 버스를 탔다. 파키스탄에 있는 버스 중에 대우버스라는 것이 있다. 다름 아닌 한국회사인 대우다. 파키스탄에서 대우의 영향력은 대단한 거여서 고속도로를 만들어주고 휴게소를 만들어줬다. 버스도 대우버스고 최고급 형이다. 안에 차장도 있고 물도 공짜니까 벨을 누르면 기꺼이 와서 서빙을 한다고 한다.

IMF 외환위기라는 괴물에 GM으로 넘어간 사실이 안타까울 뿐이다. 내가 탄 버스는 보통버스였지만 시설은 꽤 괜찮은 버스였다. 또 몇 번의 기도

시간이 있어 버스는 정차했고 난 버스에서 하도 귀찮게 하는 파키스탄 사람들을 위해 기타를 쳤다. 그들이 나를 바라보는 시선은 개그맨 정도로 생각하는 것 같았다.

밤이 오고 창밖에 아무것도 보이지 않게 되자 난 잠이 들었다. 새벽에 어렴풋이 눈을 떴는데 그 광경은 놀랄 정도로 스펙터클한 것이었다. 엄청나게 높은 산에 유유히 흐르는 회색빛 강물은 훈자의 고지대로 접어들었음을 알려주고 있었다.

버스는 파키스탄 북부의 길깃이라는 도시에 도착했고 다시 훈자로 들어가는 버스를 3시간정도 타야했다. 뻐근한 허리를 겨우 펴고서 다시 조그만 버스에 쪼그리고 앉았다. 가다보니 살구를 팔고 있는 꼬마들이 버스를 뭐라고 소리치고 이내 버스의 속력에 멀어졌다. 앵두를 들고 있는 소년들과 살구를 들고 소리치는 소년들의 표정이 싱그럽다.

인도에서 한의사를 만난 적이 있다. 훈자라는 곳의 살구는 만병통치약이라는 말을 들었다. 어린나이에도 만병통치란 말에 혹해서 훈자라는 마을을 내내 기억하고 있었던 것이다. 버스기사에게 잠시 차를 잠시 세워달라고 해서 앵두 한 접시를 샀다. 그리고 이내 그 맛에 반했다. 가는 내내 그 맛이 입안에 맴돌았고 훈자에는 이것보다 훨씬 앵두와 살구가 있을 거라는 상상을 했다.

가는 길 또한 스펙터클해서 곳곳이 산사태에 무너져 내려있어 도로는 막힌 곳도 많았다. 그리고 마침내 도착한 훈자마을 카리마 바드의 구멍가게에서 콜라를 한잔 마셨다.

그곳의 공기를 만끽했다 정면에는 높은 산과 깊은 계곡이 자연 다큐멘터리 파노라마처럼 펼쳐져있었다. 훈자에는 어찌된 영문인지 일본사람과 한국 사람이 태반이었다.

짐을 풀었다. 그런데 은혜가 시름시름 앓더니 이내 쓰러져 버렸다. 아마

고산지대여서 컨디션이 난조를 벗어나지 못하는 모양이었다. 며칠 있으니 속속들이 아는 얼굴들이 보이기 시작했다. 어디에선가 봤거나 만났던 여행자들이다. 그들 사이에는 내가 이란대사관에서 본 얼굴도 있었고 종태 형도 영수형도 있었다.

한번은 집에다 전화를 하려고 영수 형과 단둘이 마을로 내려갔다. 영수형이 먼저 전화를 하는데 난 옆에서 듣고 있다가 마시던 펩시를 뿜어낼 뻔했다. 파키스탄의 전화통화 품질은 꽤나 좋아서 옆에서 듣고 있어도 다 들릴 정도로 쩌렁쩌렁했다.

"아부지 나여라우."

"그랴 어디냐 누구누구가 결혼하는 게 올 것이냐?"

"나 지금 지리산이어라우 못 강계 그리 아씨요."

"그라믄 이만 끊으요."

파키스탄 훈자가 전남구례의 지리산으로 둔갑하던 순간이다. 영수형의 이력은 해남에서 농협에서 근무하던 착실한 아들이었단다. 영수형의 표현을 빌리자면 우리는 모두 궁금했다. 요즘 같은 세상에 안정적이라는 농협을 박차고나온 사람은 어떤 사람인가 하고 말이다. 결론은 평양감사도 자기 하기 싫으면 그만인 거다. 지금의 영수 형은 태국방콕에서 대리석이 깔린 집에서 아주 호사스러운 생활을 하면서 가이드를 하고 있다고 한다.

우리는 다시 마을에서 올라와야만 했다. 겁이 났다. 저 언덕까지 언제 올라가는가 하고 말이다. 훈자는 꽤나 높은 지대라서 조금만 걸어도 숨을 헉헉거리게 되어있다. 바로 그 자리에 주저앉아서 담배를 피우며 고민을 했다. 지나가는 차에다 힘차게 손짓을 했고 우리는 히치하이킹에 성공했다.

마을에 올라와서 살구를 따러 내려가기로 했다. 호텔 주인 영감님의 말에 의하면 거리가 꽤 된단다. 역시 히치하이킹을 해야 했고 제미누나와 둘이 마을로 내려갔다. 그곳에서 살구를 따려고 하니 이거 또한 양심에 거슬린다. 주변의 꼬맹이들을 불러 모아 약간의 돈을 쥐어주며 그들에게 살구를 따달라고 부탁하니 순식간에 두 봉지가 만들어졌다.

살구 따는 아이들 photo by 제미

오면서 다시 히치하이킹을 시도했다. 차가 얼마 다니지 않아서 아주 차에 치일각오로 도로 한가운데서 손을 흔들어야 겨우 차가 섰다. 아주 흐뭇하게 두 봉지를 가져왔고 우리는 살구를 먹어댔다. 우리가 실수한 부분은 바로 그 살구의 기능은 바로 숙변제거였다. 은혜는 그것 때문에 삼일을 고생했다.

아주 살이 쫘악 빠졌다. 하이더인 영감님이 옥상에 올라와서 6개 이상 먹지 말라고 경고를 했는데도 말이다. 산이 너무 높아서 올라갈 엄두를 내지도 못한다. 우리는 차를 빌리기로 했다. 몇 명의 여행자들이 함께 지프를 타고서 빙하에 가기로 했다.

상상이 되지를 않는다. 동네 야산만 보아온 내가 빙하가 뭔지 어떻게 알겠는가. 빙하를 본 내 심장은 오싹하게 얼어붙었다. 앞에 멀리 보이는 곳까지 걸어가려면 이틀이 걸린다는 설명에 다시 그 광대함에 놀랐다.

호퍼 빙하

빙하를 내려오는 것까지는 좋았다. 사진도 찍고 신나게 내려왔다. 하지만 내리막의 불변의 진리는 내려왔으면 올라가야만 한다. 왜 그렇게 숨이 턱까지 차오르는지 모를 일이었다. 아마도 고지대의 산소부족도 있었겠지만 내 폐가 담배에 혹사당하고 있는 느낌이 더 많이 들었다. 담배를 끊어야지 하고 그 언덕길에서 100번쯤은 다짐했다. 하지만 언제나 다짐은 다짐일 뿐이다. 난 그날 중국으로 넘어가기 위해서 이슬라마바드에서 중국비자를 받아 놨었다. 빙하 여행을 마치자마자 나는 소스트로 향했다. 지나가는 버스에 몸을 싣고 그동안 함께 여행했던 동행들과 서로의 여행에 행운을 불어넣어 주었다. 여행이 주는 행운과 행복이 아닐까 싶다. 우연히 만나서 잠시 서로의 생각을 공유하고 서로 알아갈 즈음 서로의 여행에 행운을 빌어주는 관계 말이다.

훈자마을을 떠나면서

　소스트는 내가 생각했던 큰 마을이 아니라 그저 조그만 파키스탄과 중국 보더가 있는 그런 동네였다. 너무나 스산한 광경에 잠을 잘 때 호텔 문을 몇 번이나 확인할 정도로 스산한 마을 이었다.

　드디어 다시 중국이다. 파키스탄에서 다시 이란비자를 신청할까 고민을 하다가 이내 중국비자로 마음을 바꿔먹었다. 아버지의 건강도 염려 되었지만 오지 배낭여행자들 사이에서도 좀처럼 가기 힘들다는 카라코람 하이웨이를 건널 수 있는 기회였기 때문이다.

　파키스탄 국경마을 소스트에서 중국 보더까지는 하루 꼬박 걸리는 거리였다. 출국심사대에서 미국인 두 명을 만났는데 그들은 모자에 캐나다국기를 붙이고 있었다. 이유는 바로 미국인이 가진 특권에서 오는 두려움 때문이었다. 아직도 파키스탄 북부에는 탈레반이 기승이었으니까 어찌 보면 그들의 행동에 대한 당연한 결과에 안타까움도 있었지만 조금의 고소함도 있었다고 하는 게 나의 진심이었다.

아침에 출국심사를 하고서 버스를 기다렸다. 난 버스에 이미 정원이 차서 따로 가는 승용차에 탑승을 해야 했다. 카라코람하이웨이는 그야말로 환상적인 풍경을 자랑하고 있었다. 단 한 번도 사람의 때를 묻지 않은 것처럼 자연은 살아 춤추고 있었다. 파키스탄에서는 좀처럼 볼 수 없었던 신록이 넘실거렸고 도처에 이름 모를 동물들이 뛰어놀고 있었다. 중국으로 갈수록 나무들이 많아지고 점점 추워지고 있었다.

도착한 중국 보더에서 잠시 내려 짐 검사가 있었는데 내 여권을 요리조리 살피고 가방을 뒤지더니 이내 흥미를 잃은 군인들은 통과를 허락했다. 차에서 내려 내가 제일 먼저 한일은 그 장관을 앞에 두고 오줌을 싼 일이었다. 이상하게도 난 너무나 멋진 광경을 보거나 당황스러운 일이 닥치면 먼저 용변을 보게 되는 걸까 하고 생각했다.

호주에서 자동차 사고가 났을 때도 내가 제일 먼저 한일은 숙변제거였다. 그 멋진 광경을 카메라에 담았다. 물론 내 맘속에는 아직도 남아있었지만 여행자답게 사진에 담아두길 원했다. 그리고 다시 카슈카르 행 택시를 탔다. 버스가 없어서 몇 명의 파키스탄 인들과 함께 카슈카르로 향했다. 중국에 들어서면서 도로사정은 조금 더 좋아지기 시작했다. 여전히 아름다운 광경들로 한시도 눈을 뗄 수 없을 정도였다.

카슈카를를 생각하니 따스한 흙먼지가 생각이 났다. 밤이 되어서야 겨우 도착한 색만빈관은 2년 전의 공사를 말끔히 끝내고 새 단장하고 나를 맞이했다. 2년 전의 추억을 상기하며 호텔 베란다에서 기타를 쳤다. 그곳에는 성수기답게 많은 여행자들로 넘쳐나고 있었다. 티베트로 넘어가려는 여행자들과 파키스탄으로 넘어가려는 여행자들이 머물고 있었다.

또 다른 여행에 잠시 머물며 다들 설레어 하며 카페로 모였고 수다를 떨었다. 이내 누군가 우리가 하고 있는 여행이란 무엇인가라는 원론적인 문제를 제시했다. 다들 각기 나름대로 여행을 정의하고 있었다.

난 이렇게 생각했다. 여행이란 술과 같은 것이라고 술 먹을 때 엄청 기분 좋고 내일은 없을 정도로 오늘 당장만을 생각하고 마시지 않느냐고 다음날 물론 숙취에 고생하면서 다시는 술을 마시지 않겠다고 말하지만 얼마 지나지 않아 또 다른 파티를 하지 않느냐고 여행도 똑같은 거라고 말이다. 그랬더니 다들 웃으면서 수긍하는 분위기다.

집으로 돌아갈 쯤엔 집이 최고다. 그리고 곧 안정적인 생활이 주는 풍요로움에서 잠시 틀에 갇히지만 곧 배낭을 싸지 않느냐고 하니 다들 동감하며 여행 중독에 대한 열변을 토했다. 다들 한번쯤은 경험한 여행중독증이다. 지금은 다들 어느 정도 여행의 자유로움을 망각하고서 안정적인 삶 쪽이 더 풍요로워 보이지만 이내 다들 돌아가서 바로 배낭을 준비할 천생 여행자들이었다.

나 또한 그 여행자들처럼 새로운 곳으로 향했다. 중국에 와서 집에 전화를 하니 아버지는 퇴원을 하셨고 내게 몸 조심히 한국에 돌아오라는 다이아몬드처럼 빛나는 조언을 해주셨다.

내가 그리 서둘러야할 이유는 없어졌다. 난 그저 여행의 마지막을 조금 여유롭게 장식하고 싶어졌다. 이미 머릿속에서는 학교를 복학하자라는 생각이 비집고 들어오고 있었지만 일 년이 넘는 여행에서 이제는 다시 현실로 복귀 중이었음은 부정할 수 없는 현실이었다.

우루무치를 건넜고 또다시 시안을 향했다. 기나긴 기차여행에서 또다시 만난 잉쭈어 좌석은 역시나 나의 허리를 끊어뜨리려 작정한듯 고통을 선사했지만 어느새 몇 년 전에 했던 여행에서처럼 해바라기 씨를 기가 막히게 까먹고 뱉어내고 있었다.

2년만의 시안은 엄청나게 변해 있었다. 곳곳에 새로운 고층빌딩이 들어서고 있었다. 2년 전의 비듬 흘리던 촌티 나던 아가씨들이 짧은 미니스커트를 입고서 개방의 길로 접어들고 있었던 것이다.

호스텔에 들어섰다. 이년 전에 내가 썼던 방명록에 글을 확인하니 웃음이 났다. 늦은 밤에 호텔 문을 두드렸을 때 눈을 부스스 비비며 중국말로 뭐라 뭐라 하던 직원과 다투고 체크인을 했다. 시안에 오자마자 조금 날카로워지기 시작했다. 너무 변한 시안이 마음에 들지 않아서여서였을까? 어쨌든 조금 심사가 뒤틀려져 있었다. 그리고 도미토리에서 함께 머문 스페인 여행자와 함께 밥을 먹고서 구이린 행 열차 티켓을 샀다. 양수오에서 여독을 풀고 한국으로 돌아가고 싶었다.

다음날 스페인 친구의 배웅을 받으며 서로의 여행을 격려하고 인사를 했다. 누군가 내 가방을 뒤지는 기분에 뒤를 돌아보니 꾀죄죄한 십대 두 명이 걸어가는 내 가방을 막 열고 있었다. 어처구니없었지만 난 소리를 질러 그들을 쫓아냈다. 그런데 어처구니없게도 카라코람 하이웨이 사진을 찍은 필름과 사진기가 그들의 손에 들어가 버리고 말았다. 그때의 허망함이란 그래도 내 마음속에 확실히 기억해 두고 있으니 라는 허망한 말로 나 자신을 위로할 수밖에 없었다. 내 기억에서 영원히 누구도 훔쳐가지 못할 거라고 스스로 몇 번이고 위로했다.

다시 뒤돌아 일기를 쓰기위해 공책을 한권사고서 기차역으로 향했다. 수많은 인파사이에서 인파를 몸소 느껴야할 시간이다. 그런데 진짜 큰 문제는 거기서 터져버렸다. 내 허리 색에서 누군가 또 손을 대고 있는 것이었다. 앞에 오던 사람이 내게 중국말로 뭐라고 했다. 난 눈을 크게 뜨고 그 사람이 무슨 말을 하려 하는지 이해하려 애썼고 그 사람은 나를 보고 있지 않고 내 뒤를 보고 있었다. 소매치기가 이미 내 지갑을 꺼내간 이후였다. 서둘러 뒤를 살폈지만 수많은 인파 중에서 이미 소매치기는 바람처럼 사라져 버렸다. 지갑의 얼마 안 되는 중국위안과 기차표도 사라져 버렸다. 당황했다. 돈이 없어 당황한 것보다 기차표가 없어져버려서 더욱더 당황했다. 기차는 1시간 후면 출발할 것이었기 때문이다. 경찰들이 보이기에 무작정 달려가서 상황을 설명했다. 영어가 통하지 않음을 상기하며 영어를 할 줄 아는 경찰을 찾았다. 다행히 한명이 띄엄띄엄 영어가 가능했다.

그리고 내 기차가 곧 떠나려 한다고 설명을 했다. 내 주머니에 든 건 몇 개의 동전뿐이었다. 다행히 여권과 여행자 수표는 가방 깊숙한 곳에 있었기 때문에 큰 화는 면한 셈이었다. 찾을 수 있는 방도가 없다는 대답만이 들려온다. 간단한 조서를 꾸미고 난 우선 시안을 떠나야만 한다고 설명을 했다. 곤란한 표정을 짓던 경찰은 곰곰이 잠시 생각하더니 내게 가방을 짊어지라고 하더니 무작정 역으로 향했다. 무언가 더 설명하고 싶은 눈치였지만 그의 짧은 영어로는 무리였으리라.

난 그를 서둘러서 따라갔고 기차역의 수많은 인파를 헤치며 숨이 턱에 차오르도록 빠른 걸음의 경찰에게서 멀어지지 않으려 두발을 바쁘게 움직였다. 내가 타야할 기차는 금방이라도 출발할 기세였다. 나를 데리고 간 경찰은 차장과 기차 안에 있는 경찰에게 자초지종을 설명했다. 난 그들을 보고 최대한 불쌍한 표정을 지어야한다는 걸 누가 가르쳐주지 않아도 본능적으로 잘 알고 있었다. 나의 불쌍한 표정이 먹힌 건지 그렇게 또 다른 잉쭈어 자리는 내자리가 되었다. 아니면 원래 내 자리였을지도 주변에 있는 사람들에게도 내 사정은 다 인지 되었다.

난 돈 한 푼 없이 중국 기차 잉쭈어에 16시간을 의지하게 된 것이다. 기차에 앉으니 내 주머니에 남아있는 몇 개의 동전을 꺼내보며 웃었다. 웃음밖에 나지 않았다. 그리고 이내 깨달았다. 내가 언제부터 이렇게 돈을 잃어버릴 걱정을 하고 살았는가 하며 씁쓸한 웃음을 짓고 있었던 것이다. 걸어가고 있는 사람의 가방에서 지갑을 꺼내가는 시안에 잠시 씁쓸한 웃음을 짓고서 굿바이를 했다.

시안에서의 쓸쓸한 기억은 이내 곧 잊을 수 있었다. 그것은 바로 상상치 못했던 중국인의 배려에서 시작되었다. 저녁 시간이 되니 차장은 내게 도시락 한 개를 내밀었다. 돈이 없는 나를 배려한 것이다. 그리고 옆에 앉은 사람들의 배려도 중국인이라고는 상상하지도 못할 정도로 상냥하게 내게 담배며 과일을 건네고 있었다. 난 흔쾌히 그들의 호의를 받아 들였고 기타를 꺼내들고서 그들에게 보답을 했다. 양수오에 가면 여행자 수표를 환전할 수 있을 것이었다. 내릴 때가 되어서 차장이 식당으로 부르더니 국수 한 그릇을 시키더니 내게 건넨다. 고맙다고 인사를 하고 국수 한 그릇으로 배를 채웠다.

차장이 기타를 보며 칠 줄 아느냐고 묻는다. 한국노래를 한번 해보라고 해서 난 목청이 터져라 윤도현의 사랑투를 불렀고 그들은 웃으며 박수를 쳤다. 유행하는 한류에 감사할 따름이었다. 차장은 친절하게도 개찰구까지 따라가 개찰구 직원에게 내 사정을 설명해주었다. 그렇게 나의 무임승차는 생각지 못한 중국인의 친절한 배려로 구이린까지 그 어느 때보다도 즐겁게 도착을 할 수 있었다. 소매치기를 당하지 않았으면 모를 중국인의 또 다른 모습이었다. 구이린의 풍경도 역시 개발이 한참이었다. 중국은 빠른 속도로 변해가고 있었다. 여행자 수표를 인민은행에서 환전하고서 양수오로 향했다.

역시 드래곤볼의 산들이 즐비해있다. 양수오의 풍경만은 2년 전의 그대로다. 따스한 양수오의 햇살을 바라보며 버스에서 나도 모르게 잠이 들어버렸다. 마치 고향에 다 온 것 마냥 긴장이 풀려버렸는지도 모를 일이었다. 푸근한 햇살이었다.

도착한 양수오의 웨스턴스트리트의 호텔들은 성수기답게 만원이었다. 겨우 자리를 하나 발견하고서 짐을 풀었다. 웨스턴스트리트에서 맥주를 한잔 시키고서 그 동안의 여행을 생각했다. 내내 생각해도 이란으로 건너가지 못한 게 한이 되었지만 언젠가 다시 기회가 올 거라는 희망으로 자위했다.

찢어져가고 있는 여권을 보면서는 세계적인 전자 제품을 만들어내는 한국에서 이런 저질의 여권을 만들어 내는가? 하고 조금의 한탄도 해봤다. 아마 이 여권으로는 유럽에 입성하지 못했을 거라는 생각도 들었다.

2년 전에 나의 귀여운 자전거와 함께한 여행을 떠올렸다. 귀여운 나의 자전거는 중국에서도 안전 했었는데 자취방 빌라에서 도둑을 맞았다. 주변 중학생들에게 포상금까지 걸어 찾아보았지만 허사였다. 그리고 2년이라는 시간을 거슬러서 다시 난 양수오의 카페에서 햇살을 만끽하며 맥주를 마시고 있는 것이었다. 시간은 어디로 흘러서 어디에 쌓여 있는 건지 모르지만 나를 점점 재미없고 걱정만 해대는 어른으로 만들어 가고 있다는 생각이 불현듯 들었다. 그리고 이내 학교에 돌아가서 복학을 하지 않으면 안 될 것이라는 생각이 들었다.

상하이로 향했다. 그곳으로 가서 다시 목포행 배를 탈 계획이었다. 하지만 인터넷 검색을 해본 결과 정말 어처구니없게도 항로가 없어져 버렸다는 것이다. 인천으로 가기위해 배가 있는 청도까지 갈 여력이 없었다. 한국에 가까워져 감에 인내심도 바닥이 났고 체력도 바닥이 났다. 아니 열정이 조금 시들어져 버렸는지도 모를 일이었다.

호텔 여행사에 들러서 비행기를 예약했다. 그것도 비즈니스로 내생애에서 그런 기회가 다시 올지 모르지만 난 그렇게 여행의 마지막을 호화롭게 장식했다. 인천에 도착해서 난 그 오묘한 기분을 아직도 잊지 못한다.

한국인 전용 줄에 서면서 난 더 이상 외국인이 아닌 내국인으로 돌아왔다. 14개월만의 귀환이었다. 더 이상 말이 통하지 않아 호텔을 못 찾아 고생할일도 없었고 버스를 10시간 이상 탈일도 없었고 해바라기 씨를 뱉어낼 일도 없었다. 그 의미는 기차 안에서 앉아 담배를 태울 수도 없고 현지 음식들을 먹을 수도 없다는 의미였으며 더 이상 여행자가 아닌 그저 그런 휴학생으로 돌아온 다는 것이었다. 말 그대로 현실중의 현실로 돌아오고 만 것이다. 인천공항의 로비가 열리고 드디어 버스정류장이 보였다.

한국 여름의 특유의 습기가 가득한 바람이 자동문 사이로 들어왔다. 메케한 버스매연에 얼굴을 찌푸리며 현실세계로 돌아왔다. 아버지는 오랜만에 보는 내게 환한 미소를 지어 주셨다. 두 번의 수술로 꽤나 수척해 계셨다. 안쓰러운 마음이 앞섰다. 불효를 했다는 생각마저 들었다. 아버지에게 학교를 복학하겠다고 약속을 하니 아버지는 쿨 하게 "니 인생은 니가 사는 거다."라고 말씀해 주신다. 그해 가을 난 2학년이 되었고 24살 대학 예비역으로 돌아갔다.

오랜만에 친구들과 술을 마시고 회포를 풀었다. 나는 내가 떠나던 2학년이었지만 그들은 이미 나보다 한발 앞서가고 있었다. 난 그곳에서 어렴풋이 깨달았다. 난 이들과 같은 세상을 살고 있지만 다른 세상을 보고 있구나 하고 말이다. 바로 동상이몽이었다.

2학년 2학기는 꽤나 부유한 생활을 했다. 여행이 축소되면서 난 꽤 여유로운 자금이 있었고 차를 샀다. 대한민국 구석구석을 누벼주겠다는 각오를 하면서. 하지만 돈은 하늘에서 돌고 돈다고 했었던가. 이내 난 다시 주유소에서 5000원어치 기름을 넣는 가엾은 가난한 고학생이 되어버리고 말았다.

그해 겨울 구미에 친구 집에서 잠시 얹혀 지낸 적이 있었다. 크리스마스 때 함께할 여자친구도 없이 친구와 함께 숨을 헐떡이며 금오산에 올랐었다. 몇 시간의 등산으로 금오산 정상에 서서 야호 대신 메리크리스마스를 외쳤다.

그리고 난 대학 3학년이 되었다. 그해 겨울 서울에 있는 대학으로 편입을 했다. 새로운 곳에서의 자극이 필요했다. 여행동호회(5불생활자 daum카페)도 전에 없이 정모에 적극적으로 참여했다. 나보다 조금 자극적인 삶을 살아가는 사람들을 만나서 자극을 받고 싶었다.

그 당시의 난 현실에 주저앉아 안주하는 모습을 제일 겁내고 있었는지도 모를 일이다.

# 파트타임 워킹홀리데이
## (대학교 3학년)

　내가 갖고 싶은 건 쿠바 행 비행기 티켓과 인화하지 않은 십 수 개의 필름 통이었다. 나의 수동카메라의 앵글로 곳곳을 바라보고 기록하고 싶었다. 망각의 동물이라는 인간의 짧은 기억력을 한탄하면서 나의 젊은 날의 패기와 열정을 필름에 담아 망각하고 싶지 않았다. 그저 색이 바랄 뿐이겠지 라고 생각했다.

# 빨간 깻잎의 나라
## (캐나다 워킹홀리데이)

삼학년이라는 학년은 꽤나 나를 무겁게 만들었다. 항상 학생시절이 제일 좋다고 말하는 인생선배들에게서 공감을 하곤 했었는데 나의 학생시절도 이제 후반전에 들어선 것이다.

서둘러서 캐나다 워킹홀리데이를 준비했다. 다시 휴학한다고 아버지께 말씀 드렸다가는 쿨 한 아버지라도 당장에 지게 작대기를 들것임이 자명했기 때문이다. 다시 휴학하는 것은 무리가 있다는 판단을 했고 대학생의 특권인 기나긴 방학을 이용할 요량이었다. 사실 한국에서 아르바이트를 해서 모으는 돈보다 현지에서 모으는 돈이 훨씬 많은 게 매력적이었기 때문에 다시 배낭을 싼 것뿐이었다.

호주와는 달리 캐나다 비자는 꽤나 경쟁이 심했다. 어떻게 작성을 해야 내가 캐나다 워킹홀리데이 비자를 받을 수 있을까 하고 학교 도서관에서 반나절을 골똘히 고민했다고 하는 것은 지금의 내 생각이고 그 당시의 나는 당연히 발급될 거라는 자신이 있었다. 그 자신감은 도대체 누구에게 어디에서 얻은 것 인지는 알 수 없었지만 그럼에도 불구하고 에세이는 진도가 나가지 않았다. 언제나처럼 발등에 불이 떨어져야 글이 써질 모양이었다. 대학교 시험도 아닌데 말이다.

인터넷 검색 사이트에서 검색도 조금 해보고 카페에 가입해서 글도 읽어

보았지만 도무지 감이 잡히질 않았다. 다만 몇 번째 떨어진 친구들의 불평 불만에는 공통점이 있었는데 바로 에세이를 너무 평범하게 쓴 게 떨어진 것 같다는 것이었다. 당연한 것이겠지만 평범하지 않은 글을 쓰는 게 합격의 요인이라고 생각했다. 심사도 또한 까다로워서 합격한 사람의 것을 베껴서 내거나 하면 바로 낙방하는 모양이었다. 도대체 평범하지 않은 글을 쓰기 위해서는 어떤 식으로 써야 할까 잠시 고민하다가 학교 옆 단골 만화방에 가서 만화책을 한 50권 정도를 빌려왔다.

몇 봉지의 문어다리와 과자를 사와서 하루 종일 만화를 읽을 작정이었다. 난 항상 고민할 문제가 생기면 아무 생각 없이 만화책을 읽곤 했다. 만화책 의 내용은 가상 세계의 것이었지만 마치 내 이야기를 하고 있는 것처럼 난 깔깔대며 읽어댔다.

난 아직도 만화책에 세상의 진리가 담겨 있을지도 모른다는 엉뚱한 생각 을 하곤 한다. 실제로도 현실세계에서 많이 적용하곤 한다. 슬램덩크의 왼 손은 거들뿐이라든지 리니지의 사나이는 수렁에 빠지는 걸 두려워하지 않 는다. 다만 그 수렁에서 빠져나오지 못하는 것을 두려워 할 뿐.

마치 크리스천이 성서를 믿는 것처럼 불자가 불경을 외우는 것처럼 난 만 화책에서 나오는 우정과 사랑을 신봉했다. 하루가 꼬박 지나고서야 만화책 을 다 읽을 수 있었다. 눈이 빙글빙글 돌 정도로 많은 만화책이었지만 쌓인 만화책을 보고 있으니 왠지 뭔가 가득 한 것 같은 보람까지 생겼다.

인터넷 카페 글에서 읽은 것처럼 내게는 에세이 서류를 예쁘게 치장할 능 력도 없었고 서류에 뿌릴 향수 따위는 내 몸에도 평생 뿌려 본적이 없었기 에 그런 방법은 아예 제쳐 놓고 에세이를 작성하기로 했다. 수북이 쌓인 만 화책을 책상 한구석으로 제쳐두고 난 컴퓨터 앞에 앉았다. 호주에서 캐나다 친구를 만난 것을 생각해 냈다. 호주의 어느 백배커스도미토리 침대에 배를 깔고 누워 일기를 쓰고 있었던 오후다.

같은 방을 쓰고 있던 그 캐나다 친구는 바늘과 실을 가지고 배낭에 캐나다 국기를 붙이고 있는 중이었다. 나는 호기심 가득한 눈으로 그에게 뭐하냐고 물었다. 그는 미국사람처럼 보이지 않기 위해서 캐나다 국기를 배낭에 붙이고 있는 중이란다. 그의 대답은 나의 상식을 벗어난 것이었고 처음엔 그 말의 뜻을 이해조차 하지 못했다. 캐나다 사람이 미국사람처럼 보이지 않기 위해 국기를 배낭에 붙이는 건 들어 본적도 없는 말이었다.

나는 잠시 멍해 있다가 그에게 왜 미국인처럼 보이기 싫은지 물어봤다. 그는 하던 바느질을 멈추고 내게 돌아서 설명을 하기 시작했다. 그의 눈빛은 꽤나 진지해졌고 나도 어느새 몸을 일으켜 침대에 앉아 그를 정면으로 바라보고 있었다. 그의 대답은 간결했다. 북미에는 두 개의 나라가 있는데 세상 사람들은 북미에는 미국밖에 없는 걸로 생각한다. 캐나다는 마치 미국과의 경계가 희미해서 한나라로 생각해 버린다는 것이었다.

그는 그리고 다시 그 점을 강조했다. 분명히 다른 사람들이 살고 있는 다른 나라라고 말이다. 생각해보니 언제나 외국인들은 내게 중국인이냐고 묻거나 일본인이냐고 묻곤 했었는데 그때마다 목에 핏대를 세우고 기분 나쁜 표정으로 항상 코리아를 강조했다는 점을 생각해 냈다. 심지어 그들을 세계 지리도 제대로 모르는 몰상식한 인간들로 치부하기도 했다.

그런 캐나다인의 자존심이 나의 호기심을 불러 일으켰다. 그리고 그 이야기를 다른 캐나다 여행자들에게 물어보았는데 그들 또한 모두 목에 핏대를 높이며 동의 했다. 역시 그들의 배낭에는 캐나다 국기가 붙어 있었다. 그리고 나는 그렇게 에세이를 작성하기 시작했고 미국인처럼 보이기 싫은 그 친구의 이유를 머리로는 이해 할 수 있지만 진정으로 내가 이해하고 있는지는 확신 할 수 없다고 그 이유를 직접 느껴 보고 싶다고 적었다.

국제사회에서의 미국인의 입지와는 달리 여행자의 사회에서는 꽤나 괄시 받고 있었던 셈이다. 파키스탄 국경에서 만난 모자에 캐나다 국기를 붙이고 있던 미국인 부자처럼 난 그들의 자긍심에 대해 A4용지 반장 정도로 작성했고 당연히(?) 비자는 발급되었다.

3학년 1기말고사 마지막 하루 전날 배낭을 싸고 있었다. 내일이면 캐나다 밴쿠버에 다시 발을 디디게 될 것이었다. 삼학년 일 학기 생계를 위해 난 차를 팔았었다. 참으로 미안한 맘이 많이 생기게 하는 자동차였다. 배불리 기름한번 채워주지 못한 가난한 주인을 용서하라고 마음속으로 빌었었다. 부자 주인 만나 기름을 가득 채우고 달리라고 기도했었다.

그리고 이제 남은 건 사지 멀쩡한 몸 하나뿐이었다. 내 지갑에는 500불의 돈뿐이었지만 내 자신감은 어느 때보다도 충만 되어 있었다. 같은 영어권인 호주의 생활을 해본 적도 있었고 그 동안의 여행 경험으로 조금은 우쭐해 있었는지도 모르겠다.

하지만 6월의 밴쿠버는 그리 달갑지 못하게 내게 다가오고 있었다. 10시간이 걸린 비행 끝에 도착해서 여지없이 입국 심사대에서 우물쭈물 하며 비자 라벨을 받았고 간단히 나의 배낭을 찾아 공항 밖에서 내리는 비를 바라보며 담배를 한대 피웠다. 맛있는 담배 맛이었다. 평소처럼 습관에 의해 피우는 맛이 아닌 오랜 시간 담배를 피우지 못한 후의 폐 깊숙이 파고드는 에스프레소 커피 같은 담배 맛이었다.

공항 리무진을 타고 다운타운 그랜빌 스트리트에 내려서 후드티 모자를 뒤집어쓰고서 힙합 전사처럼 거리를 구경하며 호스텔을 찾았다. 비 오는 날에 썬 백패커스를 선택한 건 또 다른 아이러니다. 그곳에 짐을 풀고 내리 잤다. 시차적응이다. 한국에서 6월 18일 날 출발했는데 도착하니 여기는 아직도 6월18일이었다. 그 동안 그렇게 시차 적응이 필요한 곳에 가본 적이 없었으니까 몸 컨디션이 좋을 리가 없었다. 반나절을 내리 잠만 잤다.

옆에서 짐을 풀던 뉴질랜드 친구는 어디가 아픈 줄 알고 나를 흔들어 깨우며 괜찮으냐고 물어볼 정도였었다. 뉴질랜드 친구와 일층 바에서 가벼운 샌드위치와 맥주를 한잔 마셨다. 그때 까지는 가랑비가 계속 조금씩 흩날리고 있었고 한 무리의 여행자들이 리셉션에서 체크인을 하고 있었다. 점퍼에 달린 모자를 뒤집어쓰고 시내구경을 나섰다. 거리를 걸으면서 캐나다 생활을 위해 일을 시작해야만 한다는 걸 생각해 냈다.

인터넷 카페에 들러서 잡 사이트를 뒤져 보았지만 생각보다 내게 맞는 일자리는 없어 보였다. 내 지갑은 이미 일주일 치 숙박비를 지급해버려서 거의 바닥을 보이고 있었다.

다음날 우선 급하게 처리해야 할 텍스넘버를 신청했고 통장을 개설했다. 우선 당장 일용직이라도 구하지 않으면 안 될 상황이었다. 호스텔 리셉션에서도 딱히 마땅하게 일이 들어온 곳이 없다는 대답만을 들었을 뿐이다. 먼저 용역회사에 들러서 상황을 들어보기로 하고 호스텔 캐나다 친구와 함께 방문했다. 내게 아직 텍스넘버가 나오지 않아서 일을 줄 수 없다는 대답이 들려왔다.

상황이 급하다는 점을 강조하면서 떼를 써서 핸드인캐시로 인테리어 용역 일자리를 얻어냈다. 식당 인테리어 현장에서 며칠 페인트를 칠하고 가구를 나르니 육체노동에 응당 하는 꽤 많은 돈을 손에 쥘 수 있었다. 하지만 역시 조금은 안정적인 일자리를 찾기 위해 이력서를 들고서 시내 레스토랑을 방문하기 시작했다. 하지만 생각보다는 만만치 않은 모양새다. 밴쿠버의 여름은 나처럼 일을 구하는 사람이 많았다. 수요와 공급 중 공급이 우위에 있었다.

시내 근처 직업소개소에서 내 이력서를 보여주면서 현지인에게 조금 가이드를 받아 고쳤다. 이것저것 보다가 게시판에서 레스토랑 구인광고를 보고 몇 개의 리스트를 작성했다. 보트하우스라는 레스토랑에 들렀을 때도 언제나처럼 웨이트리스에게 가서 매니저를 찾았고 나는 이력서를 제출했다. 나를 본 매니저는 내게 어디서 왔냐고 물었다. 한국이라고 하니 태권도 할 줄 아냐고 묻는다. 우선 세계지리는 제대로 배운 맘에 드는 매니저다. 그의 앞에서 군대에서 배운 옆차기를 보여주니 엄지손가락을 치켜든다. 그렇게 보트하우스와의 인연을 맺었다.

보트 하우스

보트하우스의 주방은 미칠 듯이 바빴다. 주방에서 일하는 사람만 20명이나 되었다. 그럼에도 불구하고 쉴 새 없이 바빴고 접시를 나르고 야채를 썰어댔다. 그리고 일이 끝난 첫날 매니저는 '메이드인 코리아'라며 내게 엄지를 치켜들었다. 그렇게 새벽 두 시에 일을 마치고 터벅터벅 걸어 그랜빌 스트리트로 돌아왔다.

벤쿠버 야경

그런데 난 호스텔로 돌아오는 데비 스트리트에서 난 내 평생 뇌리에서 잊히지 않을 광경을 목격하고 말았다.

난 여행을 할 때면 언제나 준법정신을 칼같이 지키는 편이다. 그 길이 가장 문제없이 집으로 돌아가는 길이란 걸 알기 때문이다. 그날도 역시 차가 한대도 지나가지 않았지만 난 빨간 불 앞에서 파란불로 바뀌기를 기다리고 있었다. 맞은편에서도 두 명의 남자가 파란 불을 기다리고 있었다. 드디어 파란불로 바뀌고 나는 발걸음을 옮기며 전방을 향하고 있었다. 그런데 맞은편 남자 두 명이 신호가 바뀌자 키스를 해대기 시작했다. 호주 킹스크로스에서도 가끔 본 광경이기에 그냥 지나치려 했었는데 내가 지나는 중에도 그들은 뽀뽀에 여념이 없었다. 그리고 교차하는 순간 난 그들의 혀가 서로 꼬여있음을 알게 되었다. 그 장면은 충격 자체였다. 유교사상에 26년을 살아온 내게 그 장면은 공포영화착신아리의 어떤 장면 보다 무서운 장면이었다.

그날 그냥 운수가 사나웠나 보다. 하고 그냥 지나칠 수도 있었는데 문제는 내가 호스텔로 돌아와서 샤워를 하고 있을 때였다. 갑자기 그 영상이 뇌리에 살아나면서 그 장면이 자꾸 클로즈업 되면서 점점 선명해 지는 거다. 순간 나의 정체성에 대해서 의심했다. 다행히 난 여전히 여자가 좋았다. 하지만 이상하게도 그 장면만큼은 어느 영화의 멋진 장면처럼 선명하리만큼 지금도 내 뇌리에 남아있다.

그 이후로 난 데비 스트리트를 밤에 지날 때는 최대한 빠른 걸음으로 준법정신 따위는 내팽개치고서 집으로 돌아간 것은 두말할 나위도 없는 것이었다.

매일을 새벽까지 일을 하고 돌아와 누우면 하루가 어떻게 지나갔는지도 모를 정도로 바쁜 일상 이었다.

그런데 문제는 생각 치도 못한 곳에서 자라나고 있었다. 일을 하면서는 너무 바빠 신경도 못 쓰고 있었고 아니 아예 신경도 쓰지 않고 있었던 텍스

넘버가 문제가 되고 있었다.

호주는 일주일 만에 주급을 받는 위클리 페이지만 캐나다는 2주 만에 페이를 받는 바이위클리 페이다. 보통 텍스넘버를 신청하고 받으려면 2주 정도를 기다려야 하는데 그 기간에는 보통 텍스넘버 신청 영수증으로 대체할 수가 있다. 역시 실질적으로 워킹비자가 있기 때문에 일을 하는 데는 문제가 없지만 보통 세금 상의 문제 때문에 텍스넘버가 없으면 월급을 받을 수가 없는 것이다.

내겐 아직 텍스넘버가 발급이 되지 않고 있었다. 우편으로 도착할 때까지 기다려야 하는데 텍스오피스에 직접 가서 확인해 봤지만 역시 기다리는 수밖에 없었다. 텍스 넘버가 없어서 월급이 나오질 않고 있었다. 앨빈 토플러도 그러지 않았는가. 세계는 시속 100km의 속도로 변해가지만 정부의 정책들은 시속 5km라고.

진짜 큰 문제는 호스텔 비가 밀려가는 있는데 주급은 안 나오고 있는 점이었다. 문제가 심각해지자 호스텔 매니저는 내게 잠시 보자는 메모를 내 방문에 붙여 놓았다. 난 호스텔 매니저에게 사실대로 사정을 설명했다.

내가 일하고 있는 레스토랑을 전에 알려줬었고 그는 일주일의 시간을 허락해 주었다. 일주일이라도 성수기라서 200불 가까이 되는 돈이다. 일을 하다가 나의 상황을 동료와 매니저에게 말을 했다. 매니저가 본사에 전화를 해보고 연락을 해주기로 했다. 그런데 역시 텍스넘버 없이는 월급이 나오질 않는 다는 것이다. 하는 수 없다며 레스토랑 뒤에서 담배를 피우고 있는데 흔쾌히 자기 돈 500불을 빌려주겠다는 것이 아닌가.

그렇게 해서 난 또 다른 도움을 받아버렸다. 본의 아니게도 여행을 하면서 많은 도움을 받아버리고 만다. 문제가 생겼을 때 스스로 처리하는 방법도 좋은 방법이지만 현지인의 도움을 받는 방법이 가장 확실한 방법이다. 이번처럼 돈이 관계된 적은 처음이지만 보통 서류나 자동차 보험 따위의 문제가 생기는데 그럴 때는 아무래도 현지상황에 밝은 그들의 조그만 도움이 크게 도움이 되곤 했었다.

그리고 나에게 텍스번호가 우편배달이 되었을 때 호스텔 매니저가 우편물을 들고 내 방까지 텍스번호가 나왔다며 뛰어왔다. 나보다 더 신나 한다. 그는 내가 이문제로 얼마나 혼자 끙끙댔는지 잘 알고 있었기 때문이었다. 그렇게 힘겨운 문제 하나가 친구들의 도움으로 처리되었다. 그렇게 난 지구 반대편의 공간에서 나만의 공간을 만들어 가며 캐나다 생활에 적응해 나가고 있었다.

여느 때처럼 책을 한 권 들고서 잉글리시 베이가 보이는 스타벅스에 앉아 책을 읽고 일기를 쓰면서 하루하루를 보내고 있었다. 지루하다고 하면 지루한 일상이었고 평화롭다고 생각하면 한없이 평화로운 일상을 보내고 있었다.

근처 한국 유학원을 찾아서 발걸음을 옮겼다. 이제까지 외국에서 랭귀지 스쿨을 다녀본 적이 없는 나로서는 유학원은 항상 생소한 곳이었다. 하지만 그곳은 인터넷이 공짜이기 때문에 염치를 불구하고 자주 들락거리는 건 타고난 뻔뻔한 천성일거다. 또한 유학원 사장님들만큼 현지 사정에 밝은 사람도 없다. 대부분 10년 이상을 이주해서 살고 있는 사람들이었고 시대를 막론하고 나 같은 뻔뻔한 고학생들은 존재 하는 법인지라 언제나 따뜻하게 맞아 주곤 한다.

그렇게 안젤라 유학원이라는 곳에서 인터넷을 하기 시작했다. 여전히 여행을 계획 따위는 까먹고 게으른 습성 때문에 그제야 밴쿠버에 대한 정보를 검색하기 시작했다. 유명한 건물을 검색해보고 유명한 장소를 검색해 본다. 거기서 데비 스트리트가 게이들의 거리라는 것을 알게 되었다.

그리고 거기서 사장인 안젤라 누나를 알게 되었고 샤론 누나를 알게 되었다. 매번 여행을 하면서 느끼는 거지만 여행 할 때의 나의 운은 항상 최고조에 이른다. 한국에서는 그다지 운에 맞기면서 살아보지 않아서 그런지 몰라도 딱히 타인에게 친절함이라든지 결정적인 행운을 맛보지 못했지만 여행을 할 때는 주변에 친절한 사람들과 모든 행운은 나를 향해 비추고만 있는 것 같았다. 결코 한국에서는 느낄 수 없었던 친절함이나 행운은 외국에 나올 때 나의 필수품이다.

역시 내 소개를 간략하게 한다. 어디어디를 여행하고 캐나다에 온 목적과 지금까지 경험했던 것들을 간략하게 설명을 하니 안젤라 누나는 나에 대해 호감을 갖기 시작했다. 어디에서든 누나들에게는 사랑 받는 편인데 어쩌면 2남 4녀의 막내로 태어나서 누나들에게 사랑 받는 법을 몸소 익히고 있는지도 모를 일이다.

그렇게 일주일 정도 안젤라 유학원에서 인터넷을 하고 점심을 먹고 샤론 누나와 수다를 떨며 보내고 있었다. 그런 내게 사장인 안젤라 누나는 공부를 한번 해볼 생각이 없느냐고 묻는다. 처음엔 누나의 영업용 멘트로 생각했지만 역시 누나도 내가 가진 돈이 없다는 걸 누구보다 잘 알고 있을 터였다.

주머니에는 10불이 조금 넘는 돈이 있다. 다른 사람들은 은행에서 돈을 빼면 되지 않느냐고 묻지만 사실 뺄 돈도 없는 자신에게서 절대 비굴함은 읽을 수 없을 정도의 뻔뻔함은 당연히 구비하고 있다. 누나도 역시 나의 뻔뻔함을 이미 읽고 있었다. 누나는 먼저 학원에 가서 테솔 시험을 보고 오라고 해서 밑져야 본전 아니겠는가 하고 시험을 보고 인터뷰를 하고 돌아왔다.

그리고 며칠 뒤 시작하는 수업을 듣게 되었고 안젤라 누나는 돈 걱정은 말라고 한다. 천천히 벌어서 갚으면 되는 거라고.

그렇게 또 다른 나의 도전은 시작되었다. 이제까지 나의 무식한 영어에 조금 버터 칠을 한번 해볼까 하는 각오가 생겼다. 사실 시간이야 쪼개고 쪼개면 못할 것도 없었고 게다가 나는 젊었다. 잠이야 죽어서도 질리게 잘 수 있다는 생각을 했다.

그렇게 나의 여행은 본의 아니게 건전한 길을 걷게 되었다. 분명 일만 열심히 하고 한국에 돌아간다고 해도 난 분명 만족할 만큼 열심히 일하고 열심히 놀고 갈 것은 자명한 일이었다. 그때도 역시 내가 자는 시간에 재미있는 일이 일어나면 어떡하지 라는 걱정으로 펍에서 날밤들을 지새우는 날이 많았으니까. 그런데 한 가지 더 추가한다고 해서 내가 못해낼 이유는 단 한 가지도 없었다.

그렇게 난 아침 8시에 수업하고 오후4시에 출근을 해서 새벽 2시에 일을 마치는 고된 스케줄에 몸을 내던졌다. 사실 난 타이트한 생활을 좋아한다. 다른 생각을 할 겨를도 없이 바쁜 일상을 동경하고 있는지도 모르지만 그와 다르게 난 대부분 한가한 시간을 보내고 있었으니까.

그렇게 시작된 수업은 생각보다 타이트하게 진행이 되었다. 한국에서 테솔을 배우러 온 사람들과 알게 되었고 여행을 시작하면서 처음으로 외국에서 공부 란걸 하게 되었다.

비약적인 발전이다. 처음 아르바이트를 해서 번 돈으로 영어 회화학원에서 선생님에게 내게 백원선 씨는 고등학교 때 영어 안 배웠어요 라는 말을 들었었는데 어느 순간 난 캐나다에서 테솔을 듣고 있었다. 감개무량했다. 언어를 배우는 것이 아닌 가르치는 것을 배우게 될 줄은 생각지도 못한 일이지만

난 그렇게 또 한 계단 올라서고 있었다. 하루하루가 어떻게 지나가는지도 모르는 눈코 뜰 새 없이 바쁜 하루였다. 아침 8시부터 3시 반까지 수업 을하고 4시부터 새벽 2시까지 일하고 돌아와 누우면 하루가 이틀처럼 길게 느껴질 정도였다.

중간에는 방도 옮겼다. 조금 싸고 안정적으로 있을 수 있는 곳을 찾다가 학교와 레스토랑 중간에 있는 위클리 아파트로 옮겨 생활하게 되었다. 호스텔은 세계각지의 여행자들이 모여서 놀기 좋은 장소일수도 있다. 하지만 그 비용은 만만치 않아서 나만의 공간을 찾아서 나서게 된 것뿐이다.이사를 하

던 날 배낭 싸기가 귀찮아서 항공담요에 책을 싸서 보따리째 우산대에 꽂아 이사를 하는데 구걸하던 거지들이 경계의 눈빛을 보낸다. 체크인을 하자마자 내 몰골을 보니 그럴 만도 했다. 밤에 일하고 낮에 공부하는 생활이 고되긴 고되었던 모양이다.

캐나다의 바쁜 생활 중에도 집에 돌아가지 않으면 안 된다는 생각에 일찌감치 일본 잘 항공 사무실에 들러서 돌아가는 날을 정하러 갔다. 그런데 예상치 못하게 비행기 좌석이 한자리도 없었다. 순간 당황했고 역시 잘 직원도 당황했다.

개강에 못 맞추는 것은 자명한 일이었다. 그래도 조금이라도 덜 늦어 보려고 노력은 해봐야 했다. 이제까지의 나의 학점은 개근에서 나오는 것이었으니까. 그리고 비어있는 한자리를 발견했다. 11 of September 바로 911 테러 덕분이었다.

여름의 밴쿠버의 날씨는 정말 눈이 부시게 맑은 날의 연속이다. 저녁 9시가 넘어가도록 환할 정도로 이곳의 여름 해는 길었다. 또한 여름에는 다양한 축제도 준비되어 있어 자는 시간도 아까워서 노는데 열중 한 내게 여름의 밴쿠버는 나에게 안성맞춤의 도시였다.

hsbc은행 주최로 몇 개국의 불꽃놀이 컴피티션도 있고 유명한 게이퍼레이드도 개최된다.

내 인생에 있어서 최초의 불꽃놀이는 바로 군대에서 일병 때 본 불꽃놀이였다. 2000년이 되던 그 해 얼마나 야단법석이었는가? 밀레니엄에 대한 기대로 가득 찼던 사회 분위기는 어땠느니 모르겠지만 군대에서도 그 설렘은 충분히 감지될 정도였다. 난 백일휴가 후 한 번도 휴가를 나가지 못하고 있었는데 그때의 내게는 위병소를 드나드는 주방아줌마만 보아도 설렐 정도였다. 그렇게 군대에서도 밀레니엄은 여지없이 다가왔고 난 군대에서 21살이 되었다.

그리고 한강 맞은편 일산에서 터지던 불꽃은 내 가슴속에 선명히 각인 되었다. 일병 나부랭이의 가슴에 자유란 어둠속의 한줄기의 빛처럼 희망을 던져주는 자유의 메시지이자 희망이었다. 그날만큼은 함께 근무를 서던 병장 선임도 나를 괴롭히지 않았다.

　그는 몇 달 뒤면 저 불꽃이 터지고 있는 사회로 돌아갈 것이기 때문이었다. 그리고 일본여행에서의 봤던 여름 하나비 그리고 시드니에서의 신년 불꽃놀이 등 꽤 많은 불꽃놀이를 봤었다고 생각했다. 그런데 캐나다. 밴쿠버 불꽃놀이는 밴쿠버라는 도시 전체의 커다란 축제였다.

　물론 사람도 많았고 4개국에서 참가하는 컴피티션에서의 음악과 맞추어 터지던 불꽃의 환상은 아직도 나의 가슴에 선명히 남아있다. 항상 불꽃의 아름다움에 매료되어 우와 우와를 연발하며 이런 상상을 하곤 했다. 다음 불꽃놀이는 어디에서 보게 될지 모르겠지만 반드시 여자친구와 함께 보겠다고 말이다. 그런데 지금까지도 이상하게 크리스마스가 되기 전에 헤어지거나 불꽃놀이를 볼 때는 여자친구가 항상 옆에 없어 아직까지도 그 다짐은 이뤄지지 않고 있다.

　몇 주에 걸쳐서 불꽃놀이 컴피티션을 벌인다. 사람들의 환호와 불꽃과 음악이 얼마나 잘 어우러져서 터지는 가가 우승국을 결정짓는 심사 요인이었다. 상상했던 바다보다 안 예뻤던 잉글리시 베이가 환상적으로 보이기 시작한 시점이다. 불꽃이 터지던 날은 식당 전체가 hsbc은행이 전세를 내서 일이 엄청나게 바쁘지만 불꽃놀이를 보는 데는 문제가 없다. 불꽃놀이가 시작되면 주문은 안 들어오기 때문이었다. 레스토랑에서 함께 일하는 친구들과 함께 옥상에 올라가서 환상적인 불꽃놀이를 구경했다. 캐나다에서 그렇게 많은 사람이 모여 있는 것도 처음 봤고 경찰이 그렇게 소리를 질러대는 것도 처음 봤다.

　어마어마한 인파였다. 그 환상적인 불꽃놀이를 보려고 낮부터 자리를 깔고서 기다리는 사람도 부지기수였다. 식당에서 가지고 올라온 치즈 케이크와 와인 한 잔을 마시며 옥상에서 그 광경을 여유롭게 구경했다.

멀리 있는 가족들과 친구들도 불연 듯 생각났다. 불꽃놀이의 30분은 그리 긴 시간이 아니었다. 말 그대로 한 여름 밤의 꿈처럼 느껴지는 짧지만 달콤했던 30분이었다.

내가 일했던 레스토랑에는 남미계열 친구들이 꽤 있었는데 그 친구들은 모두 게이였다. 난 지금도 게이라는 존재에 대해 정확하게 인지를 하지 못하고 있다. 이상하게도 게이라는 존재만큼은 상식적으로 이해가 되질 않는다. 더욱 이해 안 되는 건 그러면서도 레즈비언은 이해가 언뜻 갈 것도 같은 점이다.

일을 하면서 그들의 여성스러운 움직임 하나하나에 웃음을 자아내던 내 모습을 더욱더 신기하게 보던 건 다름 아닌 캐나다 친구들이었다. 아시아 사람은 벤슨이라는 중국계친구와 나뿐이었기 때문이다. 벤슨은 이민 3세기 때문에 보수적인 동양인 관점을 갖은 사람은 나뿐인 셈이었다.

어느 날 일을 하다가 우연히 그 친구의 엉덩이를 스쳤는데 여자처럼 소리 지르던 친구 헥터가 있었다. 평소 궁금증을 못 참던 나는 그에게 진지하게 물었다. 네가 게이인 걸 언제 알게 되었냐고.

니카라과에서 왔던 헥터는 아홉 살에 자기가 게이인걸 알았단다. 난 그 말에 더욱더 충격 받았다. 도대체 어떤 나라이기에 아홉 살 때 게이라는 걸 알게 되었는가 하고 말이다. 어쨌든 그는 지금 자기가 캐나다에 와서 당당하게 게이로 살고 있는 지금이 최고로 행복하다고 말했다.

난 거기서 조금은 게이들을 인식하게 되었다. 세상은 내가 생각하는 만큼 평범하지 않다는 걸 다시 한 번 깨달았고 가치관의 차이일 뿐이라는 점을 순순히 인정할 수밖에 없었다.

캐나다는 게이가 합법적으로 결혼이 가능한 나라이고 그만큼 개방되어 있었다. 그리고 게이퍼레이드가 있는 여름에 세계의 게이들과 레즈비언들이 모이는 장소이기도 했다. 시드니에서도 게이를 많이 봤다고 생각했는데 이곳에는 상상을 초월할 정도로 게이가 많았다.

주변에 커밍아웃을 하지 않은 친구들도 많았고 스스로가 바이섹슈얼을 주장 하는 친구들도 있었다. 그걸 알게 된 계기는 친구 메튜와 이야기를 하는 중에 매니저의 이름을 들었을 때다. 매니저는 꽤 멋진 수염을 기르고 있는 키가 큰 친구였다. 처음에 그의 이름과 몇 명의 친구들의 이름을 들었을 때는 꽤나 큰 충격이었고 그때까지만 해도 설마 했었다.

그리고 밴쿠버의 커다란 축제 중의 하나인 게이 퍼레이드가 시작되었다. 세계각지의 게이들이 모인다니 나의 관심은 어느 때보다도 높아져 있었다.

물론 시드니도 게이의 도시지만 킹스크로스보다는 밴쿠버의 데비 스트리트가 조금 더 세련된 구석이 있었다.

한국인인 나에게 꽤나 게이는 언제나 궁금함의 대상이었다. 사실 게이들과 함께 일을 하면서도 정말 저 친구가 게이일까. 그런 생각을 할 정도로 난 그 부분에 대해서 보수적이었으니까.

그리고 게이축제를 보려고 안젤라 유학원에서 만난 영선 누나 그리고 세연이와 함께 잉글리시 베이에 앉아서 퍼레이드를 기다렸다. 게이 퍼레이드는 단순히 축제의 의미뿐만 아니라 게이 숍의 홍보도 동시에 하는 데에 의의가 있는데 사탕도 나눠주고 콘돔도 뿌리고 해서 많은 사람들이 열렬히 환호하고 동시에 한숨이 연달아 터지는 행사다.

옆에 있는 동생 세연이 한숨을 쉬며 한마디 한다. 저렇게 멋있는 사람들이 게이라니 믿을 수 없단다. 나도 그 말에 100프로 동감했다. 복근에 초콜릿 6개 박아 넣은 친구들이 팬티 한장 걸치고서 봉을 잡고 있는데 왜 이렇게 안타깝고 다행스러운지 모를 일이다.

그 친구들이 스트레이트였다면 내가 만 날수 있는 여자는 더욱더 줄어들

거라는 아주 유치한 생각을 했다. 그런데 거기서 정말 웃기는 일이 일어났다. 그 많은 사람들 중에 나랑 함께 일하는 친구들 중 다수가 거기에 참가하는 게이였던 거다.

정말 게이구나 하고 실감했다. 저렇게 멋진 수염을 가진 친구가 게이라는 사실에 조금 놀랐고 나랑 함께 일한다는 거에 조금 더 놀랐다. 자기들 세상인양 멋진 몸매를 과시하며 봉을 잡고 있는 친구들과 웃통을 벗어 던진 레즈비언들 사이에서 나는 정말 먼 곳을 여행하고 있구나 하고 생각했다.

그리고 다시 일터로 돌아가서 그 친구들을 보고 인사를 하며 농담을 건넨다. 뻑유(fuck you) 그럼 그 친구들은 내게 대답했다. 낫 투데이(not today)….

기묘한 세상이다. 그리고 정말 기묘한 사건이 일어났다. 나랑 함께 일을 하던 이집트 다합에서 온 이합이라는 친구가 있었는데 어느 날 함께 담배를 피우면서 이야기를 하는데 이집트에서 스쿠버강사를 했단다.

혹시나 하고 물어봤다. 내 친구 중에 조라는 친구가 있는데 이집트 다합에서 일을 한 적이 있다고. 그러자 조가 자기 인스트럭터였단다. 이런 좁고 좁은 세상에서 우리는 살고 있었다.

친구 이합과 부인

조에게 메일을 보내니 언제 나하고도 만날지 모르니 뒤통수 조심하라는 메일이 왔다. 그렇게 수업을 하고 레스토랑에서 일을 하며 캐나다의 바쁜 일상도 완전히 적응을 하고 있었다. 또한 한국으로 돌아가야 할 시간도 점점 가까워져 오고 있었다. 물론 한국의 나의 친구들은 이미 개강을 했고 나는 아직 캐나다에서 아쉬움을 정리하지 못하고 있었다.

돌아가야 하는 길에는 항상 뒤를 돌아보기 마련이다. 잊은 물건은 없는지 그 동안 계획한 일들은 다 마무리가 되었는지 하고 말이다. 안젤라 누나에게 학비도 다 갚았고 한 학기를 충당할 생활비 정도는 손에 쥐고서 돌아가는 길은 언제나 많은 생각을 하게 만든다. 사실 이번 캐나다 여행에서 번 돈으로 쿠바를 여행하고 싶었다. 여유가 되면 남미도 잠시 돌아볼 계획이었는데 테솔 과정을 공부하게 되면서 그 학비를 갚느라 그럴 여유를 상실하게 되었다.

하지만 잃은 게 있으면 얻는 것도 있는 법이다. 테솔 자격증에 내 이름 석 자를 당당하게 올린 것이다. 괄목할만한 성과에 내 자신에게 박수를 보냈다. 다시 한 학기 후에 돌아올 곳임을 가슴에 새기고서 캐나다 밴쿠버 공항에서 3개월 뒤를 기약하며 손을 흔들었다. 그 동안 신세를 진 친구들에게 전화를 하고 멀어졌다. 10시간의 비행 후면 다시 난 한국에 돌아가 있을 것이었다.

사실 난 비행기 타는 걸 별로 안 좋아한다. 예쁜 스튜어디스 누나들을 보는 건 언제나 즐거운 일이지만 높은 곳을 하염없이 날아간다는 건 어찌되었건 불안하다. 위스키를 한잔 부탁하고 맥주를 한 캔 부탁하고 내내 잠을 잤다. 물론 식사는 놔두라고 부탁해놓고서 먹고 자는 게 내가 비행 내내 하는 일이었다.

비행기를 타면서 캐나다 생활을 돌이켜 봤다. 내 인생에 가장 멋진 불꽃놀이를 봤고 수많은 게이들과 함께 그들의 정체성을 항상 의심하고 동생 세연이에게 대부분의 밥을 얻어먹으면서 즐거운 삼 개월을 보냈다. 떠나는 순간 그들이 보고 싶어 미칠 지경이었다.

아직 그들의 냄새가 채 가시지도 않았다. 그들과 했던 악수와 포옹의 온기가 아직 내 몸에 남아 있는 지금이 가장 그들이 보고 싶은 시점이었다. 그 아쉬운 감정을 겨우 추스르며 비행기에 앉았다.

그렇게 다시 한국에 돌아왔다. 언제와도 적응 안 되는 내국인용 입국심사대와 인천공항 자동문이 열리면서 나는 매캐한 매연 냄새는 내가 제일로 적응 못하는 부분 중에 하나였다.

그렇게 난 다시 삼학년 2학기로 접어들었다. 겨울에 할 여행은 이미 정해져 있어서 조금은 편안하게 학교생활을 즐길 수 있었다. 여지없이 많은 도서관의 여행코너에서 여행기를 읽었고 내가 자는 동안 즐거운 일이 일어나지 않게 잠을 줄여가면서 까지 열심히 술을 마시고 놀았다. 물론 집이 없어서 고시원생활을 전전했고 2개월 만에 다시는 하지 않겠다고 다짐을 했던 시간도 있었다. 그렇게 시간을 보내고 한가로이 자전거를 타면서 도서관을 가는데 도서관 가는 길목에 낙엽이 수북이 쌓였다 사진기를 꺼내서 몇 장의 사진을 찍었다. 그리고 다시 캐나다를 가야 함을 상기했다. 다시 설레기 시작했다. 또 다른 여행은 언제나 나를 설레게 하는 것이었다. 언제라도 질리지 않는 달콤한 설렘이었다.

역시 기말고사가 끝나자마자 바로 캐나다로 향하는 비행기에 몸을 실었다. 이번에는 친구도 한 명 동행이다. 물론 비행기 값은 그 친구에게서 빌린 거고 그 친구를 캐나다에 데리고 가기로 했다.

그렇게 친구와 함께 도착한 여행은 처음이었다. 학교를 알아봐주고 당분간 함께 살 요량이었다. 보트하우스에 전화를 해서 매니저에게 사정을 설명했다. 그는 흔쾌히 승낙했고 여름처럼 시행착오를 할 필요도 없이 바로 일을 할 수 있게 되었다.

그때까지만 해도 꽤나 편한 여행을 구상하고 있었다. 물론 생각처럼 쉽게 되지 않을 걸 조금은 예상했지만 내 예상은 멋지게 빗나가게 된 걸 알게 되기까지는 그리 긴 시간이 걸리지 않았다. 도착해서 여름에 친하게 지냈던 스캇에게 전화를 걸었다. 여전히 보트하우스에서 일을 하고 있었고 크리스마스에 일을 안 하니까 자기 집에 놀러 오라고 해서 친구와 함께 그의 크리스마스 파티에 참석했다. 스캇의 집에 도착하니 역시 커다란 칠면조는 오븐에서 두 다리를 뻗어 올린 채 구워지고 있었고 그의 여자친구와 함께 나와 내 친구를 따뜻하게 맞이해 주었다.

함께 술을 마시면서 그간의 안부를 물었다. 꽤나 익사이팅(exciting)한 삶을 사는 그들은 역시 많은 일이 있었다. 이집트에서 온 이합은 함께 살던 친구와 헤어지고 혼자 살고 있었고 스캇은 보트하우스에서 만난 여자 친구와 함께 살고 있었다.

배가 터지도록 칠면조를 먹고 맥주를 마시니 어느새 밤이 늦어 집으로 돌아왔다. 다시 캐나다의 생활에 적응을 하지 않으면 안 될 것이었다. 흥겨운 크리스마스가 지나가고 난 다시 보트하우스에 복귀했다.

여름에 일했던 친구들은 대부분 그대로였기 때문에 적응이고 자시고 할 게 없었다. 하지만 겨울의 밴쿠버 날씨만큼은 절대로 적응되지 않았는데 하루 종일 가랑비가 내리고 우중충한 날씨가 계속 되고 있었던 것이다. 날씨의 영향은 대단한 것이어서 아무리 쾌활한 성격의 사람도 밴쿠버의 겨울에는 우울증을 조심해야 할 정도였다. 해도 짧아지고 비도 자주 오니 손님이 많을 리 없었다. 덕분에 일이 빨리 끝났지만 그 의미는 셀러리가 아닌 이상 급료도 줄어든다는 의미였다.

일하는 중에도 바쁘지 않아서 먼저 돌아가야 하는 날도 있을 정도였고 근무 중에는 대부분 농담 따먹기 하며 시간을 보내기 일쑤였다. 함께 일하는 친구 중에 모라는 인도 이민자 친구가 있었는데 외모는 30대 중반 처럼 보였지만 실제로는 19살 미성년자였다. 우리가 담배를 피울 때면 여지없이 함께 따라 나오곤 했는데 나의 장난기가 발동했다.

내가 열아홉 살 때는 이런 식당에서 일 같은 거 안 하고도 충분히 살 수 있었다. 그때는 내 등 뒤에 날개가 있어서 날아다니기 까지 했다고 말하며 웃었다. 옆에 있던 이합도 웃으면서 19살 때는 누구든 다 날라 다닌다. 모 너도 당연히 날 수 있지? 하고 물었다. 모는 그에 질세라 당연히 날수 있다고 대답했다.

내가 거기서 음 당연하다 19살 때는 뭐든 할 수 있는 나이다. 라고 말을 했는데 이합이 웃으면서 말을 했다. 물론 다할 수 있는 나이지만 딱 두 가지를 못한다고 바로 술과 담배를 못산다는 것이다. 난 그 말을 듣고 배꼽을 잡으면서 웃었다. 그리고 진짜냐고 물었다. 누가 네 얼굴을 보고 담배를 안주냐고 물었다. 모의 까만 얼굴이 빨갛게 달아올랐다. 캐나다의 철저한 신분증 검사는 30대 얼굴의 소유자 모도 미성년자라서 담배와 술을 못사는 것이다. 그래도 모는 집에서 술은 먹어봤다고 우겨대고 있었다. 항상 그런 식의 농담들로 지루한 레스토랑 일을 때우고 있었다. 물론 일이 끝나고서 잭클린과 벤슨이라는 친구와 근처 바에서 술을 마시며 수다를 떠는 시간은 꽤나 행복했다. 쉬는 날은 잭클린과 데이트를 하며 행복한 시간을 보내고 있었다.

함께 일하던 잭클린과 루세로, 캐나다 벤쿠버

어느 날 일이 끝나고 친구들과 1층 바에서 맥주를 마시고 있는데 여느 때처럼 게이 친구들이 모여 있었다. 게이친구들이 모이면 언제나 이야기의 화제는 파트너에 관한 거였다. 우리나라 아줌마들이 모여서 남편 욕하는 것처럼 그날도 마찬가지였는데 한 친구가 오늘 게이 바를 간다는 것이다.

나는 지금까지 살아오면서 게이 바를 한 번도 가본 적이 없다고 하니 모두 놀란 눈치였다. 헥터는 내 어깨에 팔을 얹으면서 함께 가자고 한다. 난 그의 팔을 내려놓으면서 너랑 단둘이는 절대로 안 간다고 했다. 헥터 입장에서 보면 게이라는 존재를 아직도 이해하지 못하는 동양인이 안타까웠을 수도 있다.

그런 나를 보고 함께 있던 여자들이 무서우면 자기들이 함께 가주겠다는 거다. 여자랑 함께 가는 남자는 건드리지 않는단다. 역시 난 미녀들 앞에서는 항상 약하다. 흔쾌히 그들을 따라 나섰다. 내가 그들을 보호해 주는 게 아니라 그녀들이 나를 게이 바에서 지켜 주리라는 확신을 했다. 여자랑 함께 있는 남자는 건드리지 않는다는 게이들의 세계의 룰이라는 점을 헥터는 강조했다.

도착한 게이 바 정문은 빨간색이었다. 들어가는 입구에서부터 죄다 빨간색으로 도배 되어 있어 눈이 따가울 지경이다. 시끄러운 음악소리가 흘러나오고 있었고 헥터는 또 다른 게이친구들과 인사를 나누고 있다. 드디어 입장을 했는데 스테이지에는 한가운데 봉이 3개 세워져 있었는데 그 봉을 잡고 복근에 초콜릿 6개 박아 넣은 멋진 남자들이 삼각팬티 한 장을 걸치고 춤을 추고 있었고 믿을 수 없는 장면을 본 듯 난 열린 입을 다물지 못하고 그 장면을 멍하니 보고 있었다.

헥터가 자기들의 친구들을 소개시켜 준다고 해서 안으로 들어가니 이미 많은 친구들이 술에 취한 상태였다. 난 그들을 피해 보트하우스 미녀들 옆에서 주위를 살피면서 맥주를 홀짝이고 있었다. 그런데 뜻밖에도 그곳에는 보트하우스의 일하는 친구들 반절이 그곳에서 술을 마시고 있었다. 바로 그 사람들이 커밍아웃을 하지 않은 게이들이었다. 여자들도 생각보다 많았다.

진짜 웃기는 일은 화장실을 갔을 때 생겼는데 여자화장실에 남자들이 줄을 서있는 장면이었다. 여자화장실에서 무슨 일이 일어나는지 알 수 없었지만 굉장한 문화충격이었다. 물론 그날은 보트하우스 미녀들이 내 옆에 서서 나를 보호해 주었음은 물론이다.

이번 캐나다 여행의 목적은 돈을 벌어서 남미의 보석 쿠바를 가는 거였다. 여름에도 계획을 하긴 했었는데 공부와 일을 병행하면서 부족한 시간 때문에 미뤘던 여행이었기에 더욱더 가고 싶은 마음이 간절했다.

그래서 한 가지 일을 더 하기로 생각하고 있던 차에 여름에 호스텔에서 만났던 캔지라는 일본친구를 길거리에서 다시 만났다. 일본인 친구인데 영어도 꽤나 능숙했고 와세다를 나온 쾌활한 친구였다. 생각보다 그는 꽤나 궁핍한 생활을 하면서 많이 망가져 있었다. 처음 밴쿠버에 도착했을 때 그 친구는 일 같은 건 생각하지 않을 정도로 여유가 있었던 친구였는데 미국 시애틀에서 한 달 반 동안 펑크락 클럽에 다니며 돈을 다 썼다는 것이다.

어디서 그렇게 많은 돈을 많이 벌었냐고 물은 적이 있었는데 일본 호스트바에서 3개월 벌었다고 했다. 캐나다 생활 1년을 호언장담 했었던 그도 펑크락의 고장 시애틀에서의 방탕으로 6개월을 넘기지 못하고 겨울에 도착했을 때는 아침부터 일을 하고 있었던 것이다. 그에게 물어 지금 일하고 있는 매니저의 전화번호를 얻게 되었다.

일은 공짜 메트로 신문을 사람들에게 돌리는 일이었다. 별로 어려울 것도 없었고 아침에만 하면 되고 3시간에 30불이었다. 딱히 다른 레스토랑을 찾는 데는 시간도 걸릴 것이고 시간 맞추기도 힘들 것 같아서 망설임 없이 매니저에게 전화를 걸었다. 보트하우스에서의 급료와 팁 그리고 메트로의 수입까지 합치니 생각보다 짭짤한 수입이 되었다. 2주정도 일을 하고 나니 생각보다 마음의 각오가 덜된 모양이었는지 여행생각이 간절했다. 아니 사실은 밴쿠버의 계속되는 비에 지칠 대로 지쳐 있었기 때문이었다.

그때까지 공식적인 밴쿠버의 1월에 비가 오는 날이 27일이 최고 기록이었는데 그해 신기록을 29일로 갈아 치울 정도로 우울한 날씨였다. 그런 우울한 밴쿠버의 날씨는 우리나라 부산처럼 따뜻하기 때문에 계속해서 비가 내리는 것이다. 덕분에 캐나다의 거지는 따뜻한 밴쿠버로 모였고 더욱더 우울한 분위기를 연출해 내고 있었다. 여름과 비교하면 상상할 수도 없는 극심한 날씨의 차이였다.

여행사에 들러서 쿠바 행 티켓 가격을 알아봤다. 성수기라서 비행기 삯이 꽤나 올랐고 가벼운 주머니를 한탄했다. 크게 실망한 채 한숨을 쉬며 여행 루트를 바꿨다. 차라리 이왕 캐나다에 온 김에 유명한 스키나 실컷 타주겠다고 마음을 다시 잡았다. 일을 정리하고 친구들에게 마지막 인사를 하고 로키산맥이 있는 벤프 행 티켓을 끊었다. 함께 왔던 친구는 어학원을 마치고 이미 한국으로 돌아갔고 나는 집을 정리하고서 배낭을 짊어지고서 벤프 행 버스에 몸을 실었다.

10시간이 걸려 도착한 벤프는 말 그대로 설국이었다. 눈다운 눈을 구경 못하고 있다가 설국을 보니 첫눈 만난 어린이마냥 동심으로 돌아가는 것만 같다. 오랜만에 보는 눈이었다. 호주에 있을 때도 눈을 못 봤고 인도 파키스탄 여행을 하면서도 눈을 구경할 기회가 그리 많지 않았음을 상기했다.

눈 덮인 벤프를 걷기도 하고 스케이트도 타고 오랜만의 여유를 만끽하며 한국으로 돌아갈 준비를 했다. 거기서도 생각보다 비싼 스키 가격에 실컷 타는 건 무리였다.

일주일을 보내고 다시 밴쿠버로 돌아와야만 했다. 그리고 다시 한국으로 돌아갈 준비를 해야만 했다. 준비라고 해봐야 몸만 돌아가면 되지만 역시 각오가 제일 중요하다. 몸을 추스르고 밴쿠버로 돌아왔을 때도 역시 비는 계속되고 있었다.

밴쿠버에 도착해서 스캇과 함께 바에 가서 머리가 깨질 때까지 술을 마셨고 그 동안 신세를 진 친구들에게 인사를 하고 떠날 준비를 하고 있었다. 돌아가야 할 날을 얼마 앞두고 도서관 로비에 앉아 커피를 마시고 있는데 고등학교 동창이 지나간다. 순간 눈을 의심했지만 진짜 내 동창이었다.

세상 참 좁다. 수많은 유학생 중에 내 고등학교 동창을 그곳에서 만나 술한 잔을 마시고 난 다시 10시간의 비행으로 한국에 다시 돌아와 내국인이 되어버렸다.

이제 대학생활의 마지막을 시작하는 시점이 되어 버린 것이다. 4학년이라는 학년의 위치는 왠지 모르게 내 마음을 무겁게 짓누르고 있었다. 그동안 학교 공부하고는 거리가 멀었던 자신도 결국은 치열한 경쟁사회인 대한민국의 일원이었던 것이다.

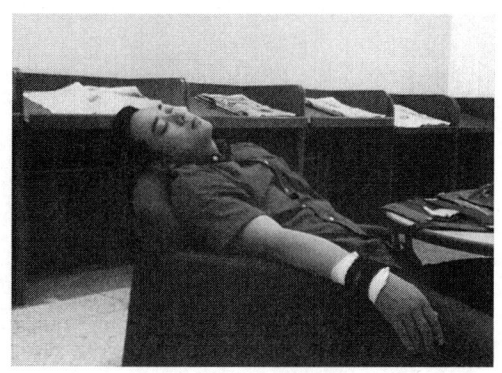

지치는 시험기간. 학교 도서관에서 새벽에 조는 중

# 봉쇄든 페스티벌이든
# 재미있으면 그만 아냐?(대학교 4학년)

　대학 4년생이 되었다. 그렇다고 해서 내 본질이 바뀌는 것은 아니었다. 치열한 경쟁사회인 대한민국의 일원임에도 불구하고 난 취업이든 공부든 재미가 목적이었다. 남들은 벌써 20대 후반이니 어쩌니 한탄을 했지만 난 아직 서른도 안된 햇병아리임을 한탄했다.

　얼른 서른이 되고 싶었다. 김광석의 서른 즈음에를 멋들어지게 불러보고 싶었다. 언제나 그렇듯이 제대했을 때 학교 열심히 다녀야겠다는 초심을 잃은 지는 오래되었고 재미있는 게 이기는 거라는 유치한 동심은 마음속 깊이 간직 하고 있었다.

무라카미 류의 69를 들고 사세보 서점

# 즐거운 게 이기는 거다
# (일본 워킹홀리데이)

4학년 일 학기는 꽤나 심각한 상황이 닥치고 말았다. 여행에서 돌아오는 게 늦어져 결석이 많아지면서 학점 관리가 도저히 안 된 것이다. 결과는 2.48의 평점으로 이제까지 대학생활의 성적 중 최악이었다. 공부 못하기로 소문난 내 친구들 중에서도 거의 꼴찌에 가까운 성적이었다.

물론 1,2학년도 그리 좋은 성적은 아니었지만 항상 중간을 목표로 하고 있었는데 너무 심각한 상황에서 무엇인가를 해야만 했다. 1학기 수강과목을 필사적으로 정정했다. 그 결과 화려한 교양과목으로 4학년 1학기 수업을 장식하게 되었는데 상대적으로 열심히 공부하는 친구들 때문에 전공과목으로는 승부수를 띄울 수 없다고 판단했고 영어회화수업을 두 개를 집어넣고 기초 일본어를 집어넣었다.

일본에 가고 싶은 마음도 있었지만 역시 교양과목이 전공과목에 비해 학점관리가 쉬웠기 때문이다. 교양과목을 선택하면서 은근히 상대적으로 결석이 잦은 1학년들이 나를 도와주길 바라는 마음이 간절했지만

물론 학점관리를 한다는 명목으로 어학실력을 넓히려는 욕심이 없는 것도 아니었다. 거의 20학점을 4일 동안 다 들어야만 했는데 어떤 날은 점심시간을 제외하고 1교시부터 9교시까지 수업이 있는 날도 있을 정도로 타이트한 시간표였다. 3학년 2학기 성적을 메우기 위해서는 그런 수고쯤은 필수

불가결 이었고 뿌린 대로 거두는 거리고 자책할 수밖에 없었다. 하지만 언제나 희망은 있는 법이다. 그 희망은 바로 개근이었다. 성실함과는 거리가 멀지만 어찌된 영문인지 난 초중고 대학을 거의 개근하고 있었던 것이다. 그리고 개근은 내가 가진 능력 중에서 가장 믿을 만한 것이었다. 시험을 필사적으로 치르게 만드는 상대평가는 동급생들이 적으로 까지 보이게 하는 아주 몹쓸 제도라고 지금도 확신하고 있다. 상대평가는 대학생활을 상당히 전투적으로 보낼 수밖에 없게 만들었기 때문이다.

4학년 일 학기라고 해서 남들처럼 취업을 걱정하며 도서관에서 토익을 공부하거나 자격증 공부에 집중하고 싶은 마음은 무슨 배짱이었는지 모르지만 눈곱만큼도 생기질 않았다.

도서관에서 여느 학기처럼 여행서적을 뒤적거리거나 수업이 없는 3일은 영화를 보기도 하고 고등학교 친구들을 만나 야구장에서 서울까지 상경한 종범이 형을 응원하면서 통닭에 맥주를 마시며 시간을 보내곤 했다.

일본 워킹홀리데이는 1년에 4번 분기별로 모집을 했는데 2분기에 서류를 집어넣을 생각이었고 역시 별다른 준비 없이 시간을 보내다 마감 일주일 전에야 부랴부랴 준비하기 시작했다. 캐나다 워킹홀리데이를 준비할 때보다 훨씬 더 막막한 느낌이었다. 우선 언어적으로도 히라가나밖에 모르는 상태였고 비자 에세이 작성부분에 있어서 부족한 언어는 큰 걸림돌이었다. 생각했던 것보다 일본 워킹홀리데이는 경쟁이 치열했기 때문에 캐나다 워킹홀리데이를 작성할 때보다 비범한 에세이가 되어야 할 것임을 누구보다도 잘 알고 있었다.

도서관에 앉아서 내가 생각하는 일본에 대해 마인드맵을 작성해 보았지만 평범한 것밖에 는 생각이 나질 않아서 당시 읽고 있었던 일본인 작가 무라카미 류에 대해서 영어로 작성하기로 했다.

대사관에서 일할 정도의 직원이라면 영어는 충분히 가능할거라고 생각했기 때문이었고 실제로 영어로 작성해서 합격한 사람도 있었기 때문이다. 그리고 무엇보다도 다른 사람에게 일본어로 부탁을 하면 내 생각이 잘 전달되지 않을 것을 염려했기 때문이었다. 이런 부분에 대해서만은 아무리 귀찮더라도 정면 승부를 하는 게 정석인 법이다. 고등학교 때 정석은 내가 가장 싫어하는 책이었지만 정석대로 승부를 낸 내게 일본 워킹홀리데이 비자는 발급 되었고 나의 세 번째 워킹홀리데이는 그렇게 시작 할 수 있었다.

사실 일본은 전에 여행을 한 적도 있고 친구들도 많이 있어서 조금 만만하게 봤을지도 모르겠다. 하지만 역시 여행과 사는 것은 하늘과 땅만큼의 차이가 있었음은 두말하면 입 아프다.

기말고사 마지막 날은 건축적산이란 계산 시험이었는데 숫자는 언제나 나를 부담스럽게 만들었다. 공부를 안 한 채 강의실에서 고민한다고 해서 답이 나올 리 만무했고 난 예제 문제 답안을 숫자 하나 안 틀리게 적고 나왔다. 백지로 냈다가는 필수과목이 펑크 날 터였고 그러면 졸업이 부담스러워지기 때문이다. 그냥 교수님에 대한 성의 표시로 문제와 상관없는 답으로 빼곡히 채운 것뿐이다.

서둘러 답안지를 제출하고 강의실을 벗어났다.

시험문제가 어려운지 미간에 내천(川)자 깊은 주름을 잡고 고민하고 있는 친구들에게 손을 흔들며 배낭을 메고서 곧장 강남 버스 터미널로 향했다.

부산으로 향하는 고속버스 안에서는 그날까지 마감인 독도에 관한 일본어 리포트를 작성했고 중간 버스 휴게소정류장에서 인터넷으로 제출했다. 비로소 한국에서 내가 해야 할 일은 모두 다 끝마치고 일본으로 가벼운 발걸음을 재촉했다.

오래간만에 부산에 사는 친구를 만나 회한접시에 소주 한잔을 들이켰고 잠시 바다 구경을 했다. 그리고 해운대 가까운 곳의 찜질방에 자리를 잡고서 축구를 보며 잠을 청했지만 한창 독일 월드컵 중이었고 찜질방의 열기와 월드컵의 열기로 인해 일본 여행의 설렘에 이래저래 좀처럼 잠 못 드는 밤이었다.

배를 타러 가기 위해 아침 일찍 샤워를 하고 서둘러서 국제여객터미널로 향했다. 부산의 아침은 엄청난 습기를 머금은 더위로 찜질방의 사우나와 별다를 바가 없어 보였다. 비틀 카운터에 가서 이름과 여권을 제출했더니 창구 직원이 나와 컴퓨터 모니터를 번갈아 보더니 한마디 했다.

"손님 내일 예약하셨는데요?"

무슨 청천벽력 같은 소린가? 조금 당황해 하며 예약하던 날을 돌이켜 생각했다. 한참 기말고사 시험기간 이었고 도서관 로비에서 전화로 예약을 했었다. 그리고 이내 유난히 짧은 치마의 여대생들이 기억났다. 기어코 사고를 치고 말았구나 하고 생각했다. 웃으면서 가장 빠른 배로 예약을 변경해 달라고 부탁했다. 다행히도 이제 방학이 시작된 대학생들이 여행을 하기 위해 움직이는 성수기도 아니었고 바로 출발하는 배로 변경할 수 있었다.

나의 무계획성 여행이 여실히 탄로 나는 지점이었다. 그때 까지만 해도 아직 목적지도 정해지지 않았었다. 아니 목적지는 일본이었다. 그리고 후쿠오카에 도착하면 침 튀는 데로 가볼 요량이었다. 어떻게든 일은 풀리게 마련이라는 게으른 생각이 지배적이었기 때문이다.

어쩌면 주머니에 200만원이라는 쾌나 큰돈이 있었기 때문에 여느 여행보다 훨씬 게으른 생각을 하고 있었는지도 모르겠다. 그 돈의 출처는 다름 아닌 쿨 하신 아버지였다. 아버지는 막내아들의 간곡하지도 못하고 성의 있는 부탁이 아님에도 불구하고 소똥을 한번 치우는 대가로 흔쾌히 받아들여 송아리 한 마리 값을 내주신 거였다.

일본으로 가는 배 안에서는 '웰컴 투 동막골' 을 보면서 아무 생각 없이 시간을 보냈고 가장 한국적인 영화를 보면서 일본 후쿠오카에 도착해 버렸다.

참 좁은 세상이다. 일본까지도 배로 2시간 반이면 도착이다 뒤집어 생각하면 부산사람들은 서울 가는 것보다 일본에 가는 게 더 짧은 게 되지 않은가?

이상한 기분에 휩싸였다. 서울에서 부산까지 4시간 반이 걸렸는데 부산에서 후쿠오카까지 2시간 반뿐이 안 걸린다니 일본이 한국의 지방처럼 보이기 시작한 시점이었다.

입국심사대에서 역시 약간 떨리는 마음으로 섰지만 다행스럽게 무사통과했다. 입국심사대를 나오니 찌는 듯한 일본의 여름에 혀를 내밀며 담배를 하나 피우기 시작 했다. 어디로 갈까 생각하다가 담배 한 개비가 끝이 날 즈음 우선 버스 터미널로 가서 정하기로 했다. 그 다음은 거기서 생각하면 될 것이었다.

텐진 버스 센터에 도착하니 규슈지방의 지명들이 보이기 시작했다. 한참 그곳에 서서 어디로 갈까 하고 생각했다. 무라카미 류의 고향인 사세보로 갈까 하다가 책 내용을 생각해 내고 이내 접었다. 그의 책에서 사세보는 엄청난 시골로 묘사 되어 있었던 것이다. 그리고 나가사키를 생각해냈다. 무라카미 류의 책에도 자주 등장한 도시고 언젠가 나가사키 여행 다큐멘터리를 본적이 있었기 때문이다. 그 다큐멘터리에서 보았던 야경은 머리가 쭈뼛설만큼 멋진 것이었다.

그리고 카운터로 가서 영어로 불라불라 티켓을 한 장 달라고 했을 뿐인데 한국 사람이냐고 묻더니 어디론가 전화를 걸어 전화를 걸더니 한국 사람을 연결해 주었다. 약간의 상황설명이랄 것도 없이 영어로 했던 말을 똑같이 한국말로 나카사키 행 표를 한 장 끊었다. 일본 사람들은 과하게 친절했다.

콜라를 뽑아 마시면서 흡연실에서 담배를 피우며 버스 시간을 기다리기로 했다. 일본콜라는 최악의 맛이었다. 먹어본 콜라 중 제일로 맛없는 콜라였다. 더운 인도에서 마셨던 인도 펩시를 생각해 냈다. 콜라 병에 빨대를 꽂아 마시던 마셔본 콜라 중 제일 시원하고 맛있었던 콜라라고 생각했다. 실제로도 나라마다 콜라 맛이 다른지 어쩐지는 모르겠지만.

버스에 올라서 한가한 버스 한가운데 자리를 잡고 나의 일본여행은 지금부터가 진짜라고 생각하며 각오를 다졌다. 물론 아는 사람도 가이드북도 정보도 아무것도 없이 가는 나가사키 행 버스에 몸을 싣고서 회색 빛 도시 후쿠오카를 벗어났다.

고속도로에 접어들자마자 잠이 들었다. 각오를 다진 지 30분도 되지 않아 잠에 곯아떨어지는 건 단순한 성격인 내게 너무나 쉬운 일이었다. 누구나 낯선 곳에 오게 되면 긴장을 하게 마련이다.

전날에 월드컵 열기 덕분에 제대로 잠을 못 잤고 배 안에서도 영화를 보며 오느라 잠을 자지 못했기 때문에 조금은 피로가 쌓인 모양이었다. 달콤한 낮잠에서 눈을 떴을 때 버스는 어느새 나가사키 시내에 들어서고 있었다. 얼핏 보기에도 도시는 엄청난 습도를 품어내고 있었다.

버스 에어컨 바람을 맞으며 바깥사람들의 표정에서 불쾌지수가 읽어질 정도의 엄청난 습도였다. 나가사키 역에 도착해 배낭을 짊어진 채 담배를 하나 꺼내 물었다. 현란한 문어 다리처럼 펼쳐진 육교를 바라보고 그 밑을 바쁠 것 하나 없다는 듯이 유유히 지나가는 노면전차가 눈에 들어왔다.

나가사키 전차

우선 단기 여행자가 아님에 분명 방이 필요할 것이고 일도 필요할 것이라고 생각했다. 우선 여행자 센터에 들러 지도를 한 장 얻고서 나의 상황을 간단히 영어로 설명했고 일본어로 대답을 들어야 했다. 몇 마디 못 알아들었지만 필요한 정보는 한 가지도 없는 것 같았다. 관광객을 위한 여행자 센터였을 뿐이다. 나 같은 워홀메이커에게 유용한 정보는 한 가지도 갖고 있지 않았다. 그들은 워홀메이커를 이해조차 못한 듯했지만.

지나가는 모르몬교 선교사들이 보여서 무거운 배낭을 들쳐 업고 구세주라도 만난 양 그들에게 뛰어가 영어로 물었다. 먼저 인사를 하고 상황설명을 간략하게 했다. 우스운 일이었다. 일본에 와서 미국인 모르몬교 선교사에게 정보를 묻고 있는 내가 조금 우습다고 생각했지만 그들은 유창한 일본어로 여행자 센터에 들러 부동산의 위치를 물었다.

역 근처의 부동산에서 그들은 나의 설명을 부동산 사장에게 농담까지 곁들이며 설명을 해줬다. 부동산에서는 나에게 직업을 묻고 직업이 없다고 하자 보증인을 물어본다. 오늘 도착한 내게 보증인이 있을 리 없었고 난 그때까지도 그 질문의 의도를 파악하지 못하고 있었다. 나중에 안 사실이지만 일본에서 방을 얻기 위해서는 보증인이 필요했던 것이다. 부동산 사장은 친절하게도 시청에 전화를 걸어 한국인이 일할 수 있는 곳을 이곳저곳 전화를 해서 알아봐 주기까지 하는 친절함을 보였다.

하지만 역시 일은 쉽게 풀리지 않았고 방도 얻을 수 없었다.

나는 나가사키 노면 전차처럼 천천히 생각해 보기로 했다. 그렇게 별다른 성과 없이 모르몬교 선교사들에게 고맙다는 인사를 했고 부동산 사장은 근처 유스호스텔로 나를 인도해 주는 과한 친절함을 보였다.

인상 좋은 호스텔 주인은 내게 침대를 기꺼이 허락했다. 하루에 3000엔씩 하는 호스텔 비를 오랫동안 감당하기는 어려울 것이었다. 천천히 생각하기로 한일은 그렇게 돈을 생각하면서 하루를 채 넘기지 않았다.

호스텔 근처 공원에 앉아 편의점에서 사온 커피를 마시며 담배를 한가치 빼어 물었다. 공원에는 축구와 야구를 하는 어린이들로 붐비고 있었다. 일본에도 월드컵 열기로 한창이었다. 옆에 축구공을 들고 이야기를 하는 커플이 있기에 인사를 했다. 축구공을 들고 있던 일본 청년은 영어로 내게 이것저것 물어왔다.

그의 영어는 완전한 일본식 영어 발음이었지만 대화는 꽤 능통하게 이루어지고 있었다. 월드컵 기간이었고 할 일도 없었던 나는 그에게 축구를 권했고 한 시간 정도 축구를 했다. 축구는 더 이상 스포츠가 아닌 종교라는 어느 다큐멘터리 멘트가 생각났다. 말도 제대로 통하지 않았지만 서로 많은 것을 공유하고 있다는 기분이 들었다.

도착한 첫날 밥을 혼자 먹는다는 건 정말이지 견디기 힘든 고통이다. 혼자 먹는 밥에 익숙한 건 사실이지만 낯선 곳에서 도착한 첫날 10분 만에 밥을 먹어 치우는 일은 가급적 피하고 싶었다.

호스텔에 있는 유럽 친구들에게 오늘 저녁 어떻게 할 거냐고 물었고 마침 특별한 계획이 없어서 함께 가까운 곳에 가지 않겠냐고 제안했다. 그들은 흔쾌히 수락했고 난 그렇게 가까운 이자카야에 그들과 함께 동석을 하게 되었다. 나중에 안일이지만 그들은 내가 일본인인줄로 알았단다.

호스텔의 바로 옆에 있던 아운정이라는 곳에 자리를 잡았다. 메뉴를 펼쳐들었는데 사진 한 장 없이 한자가 빼곡한 메뉴에 난 심각하게 당황했다. 그리고 나와 함께 온 그들은 그제야 내게 국적을 물었다. 서로가 당황했다. 당황한 순간 오후에 함께 축구를 했던 대쯔시라는 친구가 들어왔고 그가 설명해 주는 메뉴를 듣고 있자니 더욱더 어려워졌다. 일행 중 일본 음식에 대한 지식은 한 명도 없었기 때문이었다.

우리는 생맥주에 가장 만만한 샐러드를 주문했다. 그렇게 우리는 낯선 곳에서 함께 낯선 메뉴판에서 친숙한 샐러드에 맥주를 마시고 있었다. 샐러드로 배를 채우고 취기가 조금 올라올 즈음 호스텔로 돌아왔다.

공원 공중전화에서 집에다 전화를 하고 낮과는 전혀 다른 조용한 분위기의 공원에 서 담배를 한대 피우며 일본 생활의 막막함을 실감하고 있었다. 누나에게는 어떻게든 해보겠다고 말은 했지만 어떻게 해야 할지 어디서부터 시작해야 할지가 막막했다.

공원에는 두 명의 여고생이 벤치에 앉아서 수다를 떨고 있었다. 수다 떠는 모습은 한국 여고생과 별다를 것 없는 풍경이었다. 다른 게 있다면 내가 그들에게 말을 걸고 있는 것이었다.

사실은 홈스테이 비슷한 게 있으면 해볼 요량이었기에 그들에게 다가갔다. 역시 언어의 부재는 나를 미술의 세계로 이끈다. 그들이 가지고 있는 우산으로 운동장에 그림을 그려가며 설명을 했다. 그리고 얻어낸 결론은 그들이 홈스테이 비슷한 걸 들은 적도 본적도 없다는 것이다.

그 고교생들은 내게 영어를 가르치면 어떠냐고 묻는다. 그냥 웃으면서 넘겼는데 연습장을 꺼내더니 무언가를 적어준다. 전단지다. 전단을 역 앞에서 돌리면 되지 않겠냐는 제안을 한다. 이 말을 내가 알아들은 건 아니고 그들 둘이 전단을 만들어 연기를 해서야 알게 되었다.

유치한 고등학생다운 생각에 웃어줬다. 역시 유치한 여고생의 생각이라고 생각했다 그리고 다음날 난 전단지를 만들어 역 앞에서 몇 장 돌렸다. 하지만 역 앞을 지나치는 사람들의 발걸음은 너무 빨라서 전단지 돌리기엔 무리라고 생각했다. 우선 방 문제도 해결해야 했고 그곳에서 일자리가 생길지도 모른다는 생각에 나가사키 대학교로 향했다. 대학가 옆이니까 싼 방도 있을 터이고 어쩌면 유학생을 위한 홈스테이 정보가 있을지도 모른다는 희망을 품고서 전차에 올라탔다.

아침수업이 많은 모양인지 대학교 앞은 꽤 분주했다. 우선 외국에서 무언가 물을 때에는 젊은 여자에게 물어보는 게 가장 성공 율이 높다는 것은 여행 하면서 몸소 터득한 요령이었다. 그 중에 조금 느릿하게 걸어오는 여학생에게 말을 걸었다. 영어로 물으니 한참을 내 얼굴을 보더니 토막토막 영어로 대답을 해준다. 겨우 상황이 조금 전해졌는지 나보고 따라오라고 하더니 나가사키 대학교 학생회관으로 나를 데리고 갔다.

거기에서는 한 중년아저씨가 나왔고 그 여학생은 나의 상황을 다시 설명했다. 그 중년아저씨는 조금 당황 한 듯이 내게 인사를 건 냈다. 난 유창한 일본어로 인사를 했다. 항상 인사만 유창했다. 그 아저씨에게 이끌려 다시 정문으로 향했다. 학생이 아니어서 쫓겨나는 건가 생각했다.

하지만 다행히 그렇게 야박한 일본인은 아니었다. 정문 옆에 있는 유학생센터에 나를 데려온 것이다. 문을 열고 들어가 유창한 일본어로 인사를 했다. 모두가 나를 쳐다본다. 일본어로 일본어를 못합니다.(와따시와 니혼고가 젠젠 데키마셍) 하고 말했더니 그 앞에 있던 친절한 센터 여직원은 꽤 유창한 영어로 어디서 왔냐고 물었다.

그런데 설명이란 것이 내 입장을 설명하기 보다는 내가 왜 이곳에 있는가가 중요했다. 간단히 나의 이름과 국적을 말하고 내가 왜 지금 이곳에 있는가를 설득해야만 했다. 그들에게 무라카미 류에 대해 설명을 하며 그의 책을 읽은 적이 있는가 하고 물었다. 그들 역시 알고는 있지만 책은 읽은 적이 없다고 수줍어하며 말했다.

그리고 그렇게 그들의 흥미를 잡아끌면서 나의 주 목적을 말하기 시작했다. 홈스테이나 싼 아파트가 있으면 머물 수 있을까 하고 말이다. 그들의 표정은 마치 동물원에서 신기한 원숭이를 봤을 때의 표정이다. 그리고 나의 진정한 일본 여행은 무라카미 류의 장난스러움으로 그렇게 시작되었다.

그들이 당황하고 있는 이유는 누구보다도 내 자신이 잘 알고 있었다. 어느 누가 일본말도 제대로 못하는 외국인이 와서 홈스테이를 찾으며 그 대학 학생도 아님에도 불구하고 대학교 유학생센터에서 일본인 작가에 대해 설명하는 비현실적인 시추에이션에 쉽사리 적응을 할 수 있겠는가. 그러면서 난 은근슬쩍 자리에 앉았다. 그랬더니 자기들이 줄 수 있는 정보가 딱히 없지만 학생들에게 물어봐 줄 테니 잠시 기다려 보란다. 잠시가 아니라 하루 종일도 기다려 줄 수 있는 시간쯤은 내게 있었다. 앉은 김에 컴퓨터에서 메일을 검색했고 나가사키에 대해서 정보를 검색하기 시작했다. 물론 늦은 감이 조금 없지 않아 있지만 30분 정도 컴퓨터를 하고 있으니 한 여학생이 들어오기에 쳐다봤다. 그 여학생은 나의 눈길을 피하더니 직원에게 뭔가를 물었다. 그 여학생은 나를 보더니 한국인이냐고 다시 물었다. 그렇다고 대답했더니 센터에서 전화 와서 들렀단다. 그 친절한 유학생 센터의 직원은 한국인 유학생을 불러다 준 것이다.

바로 그 여학생이 나의 구세주이며 지금은 아줌마가 된 배인우 양이다. 그녀는 처음 나를 보고서 한국인 아닌 줄 알고 내 눈길을 피해 직원에게 물은 것이었다. 내가 그렇게 이국적으로 생겼나 하고 혼자 피식 웃으며 가끔 필리핀 사람 같다고 들은 걸 생각해 냈다. 통성명을 하고 나이를 묻는다. 27살이었고 난 일본에 와서 2살이 젊어졌다.

그녀가 웃으면서 자기도 27살이란다. 난 당연한 질문이었지만 무엇을 하고 있느냐고 물었다. 그녀는 나가사키 대학교 박사과정에 있는 학생이었고 난 한국의 대학교 4학년 나부랭이였다. 어쩌다 동갑인데 누구는 박사과정에 있고 난 방학 중에 일본에서 생판 모르는 대학교 유학생 센터에 있는가 하는 이상한 기분에 휩싸여버렸다. 일본어를 할 줄 아냐고 묻는다. 사실대로 말했다. 인사만 유창하다고.

그녀도 역시 다른 사람과 다를 바 없이 당황한 미소를 띠운다. 난 대뜸 싼방이 있느냐고 물었다 순수한 인우는 내 말 그대로 유학생 센터 직원에게 통역을 해준다. 그러더니 아까부터 무언가를 찾고 있던 직원이 내게 종이 한 장을 내민다.

학교 센터로 들어온 아파트 광고였다. 사진이 있었고 부동산의 주소가 있었다. 배인우 양이 손수 전화를 걸어줬다. 몇 통의 전화와 몇 번의 팩스를 주고받은 후 다음날 부동산에 가기로 했다. 생각 치도 못한 방향으로 나의 일본생활은 급물살을 타고 있었다. 그리고 난 당연하다는 듯이 그녀에게 앞으로 내가 무엇을 하고 먹고 살아야 할지를 진지하게 물었다.

그녀는 당연하다는 듯이 나를 대신해서 고민해줬다. 우리는 만난 지 한 시간도 채 되지 않아서 어느새 나의 미래를 함께 걱정하는 사이가 되어버렸다. 어쩌면 나의 뻔뻔함이 친숙함으로 변한 건지도 모른다. 한참 고민을 하던 그녀는 나에게 나가사키에서 오래 지낸 사람을 소개시켜주겠다며 나를 데리고서 나가사키 문화센터로 갔다.

그곳에서 한국문화를 담당하고 있는 상진 형을 만날 수 있었다. 인우는 학교 수업 때문에 돌아가야 했고 또다시 나는 새로운 대화상대에게 나의 상황을 설명해야 했다. 모든 대화의 시작은 나의 상황설명에서부터 시작되었다. 상황 설명을 대충 들은 형도 역시 당황스런 웃음을 짓는다.

우선 나가사키에 대해 설명을 들었다. 역사적인 것부터 사소한 부분까지 유용한 정보다. 나의 이런 준비성 없는 버릇이 어쩌면 나에게 이런 행운을 주는 건지도 모른다는 생각이 들었다.

점심시간이 되어 우리는 함께 분위기 좋은 식당이 있어 소개 시켜 주겠다고 해서 예전 유럽인들이 살았다는 오란다삭가를 비 오는 날에 걷게 되었다. 그곳의 풍경은 유럽도 일본도 아닌 나가사키만의 풍경이었다. 단아하면서 고풍스러운 분위기가 빗속에서 내 신발에 빗물이 스며들듯이 조용히 내 가슴으로 스며들고 있음을 느낄 수 있었다.

도착한 지구관이라는 레스토랑에는 인심 좋게 생긴 아줌마에게 인사를 하던 상진 형은 나를 소개시켜 주었다. 뜻밖에도 그곳에 근무하고 있는 사람 모두가 영어가 유창했다. 커피를 마시면서 실내를 구경하고 있는데 상진 형은 나를 대신해서 상황설명을 하는 모양이다. 난 막 뽑아낸 커피 한잔을 마시며 새로운 곳에의 나의 벅찬 감정을 내리는 비에 조용히 가라앉히고 있었다.

인상 좋은 마리코 상은 나에게 요리를 할 줄 아냐고 영어로 묻는다. 난 당연히 예스라고 대답했다. 라면만 끓일 줄 알면 요리가 되는 거 아닌가? 캐나다에서 요리를 조금 했노라고 대답했다. 자세히 설명하면 곤란하겠지만 어쨌든 식당에서 야채만 썰었어도 요리는 요리가 아닌가. 그랬더니 대뜸 요리를 해보지 않겠냐고 제안을 한다. 난 상진 형에게 한국요리는 해본 적도 없다고 한국말로 대답했다. 그랬더니 형은 웃으면서 그냥 잡채라도 해보면 되지 않겠냐고 간단히 말한다. 또 한 번 그렇게 나의 일본생활이 급물살을 타고 있음을 감지했다. 만난 지 한 시간도 채 되지 않은 사람들에 의해서 나의 일본 생활은 급물살을 타고 앞으로 나아가고 있었다.

그렇게 약속을 잡았다. 우선 테스트 요리를 해야 한다고 해서 날짜를 잡았고 난 일본에서 한국요리를 하게 되었다. 마리코 아줌마는 내게 여러 가지를 묻는다. 그러더니 혹시 주방용품 중 부족한 게 있거든 기꺼이 주겠단다. 그러면서 프라이팬이며 냄비를 챙겨준다. 절로 웃음이 난다. 난 나가사키에 와서 무엇을 했기에 사람들이 내게 이렇게 호의적인가 하고 스스로도 깜짝 놀라고 있었다.

지구관 안주인 마리코 상, 나가사키

우선 방을 잡으면 그때 와서 가져가겠다고 하고 호스텔로 돌아 왔다. 돌아온 호스텔에서 급하게 잡채에 대해서 검색을 시작했다. 잡채란 음식이 쉬울 리 없었다. 급한 대로 요리의 대가인 형수님에게 전화를 걸어서 물었더니 대가 다운 대답을 들을 수 있었다. 웃으면서 대충 간장 넣고 간 보면서 비벼보란다. 역시 음식은 감이지 하면서 전화를 끊었다.

눈을 감고 이미지 트레이닝을 해봤다. 평소 먹던 잡채를 생각해 내면서 무엇 무엇이 들어 있었는지 어떤 모양이었는지 생각하다가 정말 우스운 일이라고 생각이 들어 혼자 피식 웃고 말았다.

다음날 인우 양과 함께 부동산에 가기 위해 배낭을 메고서 부동산 근처에서 만났다. 부동산에서도 또다시 나의 상황설명을 해야만 했다. 짧은 단기 계약이었기 때문이다. 가구 살 여유가 없으니 모든 가구가 구비가 되어 있으면 좋겠다고 말을 했다. 착한 인우는 그런 게 어디 있냐고 옆에서 한국말로 구박을 하지만 그럼에도 불구하고 다 통역해 주고 있었다. 여기저기 몇 번 전화를 해보더니 하나 구할 수 있을 것 같다는 희망적인 메시지를 들을 수 있었다.

방 계약서를 가져온 부동산 사장은 계약서에 보증인이 필요하단다. 난 경악에 가까운 비명을 지르면서 일본에 도착한지 삼 일된 사람이 무슨 보증인이 있겠느냐고 급한 김에 영어로 설명을 했다. 나의 경악에 가까운 비명과는 상관없이 옆에 있던 인우는 흔쾌히 자기가 보증인에 도장을 찍겠단다. 어처구니없이 배인우 양은 그렇게 만난 지 이틀밖에 안 되는 막나가는 젊은이의 보증인이 되어 주었다.

25만원 월세에 보증금은 한달 월세 25만원을 지불하고서 삼개월 간의 계약서에 도장을 찍으면서 드디어 일본생활에 얕은 뿌리를 내렸다.

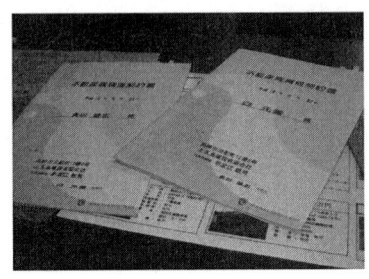

집 계약서                                내가 살던 아파트

가격이 너무 싸서 쓰러져가는 지하 단칸방을 생각하면서 갔다. 인우랑 함께 부동산 사장의 차를 타고 가면서 그런 말을 했는데 인우도 동의하면서 일본에는 지하방이 없다는 안심되는 말을 해준다. 사실 조금 걱정이 되기 시작한 건 사실이었다. 그런데 막상 도착한 아파트는 핑크색이 일품인 꽤 깨끗한 아파트였다. 일본에 지하 방이 없음은 나를 환영한다는 증거였다. 실내에는 말했던 대로 냉장고 침대 텔레비전 소파가 구비되어 있었다.

인우가 한마디 한다. "셋복 하나는 타고 났는가 보다"라고. 웃으면서 난 셋복 하나는 타고 난 놈임을 실감하는 순간이었다. 그렇게 나가사키생활은 뜻하지 않은 급물살을 타며 앞으로 스스럼없이 나아가고 있었다. 청소를 하고서 침대에 몸을 뉘고 잠시 최근 며칠 사이에 일어난 일들을 생각하며 생각에 잠겼다. 공원에서 축구를 했고 여고생에게 그림을 그려가며 상황설명을 하니 전단지를 그려줬고 대학교에 와서 유학생센터에 가니 한국인을 불러줘서 그녀는 내방 보증을 서줬고 그녀가 소개시켜준 상진 형은 내게 일거리를 소개시켜줬다. 마치 내가 여기에 오게 되었던 이유라도 있었던 것처럼 급물살을 타고 진행되고 있어 어리둥절했다.

담배를 한대 피우면서 역시 일본어가 문제라는 생각이 들어 한국 중고서점에서 사 가지고 온 일본어 문법책을 펼쳤다.

맥도날드에서 공부하기

　언어는 역시 외우는 거라며 혼잣말을 중얼거리면서 무작정 한글로 쓰여 있는 일본어를 읽어댔다. 무슨 뜻인지도 모를 일본어를 한참 읽고 있으니 무슨 마술 주문처럼 들려온다. 안되겠다 싶어서 책을 덮고서 기지개를 켠 후 소파에 누워 텔레비전을 봤다. 내일부터 일본어를 완전 정복하겠다는 각오를 하면서 말이다.

　새로운 장소에서의 잠을 청하는 것은 언제나 설레는 일이다. 내일 일을 알 수도 없고 조그마한 천정은 한눈에 다 들어와도 내 한몸 누일 곳이라는 안정감 때문일지도 모르겠다. 그간 일어났던 일을 곱씹어 보며 당장 내일 무엇을 해야 할지 생각을 해 봤다. 역시 대책이 있을 리 만무하다. 지금 아무리 생각해 봤자 해결되는 것은 아무것도 없는 건 안타깝지만 부정할 수 없는 사실이었다. 내일 해가 밝은 후 샤워를 하고 나서 양말을 신으면서 생각해봐야 할 일이다.

　다음날 샤워를 하고서 외출을 하려고 간단한 외출 반바지 차림으로 나섰다. 집을 나오니 경치가 보인다. 꽤나 달동네까지 올라와 버렸구나 하고 생각했다. 밑으로 까마득히 펼쳐있는 계단을 보니 왠지 상쾌한 기분이 드는 건 왜일까 하고 잠시 생각하다가 나이키 신발 끈을 다시 질끈 묶고서 오늘 하루 파이팅 하자는 기분으로 계단을 내려갔다.

우선 외국인 등록증을 만들어야 했다. 일본에 100일 이상 재류하는 외국인이라면 반드시 만들어야 하는 것이니까. 시청에 갔더니 여지없이 친절한 일본인은 내게 부족한 증명사진을 가져오라고 말해준다.

앞에 있는 사진관에서 즉석사진을 찍어서 제출하니 외국인 등록증을 만들어준다. 또 다른 신분증을 지갑에 넣으면서 잠시 이상한 기분이 들었다. 진짜 일본에 왔구나 하고 실감하는 듯한 그런 기분이다. 온통 한문으로 쓰인 신분증엔 유일하게 내 이름 사인만이 한글이다.

다시 나가사키 대학교로 돌아와 아침에 봤던 맥도날드에서 커피라도 한잔할까 하고 들어갔는데 주문부터가 쉽지 않다. 무슨 말이 그렇게 많은지 모를 일이다. 목소리는 애니메이션에서나 듣던 그런 하이 톤 목소리로 말이다.

커피가 일본어로 코히라는 걸 거기서 처음으로 알았다. 서바이벌 일본어는 조금씩 진화해 가고 있었다. 일본 맥도날드의 가장 멋진 점은 다름 아닌 흡연실이다. 어느 나라에서도 따라올 수 없는 흡연자에 관해서는 관대한 일본이 멋져 보이는 순간이다. 커피에 담배를 한대 피우면서 책을 꺼내 들었다.

'한 달이면 완성되는 일본어 문법'

우선 급한 불부터 끄기로 했다. 그 불이 쉽사리 꺼질 것 같지는 않지만 해서 안 되는 게 어디 있는가 하고 자신 있게 책을 읽기 시작했다. 무슨 뜻인지도 모르고 읽고 반복했다. 간단한 인사는 주문처럼 외워버렸다. 그렇게 하루하루가 쌓이면 난 정말 마법사가 되어버리는 게 아닌가 하는 착각을 할 정도로 많은 일본어 주문을 외웠다.

전에 공원에서 축구를 하면서 만났던 데쯔시에게 전화를 했다. 그 동안에 일어났던 일을 간략하게 말해주면서 시간되면 잠시 만나자고 했더니 기꺼이 오겠단다. 아무래도 현지인을 만나서 이야기하다 보면 앞으로 살아가야 할 방법 같은 게 생각나지 않을까 하는 그런 계획이 있었다가 아니라 그냥 혼자 있기가 너무 지루했기 때문이다.

데쯔시에게 이런저런 이야기를 하면서 커피를 마시고 담배를 피웠다. 물론 대화내용은 내내 영어다.

우리의 대화를 듣고 있던 옆 테이블에 있던 여대생이 영어 공부하는 거냐고 물어 왔다. 순간 온몸에 백만 볼트 피카추 전류가 흐르면서 아이디어가 번뜩거렸다. 여기서 영어를 가르치면 되겠구나 하고 말이다.

그 여대생에게 영어를 가르칠 수 있다고 설명했고 캐나다에서 테솔 공부도 했다고 설명을 했다. 물론 통역은 데쯔시가 했고 시간당 1000엔이라고 생각이 있으면 연락을 하라고 이메일을 알려줬다. 결국 그 여대생에게는 메일이 오지 않았지만 의외로 데쯔시가 내게 영어를 배우겠다고 청했다. 흔쾌히 수락했고 그렇게 난 또 다른 모험을 하기로 했다.

며칠 뒤에 약속대로 지구관에 테스트 요리를 하러 갔다. 그날 요리는 스리랑카 카레였는데 입맛에 안 맞았던 인도카레를 생각했지만 스리랑카 카레는 매콤한 맛이 일품이었다. 스리랑카 인인 시라니 상은 그렇게 만났다. 스리랑카에서 온 아줌마지만 유창한 일본어는 마치 한국 아줌마가 수다를 떠는 모습처럼 인상적인 사람이었다.

대장금 팬이라면서 한국음식 먹고 싶다며 빨리 요리해 달란다. 피부색이 다른 사람이 일본어가 유창한 게 왠지 이상한 세상에 내가 발을 디딘 기분이 들었다. 피부색도 같고 생긴 것도 같은 나의 일본어가 약간은 분하기까지 할 지경으로 그녀는 일본어를 유창하게 구사했다.

나의 테스트 요리는 잡채와 지지미 그리고 미역냉국이었다. 반응은 인터넷 검색의 요리법으로 만들었는데 꽤나 성공적이었다. 요리를 하면서 나도 조금 놀란 건 내가 만든 잡채가 꽤나 한국적인 맛을 내고 있었던 것이다. 요리에 소질이 있는지도 모를 일이었다.

그리고 그 주말에 요리를 하기로 약속했고 다시 맥도날드로 돌아와서 일본어 주문을 외웠다. 핸드폰은 계약이 필요 없는 프리페이드폰(선불전화)을 샀다. 일본의 전화비는 한국에 비하면 살인적으로 1분에 1000원이었다.

한국과 다른 점은 문자서비스도 따로 등록을 해야 한다는 사실이었는데 한참 실랑이를 하다가 끝내는 옆에 앉은 준코라는 사람에게 도움을 받아 겨우 문자를 사용할 수 있게 되었다. 같은 한자 문화권의 나라에서 이렇게 말이 안 통할 수가 있나 하고 실감했다. 전화기에 쓰여 있는 한자를 읽기란 하늘의 별 따기였고 그나마 아라비아 숫자를 이해하는 내가 감사할 정도였다. 그녀가 보낸 시험 문자는 내 전화에 저장되었고 또 한명의 친구가 생겼다.

매일 아침 9시에 맥도날드에 도착해 흡연석에서 책을 꺼내 들고 일본어를 싹 그리 외워버리겠다는 일념으로 공부를 했다. 그날도 역시 여느 때와 마찬가지로 맥도날드 종업원과 토막 영어로 대화를 하고 있는데 옆에 있는 아줌마가 끼어들었다. 그녀의 영어는 꽤나 유창했는데 대화를 하던 중에 그녀가 일주일 뒤에 한국에 가게 될 것을 알게 되었다.

그렇게 또 한 사람을 알게 되었는데 그녀가 바로 나에게 한글과 영어를 배우게 된 사오리 상이다. 그렇게 사오리 상에게는 영어와 한국어를 한 시간씩 가르치게 되었다. 데쯔시의 여자 친구인 아키도 영어를 배우기로 해서 순식간에 학생은 세 명이 되었다. 맥도날드는 많은 사람을 만 날수 있게 만들어준 재미있는 장소였다.

어느 날 아키에게 영어를 가르치고 있는데 오다가다 만난 캐나다 유학생 친구가 내게 어떻게 영어를 가르치느냐고 물었다. 나는 간단하다는 듯이 영어로 영어를 가르친다고 대답했고 그는 놀랍다는 듯이 자기에게도 가르치는 방법을 알려달라면서 웃는다. 실로 네이티브가 보면 배꼽잡고 웃을 일이었다. 일본에 와서 일본어를 못하는 한국인이 일본인에게 영어를 영어로 가르치고 있었으니까 말이다. 캐네디언 입장에서 보면 정말 개그였을 것이다. 언제나 아침이면 사오리 상에게 수업을 하고 간단히 한류스타에 대해 이야기를 하고 일본어 공부를 했다.

그날도 역시 한참 공부하고 있는데 옆에 있던 여대생들이 자꾸 나를 쳐다보는 게 느껴졌다. 처음에 나는 내가 잘생겨서 보는 줄 알았다. 아니나 다를까 그 중에 한 명이 내게 와서 말을 건다. 속으로 조금 우쭐했지만 사실은 그 학생들은 준신여대의 일본어 교육을 공부하고 있는 학생들이었는데 워낙 전투적으로 일본어를 외우고 있는 내가 신기해서 말을 건 것이었다.

역시 간단히 조금의 일본어와 많은 영어로 자기소개를 했다. 그 여대생들은 나의 여행에 관심을 가지며 대화를 시작했다. 매주 주말에 준신고등학교에서 무료로 일본어 강좌가 열린다는 것을 알게 되었고 공짜라면 자다가도 벌떡 일어나고 쇠도 씹어 먹는 나였다.

그렇게 중국에서 일본어를 가리키고 있는 유코 상과 학생인 아이코 상과 토모요 상을 만나게 되었다. 일본에 와서 줄곧 혼자 공부하면서 일본어보다는 영어를 더 많이 사용하고 있었고 무엇인가 획기적인 변화가 필요한 시점이었다. 그렇게 수업에 참석하게 되었는데 수업은 몇 명의 남미 학생들과 서양인이 대부분이었는데 열의는 굉장했다. 꽤 수준급의 사람들도 보였다.

일본어 수업 중

열심히 듣고 있으니 교수님이 내게 학생 중에 개인 교습을 연결해 주어서 개인 교습까지 하는 호사를 누릴 수 있게 되었다. 물론 이 모든 것은 무료였다. 그 친구들은 시간 날 때마다 내게 개인 과외를 해 주었고 난 그들에게 가끔씩 한글을 가르쳐 주기도 했다. 한글을 가리키면서 느낀 점이지만 한국인은 정말 혜택 받은 민족임이 분명했다. 한글을 사용하고 있는 점만으로도 충분히 그 혜택은 커다란 것이었다. 일본어를 공부하고 있노라면 한자에 토가 나올 지경이었기 때문이다.

한글의 위대성은 바로 그곳에서 빛을 발휘했다. 어린 그녀들에게 한글은 매우 쉬운 문자였다. 한글의 조합을 설명해주면 이내 자음과 모음을 묶어서 한글을 족족 읽어대는 것이었다. 물론 그들에게도 의미를 알 수 없는 글을 읽는 것은 마술주문을 외우는 것 같은 것일 테지만 그렇게 또 몇 명의 한글 학생이 늘어나면서 나의 스케줄은 생각지도 못하게 꽤 타이트하게 움직이게 되었다.

주말에 지구관에서 요리를 하기 위해 나가사키 노면 전차를 타고 일요일의 싱그러움을 만끽하면서 오란다삭가를 올랐다.

나오코 상과 만든 잡채와 지지미, 일본 나가사키

도착하니 나를 도와줄 보조도 한 명 와있다. 일본어가 부족한 나를 위한 배려로 하와이 유학파인 나오코 상이 도착해 있었다. 테스트 요리에서 했던 것처럼 준비된 요리재료를 순서대로 만들어 간을 보고 완성했다. 완성해놓고 보니 꽤나 그럴듯해 보였다.

손님들에게 직접 서빙을 하고 한국음식에 대해서 설명을 했다. 물론 약간의 일본어와 많은 영어로 설명할 수밖에 없었지만 귀를 기울이는 손님들을 보면서 조금 미안한 생각이 드는 건 왜일까 아마 진짜 한국음식을 보여주지 못한 아쉬움이 조금은 있지 않았나 싶다. 이곳 일본까지 와서 한국음식을 하고 있는 자신이 조금 대견하기 까지 했다.

나가사키에 와서 한 달도 채 되지 않은 시간에 많은 일들이 일어났다. 삶은 계속해서 활화산처럼 타올랐다. 나의 여행은 반복되는 계속이라는 하루하루에서 신선함을 조금씩 첨가 시켜 가고 있는 셈이었다.

새로운 친구가 생겼고 새로운 단어를 외웠고 새로운 곳을 구경했다. 한국에 처음으로 다녀온 사오리 상은 재미있었다며 내게 선물을 건 냈다. 한국 스포츠 신문 1부와 아리랑 담배. 오랜만에 읽는 신문에는 야구소식과 아리랑 담배를 보며 난 고개를 갸우뚱거렸다. 아리랑 담배는 처음 봤다며 웃었더니 매점 직원이 한국 사람들이 다 피우는 담배라고 했단다. 절로 웃음이 났다. 비록 처음 피우는 담배였지만 가장 한국적인 담배 이름임에는 동의했다.

문자를 개통해준 준코 상과 함께 이나사야마를 갔다. 나에게 나가사키라는 도시의 이름을 기억하게 만들어줬던 다큐멘터리에서 봤던 야경을 보기 위해서다.

정상에 도착해서 본 나가사키의 야경은 숨이 멎을 정도로 멋진 광경이었다. 서울의 야경은 끊임없이 이어진 도로를 혈관을 타고 움직이는 것 같은 광경이 일품이라면 나가사키의 야경은 역시 산 위에 얹힌 수많은 집들이다.

정말 숨이 멎을 정도로 자연스러운 야경에 벌어진 입을 다물지 못할 정도였다. 마치 나가사키 산 위에다 하늘에서 보석을 뿌려놓은 것처럼 불빛은 끝없이 펼쳐져 있었다. 내가 매일 힘겹게 오르내리는 아파트가 멀리 보인다. 다시 올라가야 하는 높이이지만 지금의 높이 에서는 분명 내 발 아래에 있는 풍경이었다.

상황에 따라서 시야는 달라지기 마련이다. 세상을 바라보는 나의 시야가 그렇게 높아졌으면 하고 기도했다.

수업도 어느새 여대생들의 방학에 맞춰서 끝나가고 있었다. 비록 일주일에 한번밖에 안가는 수업이지만 많은 친구들을 만날수 있었고 많은걸 배울수 있었던 수업도 대학이 방학을 맞이하면서 중급수료증을 받고서 수업을 마칠 수 있었다. 어느 주말 상진 형에게서 연락이 왔다. 스리랑카 시라니 상네 가족하고 캠핑을 가지 않겠냐는 제안이었다.

마다 할 리 없이 시라니 상네 가족과의 여행이 시작되었다. 도착한 곳은 나가사키에서 한 시간 정도 떨어진 곳이었는데 바다 앞의 조그만 섬들이 마치 한 폭의 동양화를 보고 있는 듯한 풍경의 곳이었다. 그런 곳에서 하루를 보낼 행운을 만끽할 수 있게 된 것이다. 도착해서 청소를 하고 바비큐파티를 준비를 하고 바닷가 산책을 하며 오랜만에 사람 손이 닿지 않은 바다를 구경했다.

내가 일본에 있으면서 가장 좋아하는 음식은 아이러니하게도 바로 스리랑카 카레였다. 시라니 상의 음식 솜씨는 나의 여행 중 음식에 가장 고생했던 인도를 생각나게 했다. 일본에서 맛보는 스리랑카의 맛은 꽤나 자극적인 것이었고 맛은 일품이었다.

그리고 저녁에 모여 앉아 함께 보는 대장금은 신선했다. 대사가 더빙이 되어 있어 시라니 상의 영어 통역을 통해야만 했지만 일본어로 말하는 이영애도 나름대로 매력이 있었다. 신선한 아침에 바닷가 산책 후 맛보는 짜이는 이루 말할 수 없는 감동이 밀려오는 순간이었다.

1박2일의 캠핑에서 돌아와 다시 일상으로 돌아와서 맥도날드에서 수업을 하고 공부를 했다. 일본어는 영어와 비교하자면 속도가 백배쯤 빠른 기분이다. 너무 빨라 멀미가 날 정도였다. 문법이 같은 이유도 있을 터이고 표현방식이 같은 이유도 있을 것이다. 물론 여전히 한자는 나의 일본어에 있어 가장 큰 걸림돌이었지만 어쨌든 나의 일본어는 굉장히 빠른 속도로 진화해 가고 있는 것만은 확실했다.

이러니저러니 해도 꽤나 열심히 공부한 덕에 어느 정도의 의사소통은 괄목할 성과를 이루고 있었던 것만은 사실이다. 가끔 지구관에서 있는 영어클럽에 게스트로 수업을 하기도 했는데 놀라운 점은 회원모두가 60이 넘은 나이라는 점이다. 최고령은 70대 할머니도 있다. 할머니는 캐나다에서 은퇴 후에 어학연수도 하셨다고 한다. 그 열정에 또 한 번 고개를 숙였다. 나의 도전은 정말 식은 죽 먹기인 줄도 모른다는 생각을 할 정도로 경외로웠다. 시간은 쏜살같이 달려가 4년 전 봤던 일본 하나비의 계절이 돌아 왔다. 친구들과 함께 하나비를 보러 갔다.

유카타를 입은 여자들이 귀여운 부채를 허리에 꼽고서 삼삼오오 공원에 모이기 시작했다. 하나비가 시작되었다. 여름밤의 꿈은 그렇게 한 순간 팟하고 터져서 불타오르는지도 모른다. 지금의 나가사키 생활처럼.

하나비가 끝나고 수많은 인파에 휩쓸려 친구들과 이자가야에 가서 술을 마시고 돌아오는 길에 또 다른 여행을 생각했다. 3년 전에 했던 세이슌 주하찌 여행을 생각해냈다. 어느새 나가사키의 생활도 끝을 향해서 나아가고 있었다. 짐은 정리할 것도 없이 배낭 하나를 들쳐 업었다. 친구들에게 인사를 하고 그 동안의 감사에 진심으로 감사해 하며 머리를 숙였다.

그리고 도쿄로 향했다. 도쿄는 머나먼 여정이 될 것이었다. 또 몇 십 번을 갈아타야 할 것이고 난 많은 사람들을 만나게 될 것이고 잘 곳이 없을지도 모를 일이었다.

그렇게 느릿한 기차를 타고서 도쿄로 향하는 나의 마음에는 많은 것이 떠올랐다. 처음 도착해서 전단지를 만들어주던 고교생, 축구를 함께한 데쯔시, 지구관에서의 요리 과외, 하나비를 처음 본 내게 자기 고민인양 함께 고민해주고 보증까지 해준 인우 양과 동생처럼 나를 도와준 상진 형 수많은 사람들에게 감사를 하지 않으면 안 되는 행운들이 나가사키를 떠남과 동시에 내 가슴에는 고마움으로 벅차오르고 있었다.

수많은 간이역들을 지나치고 있었다. 바다도 보였고 수많은 사람들이 내리고 수많은 사람들이 오르는 기차는 종착역에 도착했고 난 또다시 갈아타고 동쪽으로 향했다. 열 몇 번의 환승으로 마침내 도쿄에 도착했다.

호주에서 만났던 소영을 다시 일본에서 만났다. 소영은 일본에 교환학생으로 와있었고 다시 맥주를 한잔 기울이며 도쿄에서의 하루를 보내고 있었다.

역시 번화한 신주쿠는 나를 어리둥절하게 만들었다. 무슨 바쁜 일이 있는 양 수없이 지나치는 사람들 가운데서 멍하니 배낭을 들쳐 업고서 다른 바쁜 사람들의 지나는 길을 방해하고 있는 중이었다.

도쿄 신주쿠에서

캔지와 연락을 했다. 캐나다에서 마지막으로 보고 반년만의 재회다. 캐나다에서 만난 여자 친구와 함께 모습을 드러낸 와세다 졸업생은 치렁치렁한 머리카락은 깔끔하게 잘려져 있었고 귀에 걸려있던 수십 개의 귀고리들은 말끔하게 제거되어 구멍만이 과거를 짐작할 수 있게 어느새 꽤나 깔끔해져 있었다. 캐나다에서의 모습과는 180도 다른 모습에 감탄하고 있는 내게 과격한 포옹을 했다.

어느새 그도 사회인이 되어있었다. 주변의 이자카야에서 여자 친구인 미치코와 함께 술을 마시며 그간의 이야기를 일본어로 했다. 나의 일본어에 내내 감동하는 눈치다. 난 그렇게 오랜만에 새로운 곳에서 전에 알던 사람들을 만났다.

다시 후쿠오카로 향하는 기차에서 수많은 사람들이 오르내리는 기차를 갈아타는 중이었다. 한국에 돌아가야만 할 것이다. 하고 싶은 일이 생겼다. 지금까지의 나의 인생을 돌이켜 보면 난 남들보다 조금은 느린 걸음을 하고 있었다. 과다한 여행의 영향으로 친구들보다 조금 취업이 느려졌다. 입학이 느린 건 어쩔 수 없는 대한민국 사나이의 숙명이었다면 졸업만은 남들이 할 때 하고 싶었는지도 모른다. 왜 이렇게 졸업에 집착을 하고 있는지는 모를 일이다. 졸업 후에는 무엇이 기다리고 있을지 궁금해 미칠 지경이었다.

다시 짧은 2시간 30분의 항해로 한국에 도착했다.

일본에 있는 동안의 추억을 간직한 채 3개월 동안 자르지 못한 머리를 이모의 반 강요로 잘라내 버렸다

# 제주도, YHA, 다방오봉

 그렇게 나의 대학생활의 마지막 학기는 시작되었다.

 역시 돌아온 한국에는 내가 머물 공간은 없었다. 서울의 월세를 감당하기란 여간해서 어려웠다. 시골에 계신 부모님에게도 부담일 터였고 그렇다고 고시원에서 사는 건 죽기보다 싫은 일이었다. 공부를 잘해서 기숙사에라도 들어갈 수 있었으면 오죽 좋으련만 그것은 아무 이유 없이 불가능했다. 그저 그런 대학생인 내게는 미션 임파서블이었다.

 가을 햇살이 어느새 성큼 다가와서 벤치 위에 앉은 내 머리 위를 내리쬐고 있었다. 여전히 여행 책을 읽고 있었고 난 졸업준비위원회에 자리를 잡았다. 소파가 있었고 책상이 있어서 난 그곳에서 자연스럽게 숙식을 해결하기 시작했다. 아침에 알람 없이도 수업을 시작하는 학생들의 재잘거림에 눈을 뜨고 10학점밖에 듣지 않는 내게는 많은 자유시간이 주어졌다. 마지막 학기는 꽤나 여유로웠다. 4학년 1학기의 교양학점 대박으로 대학 전 평점 3.0이 넘을 수 있었고 마지막 학기에도 역시 교양이 대부분이었기에 별 부담이 없었다.

 그렇게 난 세상으로 나아가기 위한 날갯짓을 시작했다. 이력서를 쓰기 시작했다. 내가 처음으로 쓴 이력서를 생각해 냈다. 군대를 제대하고서 신촌을 배회하다가 어느 일식집에 들어간 나의 고졸이력서. 그때 중얼거렸던 시작은 미약했지만 끝은 창대하리라 라는 문구를 생각해냈다. 이력서의 학력란에는 대학 졸업예정자를 써넣을 자격을 갖췄다.

그리고 3번의 워킹홀리데이를 적어 넣었다. 자기소개서는 대부분의 여행이 주된 내용이 되었다. 남들이 해보는 대로 나도 다 해보고 싶었다. 삼성 입사시험도 봤고 대기업 입사 면접에도 가봤고 중소기업 면접에도 참석했다. 좋은 결과도 있었고 실망스러운 결과도 있었다.

그 시기는 꽤나 어려운 시기였다. 어떤 결과를 기다려야하는 순간 그때 영어강사가 나의 고민을 듣고 이런 말을 해주었다. 너에게 면접제의가 들어온다는 것은 너에 대한 흥미다. 너의 다채로운 여행경력은 많은 것을 말해줄 것이다. 충분히 흥미를 가질만한 것이라고 마지막 학기 학교의 은행잎도 다 떨어지고 낙엽이 흩날리는 계절이 왔다. 다시 여행을 생각해 냈다. 가진 돈을 꺼내 계산해 보니 대략 30만 원 정도의 돈이 아직 통장에 있었다. 인터넷으로 제주도행 비행기 표를 예약했다. 제주도에는 비가 내리고 있었다.

가을바람이 스산하게 날리고 있는 풍경을 담배 연기와 함께 날려 보내고 있는 찰나 친구에게서 전화가 왔다. 중 고등학교 동창인 토끼 정현이다. 제주도에 있다고 하니 제주도에 오겠단다. 취업준비중인 그에게도 꽤나 힘든 시기일 것이었다. 우리는 그렇게 어느새 제주도의 오토바이 숍에서 헬멧을 고르고 있었다.

고등학교 때 함께 계획했던 자전거 일주 계획을 다시 생각해 내고 있었다. 당연하다는 듯이 난 오토바이 대여료를 지불하고 있었고 토끼는 이미 오토바이에 타고 있었다. 여행을 오면서 돈이 하나도 없이 오는 그의 뻔뻔함에 다시 한 번 혀를 내두르고 있는 중이었다. 차로 일주를 하기보다 오토바이를 선택한 건 우리 출신고장의 영향일 것이다. 우리 동네까지 버스가 들어온 건 초등학교 6학년 때의 일이었다. 꽤나 큰 사건이어서 동네 신작로도 콘크리트로 도로를 단장했고 처음 들어오던 버스 백미러에는 풍선이 달려 있었다. 동네 주민들은 신작로에 모여서 환호했고 고사를 지냈다. 그 정도의 시골에서의 생활은 꽤나 불편했지만 면허증이 없이도 오토바이를 운전해도 암묵적으로 묵과할 수밖에 없는 상황이 되었다.

　버스도 제대로 다니지 않는 시골에서 통학수단은 오토바이일수 밖에 없
었기에 중학교 때부터 꽤나 오토바이를 타고 여기저기를 돌아다니곤 했었
다. 그때의 추억을 생가하면서 제주도의 아름다운 바다 풍경을 만끽하고 속
도를 내기도 하고 바다에 한없이 앉아서 바다를 보기도 했다.

　꽤나 즐거운 시간이었다.

제주도 오토바이 여행

　여행자의 성지와도 같은 유스호스텔에서 제주도 다방 오봉을 부른다고
그 친구가 난리를 치기 전까지는. 4년이라는 짧지 않은 시간을 돌이켜 보
나. 아니 20이 되고 나서 부터의 나의 인생을 다시 돌아 봤다. 꽤 오랜 시간
을 여행에 투자를 했고 내 싸이 일촌에는 어느새 여행하면서 만난 사람들이
하나둘 늘어나 거의 절반 이상이 여행 중에 만난 친구들이었다. 나의 여행
은 그렇게 많은 사람들을 만나게 해주었고 많은 자신감을 심어주었다.

　그동안의 무모했던 도전들이 스쳐 지나갔다.

나의 무모한 도전들이 가능했던 것은 사실 우리나라의 대학시스템이 한 몫했다고 생각했다. 고등학교 때는 상상치도 못할 기나긴 방학과 성적은 벼락치기만 해도 중간은 유지할 수 있었으며 풍부한 대출로 인해 나의 학교생활의 절반을 여행에 투자할 수 있었던 것이다. 물론 그 풍부한 대출은 학교를 졸업하고 회사를 입사하면서 빚덩이로 둔갑했지만.

학창시절에 소중한 시간은 다시 되돌릴 수 없는 게 아닌가.

그렇게 나름 나의 무모한 도전들은 단점보다는 이점이 많았다는 점에 확신을 하며 제주도 여행을 마쳤다. 혼자만의 졸업여행이었던 셈이다. 그리고 우리는 다시 원래 생활로 향했다. 친구는 준비 중이던 회사에 입사를 하기 위해서 돌아갔고 난 세상으로의 날갯짓을 시작했다.

일본회사였다. 면접 때 3개월 만에 일취월장한 일본어로 조금은 쉽게 입사했다. 그 날갯짓은 2년 가까이 지속되다가 어느 날 부장님이 주관하던 아침회의가 끝나자마자 몇몇 과장님들의 성원에 힘입어 과감히 털어버렸다. 그리고 다시 나는 다른 꿈을 향해 날갯짓을 시작했다.

# 일본어는 내게 사투리일 뿐이다

퇴사 후 며칠 뒤에 난 부산에서 비틀을 타고 후쿠오카로 향했다.

꼭 2년 만이었다. 2년 만에 찾은 후쿠오카 입국장은 생각보다 한산했다. 아직 방학이 시작하려면 한참 전이었고 휴가철도 아닌 2008년 5월이었다. 무덤덤하게 내 여권을 받아든 입국심사관은 내게 일본어로 일본어가 가능한지 얼마나 머물 것인지에 대해 물었고 난 일본어로 한 달이라고 대답을 했다.

후쿠오카의 여름은 찌는 듯이 더웠다. 아마도 습도가 80프로는 넘지 않을까 하는 의심이 들 정도의 찐득거리는 더위였다. 일본은 여전히 다른 나라였고 후쿠오카는 항상 생경했지만 이미 내가 아는 곳이었다. 후쿠오카는 벌써 내게 5번째 들르는 곳이었기 때문이다. 다섯 번째라고 해도 별로 그다지 좋아하는 도시는 아니었지만.

후쿠오카는 회색빛의 도시 빛깔이 맘에 들지 않았기 때문에 대부분 기차를 타고 어디론가 가거나 버스를 타기 위해 잠시 들르는 도시였을 뿐이었다. 여지없이 텐진 버스터미널에서 어디로 갈까 고민하다가 다시 나가사키로 가기로 결정했다. 사실 시코쿠로 가볼까 생각했었는데 전에 한번 들렀던 나가사키에서 그동안 못했던 일본어 공부를 보강하고 싶었기 때문에 내린 짧고 신속한 결정이었다.

난 공부를 전혀 좋아하는 편이 아니었지만 어학만은 내가 가장 재미있게 즐길 수 있는 부분이었다. 물론 어학시험은 내가 제일로 싫어하는 부분이었지만 2년 만에 다시 온 나가사키는 여전히 시간을 거슬러 올라간 듯 그곳의 노면전차는 여전히 천천히 달리고 있었다.

역 앞은 여기저기로 향하는 사람들로 꽤나 붐비고 있었다. 우선 2년 전에 머물렀던 아파트에 머물기 위해서 전에 계약을 했던 부동산에 들렀다. 하지만 그곳은 더 이상 그 아파트와 계약을 하지 않고 있어서 직원에게 부탁해 집주인의 전화번호를 들고 유스호스텔에 하루 머물게 되었다.

아파트 사장과는 며칠 뒤에 계약을 하기로 전화로 통화를 하고 나가사키 시내 관광을 했다. 난 여행기분에 들떠 있었다. 그동안 현실에서 벗어나 백수란 명함을 난 두려워하고 있었지만 막상 벗어나자 금세 여행자의 기분으로 돌아온 것이다.

나의 영혼이 휴대폰 배터리처럼 급속하게 충전되고 있는 느낌이었다. 회사를 다니면서 무엇을 어찌해야할지 모르겠다는 느낌이었다면 나가사키에서는 무엇을 어떻게 해야 할 지 알고 있는 느낌이 들었다. 싼 아파트를 구해야 할 것이었고 공부를 하며 시간을 보낼 작정이었다. 나의 목적은 단순 명쾌 쾌활했다.

관광 비자였기 때문에 일 같은 건 아예 생각할 필요도 없었고 백수라는 명함보다 여행자라는 명함을 선호했다. 정말 신세 편한 백수이자 여행자였다. 누구 하나 나를 간섭할 사람은 없었다. 난 자유를 되찾은 것이다. 첫날 밤 설레는 기분에 잠이 들지 못할 것 같아 근처의 아운정이라는 이자카야에 들렀다.

2년 전의 추억이 떠올랐다. 서양인 친구들과 함께 왔다고 사진이 없는 메뉴판을 읽지 못해서 맥주와 샐러드를 시켰던 기억이 해일처럼 밀려왔다. 정말 놀라운 점은 2년 전의 나를 그 이자카야의 주인(이시다 상)은 기억하고 있었다는 점이다. 내가 다음날 화장실을 빌린 것까지 기억해 내고 있었다.

아운정 이시다 상

새삼 나가사키가 친근하게 다가오고 있었다.

난 이곳에 처음 온 것이 아닌 재방문이라는 점을 새삼 느끼고 있었고 그 것은 참으로 낯선 곳에서의 안락함이라는 이름으로 다가왔다.

수순대로 다음날 아파트를 빌렸다. 3개월 단기 계약에 원하면 언제든지 기간을 단축할 수도 있도록 사장에게 부탁을 했다. 친절한 일본인은 나의 상황을 고려해 모든 가전제품을 공짜로 빌려 주었고 침대까지 빌려주는 친절을 베풀었다.

처음 일본에 왔을 때 겪었던 시행착오를 격지 않고서 해결하는 내 모습을 보면서 새삼 대견함까지 느껴질 정도였다. 아직도 부족하지만 충분히 괄목 할만한 진보를 이루고 있는 일본어에도 만족하고 있었다.

아침에 일어나면 지저귀는 새들 때문에 잠을 깨는 것은 순수한 행복이었 다. 그렇게 나가사키의 산꼭대기의 나의 아파트는 내게 달콤한 장소였다. 가방에 몇 권의 책을 집어넣고서 108개의 계단을 내려서 전차를 타기위해 3Km정도를 걸어가는 길은 아침운동으로는 그만이었다.

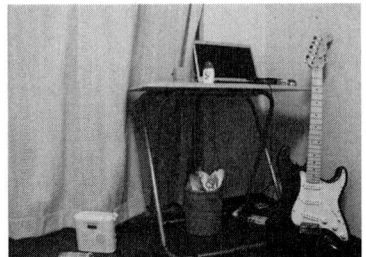

아파트 계단 　　　　　　　　　　　　　　　　　아파트 내 방

    그리고 도착한 스타벅스에서 커피를 한잔 마시고 한자공부를 하고 쇼핑센터에 들러 아이쇼핑을 하고 서점에 들러 책을 읽으면서 한자를 체크했다. 무료하다고 하면 무료한 생활이었고 외롭다고 하면 외로운 생활이었다. 2년 전에 만났던 친구들은 이제 대학생이 아닌 사회인이 되어있었고 더 이상 나가사키가 아닌 치바라든지 도회지에서 사회생활을 하고 있었기 때문이다.

    난 친구가 필요했다. 외로움은 나를 나약하고 나태하게 만들었기 때문이다. 매일 지나다니는 길에 사운드 캐넌이라는 악기사가 있었는데 그곳에 전시되어 있는 기타들은 내가 지나칠 때마다 아주 강렬하게 나를 유혹하고 있었다.

    내가 처음으로 기타를 만진 건 고등학교 2학년 때의 일이다.

    음악선생님은 꽤나 유니크한 성격에 성악을 전공한 자그마한 키에 꽤나 큰 허리둘레를 자랑하는 땅딸막한 몸매의 소유자였다. 그의 피아노 치는 방법에는 이상한 마력이 있었는데 트로트풍의 흥겨움과 민요의 자유로움이 절묘하게 섞여 있는 느낌의 온몸으로 피아노를 치는 선생님이었다.

    어느 날 누군가 성악하는 사람은 왜 배가 나왔냐고 수업시간에 물었던 적이 있다. 그래서 자기 배를 누군가 주먹으로 때려보지 않겠냐고 즉석 제안을 하셨다. 성악가의 배는 근육으로 가득 찼다면서.

나의 절친한 친구 토끼는 그 말이 끝나기가 무섭게 손을 들고 앞으로 나갔고 허리를 90도 회전시킨 다음에 있는 힘껏 배를 펀치로 내리쳤다. 제대로 먹혔다. 선생님의 얼굴은 단번에 벌겋게 달아올랐고 잠시간의 침묵이 이어졌다. 이윽고 그는 막혔던 숨을 토해냈고 토끼도 당황한 듯 몇 걸음의 뒷걸음질을 쳤다. 우리는 한 시간 동안 책상을 들고 서 있어야 했다.

허리를 90도 돌린 게 잘못이었을 것이다. 제대로 펀치가 먹힌 게 아마도 우리가 책상을 들고 있어야 했던 이유였다. 그 선생님의 유니크한 성격만큼 학습방법도 독특했는데 한 학기 동안 기타를 배우게 되었다. 학생들의 기타를 전부 학교에 가져오게 해서 돌아가면서 학교에서 기타를 배울 기회가 있었는데 거기서 기타를 처음으로 만졌고 나의 고3 자취방에서 유일한 낙이 되었던 것이다.

그리고 조금은 건조해질 수 있는 일본에서의 혼자 생활에서 음악을 가미하기로 했다. 사운드캐년의 쿠라나카 상은 중학교 때부터 기타를 배웠다고 한다. 혼자서 독학으로 공부하며 연습했다고 하는데 그 실력은 아마추어인 내가 보기에도 대단한 수준을 넘어섰다고 생각할 정도로 실력이 좋았다.

그리고 십년간의 악기사에서 근무를 하고서 2년 전에 자기만의 가게인 사운드 캐년을 오픈했다고 한다. 현재 기타를 직접 만들어 옥션에 판매도 하고 학생들에게 수업도 하고 있었다. 학생 수는 80명 정도였는데 다양한 연령대에 놀랐다.

어느 날 사운드캐년에 들러서 기타를 치고 있는데 초등학교 1학년생이 자기 키 만 한 기타를 들고 들어와서 개인교습을 받는가 하면 머리가 희끗 희끗하신 분도 와서 기타를 배우곤 했다. 아마도 그의 열린 마음이 다양한 연령층에게 관심을 갖게 하는 무기일 것이다.

사운드캐년 악기사

그곳에서 일하는 사람은 하세가와 상과 지상 모두 악기사에 자기의 악기가 있을 정도로 음악에 심취해 있는 사람들이었다.

가끔 다함께 모여서 연주를 하곤 하는데 그 연주는 가히 감동적이었다. 마코 상은 하모니카와 어쿠스틱 기타를 치며 허스키한 목소리로 노래를 부르고 쿠라나카 상은 베이스를 지상은 드럼을 치곤 했다. 혼자뿐인 관객을 위해 그들의 처녀 곡들도 간간히 연주 되곤 했다. 기타의 구조를 배우고 이론을 배우는 동안 꽤 재미나게 했다. 그동안 기타코드를 잡으면서 생겼던 궁금증을 해소하는 계기가 되었다.

나의 일본어는 꽤나 느린 속도로 앞으로 나아가고 있었다. 한자공부는 꽤 열심히 했다고 생각한다. 무라카미 하루키 책과 류 책도 어느 정도 속도를 붙여가며 읽을 수 있는 수준까지 도달했다. 친구는 내 일본어는 2년 전과 별다를 바가 없다고 했지만 난 분명히 느끼고 있었다. 현저하게 진보하고 있었다고 믿고 싶었다.

가끔 바닷가 옆에 있는 데지마 와르프의 레스토랑에 가서 참치 회 정식을 먹곤 했다. 그 식당에서는 무선인터넷이 가능했기 때문이다. 어찌된 영문인지 일본의 스타벅스나 카페에서는 무선인터넷을 사용할 수가 없었다. 식당 야외 테이블에 앉아 바다를 바라보며 정박해 있는 요트들을 구경하고 있노라면 지금의 내가 무척 여유로운 시간을 보내고 있는 것 같아서 기분이 좋아졌다. 점심시간에는 점심 할인도 있고 해서 일주일에 한번은 꼭 가는 곳이었다.

한참 인터넷으로 검색을 하고 있는데 누군가 내 이름을 불렀다. 처음에는 고개도 안 돌렸다. 나가사키에 내가 아는 사람이 몇 명이나 된다고 설마 아니겠지 하고 대수롭지 않게 스포츠뉴스를 읽고 있었다. 몇 번 이름이 더 불리고 나서야 고개를 드니 2년 전에 만났던 도끼 군이 아닌가. 정말 놀라운 일이었다. 고또 섬에서 잠시 출장 중이란다. 2년 전에 결혼한 유키미 상과 함께였다. 우리는 재회를 기념하며 커피를 한잔 마시고 그간 있었던 일들을 이야기했다. 그들 역시 나의 현저하게 진보된 일본어에 감동했다.

세상은 참 좁다. 그저 고마울 뿐이다. 2년이 지나도 아직 나를 기억해주는 사람들이 있다는 일은 참 고마운 일이었다. 점점 일본의 날씨는 뜨거워져서 습기를 가득 머금었다. 몇 발자국 걷지 않아도 땀이 비 오듯이 흐르는 일본의 견디기 힘든 여름은 나를 지치게 만들고 있었다. 그리고 일본의 여름은 역시나 하나비. 여기저기서 불꽃놀이가 예정되어 있었다.

내가 살고 있는 나가사키에서도 주말에 불꽃놀이가 있을 예정이었고 전국적으로 어느 도시에서나 하나비가 열리고 있었다. 나가사키 하나비는 30분정도로 짧은 시간에 엄청난 사람이 군집하는 여름밤의 한순간처럼 밤하늘을 수놓고 순식간에 사라진다.

2년 전에 만난 상진 형에게서 연락이 왔다. 사세보에 불꽃놀이를 보러 가기로 했다. 오랜만에 무라카미 류의 고향으로의 여행이다. 설레는 마음으로 카메라를 하나 들고서 버스에 올랐다. 사세보까지는 한 시간 반 정도 걸리는 거리다. 역 앞에는 낮부터 포장마차들이 즐비하다. 역시 젊은 아가씨들의 유카타를 입은 모습은 언제라도 설레는 광경이다. 먼저 도착한 나는 이곳저곳 구경을 했다. 왠지 모르게 사세보는 조금 음침한 기분이 든다.

나가사키에 비해 건물들이 여유 없이 다닥다닥 세워져서 그럴지도 모른다. 아니면 주변의 미군들이 풍기는 할렘가의 분위기 덕분인지도 모를 일이다. 준신대학에서 나에게 일본어를 가르쳤던 유키 선생을 만나기로 했다. 토요일임에도 불구하고 출근을 해서 오후 늦게야 도착한다는 연락이 왔다.

혼자 서점에 들러 책 한권을 샀다. 무라카미 하루키의 댄스댄스댄스를 읽기 시작했다. 몇 시간을 벤치에 앉아 책을 읽고 있으니 사람들이 많아지기 시작했다. 몇시간 전과 비교하니 현저하게 늘어난 거리 통행량이었다.

서서히 어두워질 즈음 상진형일행이 도착했고 상진형 친구들과 간단히 인사를 하고 맥주 한 캔을 들고서 하나비 구경을 기다렸다. 불꽃이 하늘위로 올라가더니 꽝하고 굉음과 함께 여름밤을 화려하게 수놓았다. 주변의 사람들의 박수와 환성이 울려 퍼지고 사세보 하나비는 시작되었다.

한 시간 반 정도의 멋진 장면이었다. 마치 꿈을 꾸고 있는 듯한 장면처럼 불꽃은 눈앞에서 터졌다. 수많은 별들과 구분이 안 될 정도로 화려한 불꽃놀이였다. 사세보의 불꽃놀이는 다른 도시에 비해 길고 화려했다. 이유를 물으니 대부분 불꽃놀이는 스폰서에 의해 주관되는데 사세보 출신의 부자들이 많다는 것이었다. 수많은 인파가 왔을 때처럼 질서정연하게 다시 그 자리를 빠져 나갔다. 일본이라는 나라는 조용하게 질서정연하게 앞으로 나아가고 있다는 느낌이 드는 장면이었다.

유키 선생과 연락을 해서 일본에서 가장 긴 아케이드가 있는 곳에서 만나기로 했다. 상진 형 일행은 오무라로 갔고 난 밤 사세보 여행을 하기로 했다. 이름하여 펍투어. 시드니에서 조와 함께 자주 했던 펍투어가 생각이 났다. 사세보는 미군기지가 있는 일본의 서쪽의 조그만 도시다. 크기로는 조그마할지 모르지만 내가 갔던 어느 일본의 도시보다 활동적인 인상의 도시였다. 유키 선생은 나이30이 조금 넘는 꽤나 도전정신이 강한 여성이었다.

브라질에서 2년간 일어강사를 했고 미국에 유학경험도 있는 꽤나 엘리트

적인 여성이었고 일본인답지 않은 적극적인 구석이 있었다. 아케이드에서
만나 걸으며 내게 일본식 바와 미국식 바가 있는데 어느 쪽을 원하느냐고
묻기에 난 어느 쪽도 관계없다고 대답을 했다. 웃으면서 내게 양쪽 다 가자
고 한다.

처음 들른 바에서 간단하게 난 일본 쇼주를 마셨고 유키 상은 와인과 칵
테일을 주문했다. 역시 바에서 일하는 사람들은 유키 상의 오랜 친구들이었
고 처음 본 한국 사람에게 많은 관심을 보였다. 역시 장동건과 배용준의 안
부를 전해 주었다. 마치 내 친구들인 것처럼 2시간 정도 소소한 이야기를 하
며 시간을 보내다가 웨스턴 바에 가기로 했다. 웨스턴 바라고 해서 분위기
는 별로 다를 바가 없었지만 손님이 주로 미국사람인점이 달랐을 뿐이다.

그곳의 마스터(주인이자 바텐더)는 70의 고령에도 불구하고 가라오케로
온리 유를 두 번이나 열창했다.

사세보 펍투어

어찌된 영문인지 미국사람들보다 팝송이 더욱더 유창한건 사세보 사람의
특성일지도 모르겠다. 몇 곡의 노래를 일본손님들이 열창을 하고 미국 사람

들이 박수를 치는 모습을 보고 있으니 이상한 기분이 들었다.

그렇게 그곳에서도 많은 양의 쇼주를 마셨다. 주변의 일본 손님들이 권한 쇼주에 조금 오버할 정도의 양을 마셔버렸다. 무라카미 류는 사세보에서 그리 환영받는 존재는 아니었다.

그의 영화 69는 그의 출신 고교에서 찍히지도 못했다. 그가 묘사한 미군 기지의 사세보는 그들에게는 삶의 보금자리였음에도 불구하고 그는 이미 타지에서 그 글을 쓴 것이다.

그게 아마 문제였을 것이다. 그는 그의 불량했던 시절을 그 당시의 불량한 생각을 가감 없이 표현해 버린 것이다. 어쩌면 소설의 재미를 위해 더욱 강렬한 표현을 사용해 버린 것인지도 모를 일이었다.

그리고 다시 3차를 갔다. 그곳의 사람들과 함께 식사를 하며 마지막 술을 마셨다. 이미 술 마실 기운 같은 건 바닥이 나버렸다. 나가사키 명물인 족발을 먹고 숙취해소에 좋은 콩나물 볶음을 먹었다. 마지막 술잔을 비우고 나니 새벽 4시가 조금 넘었다. 조금 지나면 날이 밝아 오고 나가사키로 향하는 버스가 있을 터이다.

사람들과 마지막 인사를 하고 난 인터넷카페로 향했다. 잠시 인터넷을 하다가 잠이 들어 버렸다. 일어나니 벌써 4시간이 지났다. 오랜만에 밤을 새고 술을 마셨다. 아마 대학졸업이후에 처음으로 날을 새서 술을 먹은 것같았다. 그나마 이번엔 오바이트를 안했다. 아마도 규슈의 다양한 해산물요리가 내 위장을 달래 주었을 것이다.

이제 일본생활도 슬슬 정리해야 할 때가 왔다. 벌써 이곳에서도 삼 개월이라는 시간을 말 그대로 여행자의 신분으로 보내면서 또 다른 여행을 준비했다. 회사를 이미 그만둔 상태에서 또 다른 회사를 찾으러 한국으로 돌아가기엔 난 이미 너무 자유에 흠뻑 취해 있었다.

아파트를 정리했고 그동안 신세진 사람들에게 들러서 쇼주를 들이키며 일본의 마지막을 취기로 보내고 있었다. 이번 여행은 특별한 의미를 부여하기보다는 일본이라는 나라와 부쩍 친해진 느낌이었다.

많은 술을 마셨고 많은 사람을 만났고 많은 생각을 하게 만든 여행이었다. 난 그때부터 아마 내가 다닌 회사에 대해서 감사하기 시작했다. 그곳의 생활로 인해 난 자유를 다시 꿈꾸기 시작했고 그곳에서의 묵살 당했던 나의 자유 대신에 받은 월급통장의 잔고 덕분에 이렇게 또 다른 자유를 찾을 수 있었으니까 말이다.

후쿠오카에서 이년 전에 나에게 영어를 배웠던 아키 상을 만났다. 만나서 간단히 점심을 먹고서 여객터미널에서 인사를 하며 일본과 안녕을 고했다. 역시 비틀은 3시간의 항해로 나를 부산앞바다에 내려다 놓았다.

부산의 앞바다는 역시 엄청난 습기를 머금은 여름의 위용을 자랑하면서 난 입국심사장을 빠져 나오자마자 연신 엄청난 땀을 흘려내고 있었다. 일본에서 가져온 책들의 무게도 한몫하고 있었고 어디를 가나 북적대는 사람들의 체온이 더욱더 견딜 수 없이 나의 체온을 상승시키는 중이었다. 한국의 싼 물가를 실감하면서 KTX를 부담 없이 수원까지 끊었고 가는 내내 일본에서 가져온 책들을 읽으면서 컴백 홈을 즐기고 있었다.

나의 조카들은 내가 가져온 전자 기타에 흠뻑 빠져서 나의 존재 보다는 내가 가져온 물건에 흥미를 느끼는 듯했다. 두발을 뻗고 오랜만에 조카의 침대 머리맡의 창문을 열고서 담배를 한대 피웠다.

난 어디로 가야 할 것인가 생각했다. 이곳의 네온사인과 오염된 공기보다 조금 더 신선하고 내 인생만을 생각할 수 있는 이기적인 장소를 생각해 냈다.

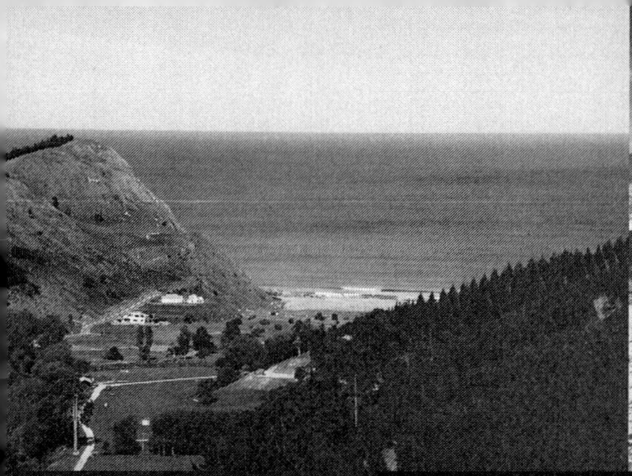

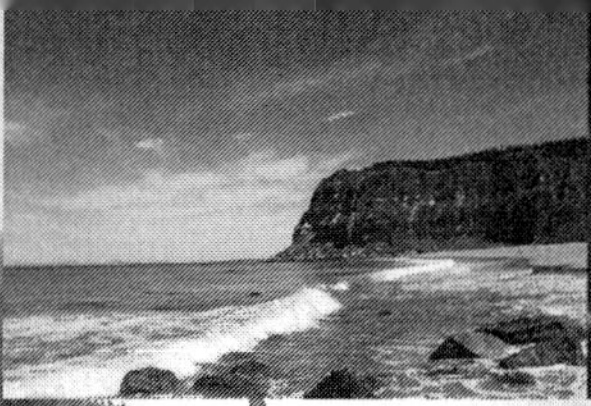

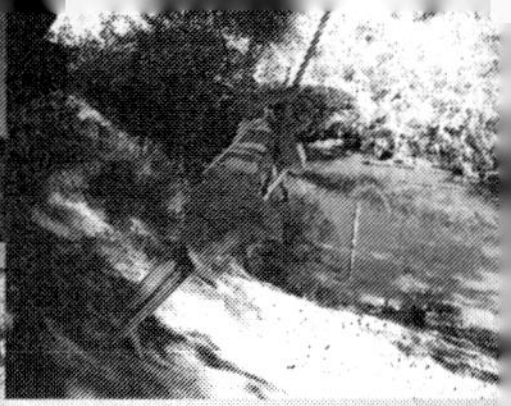

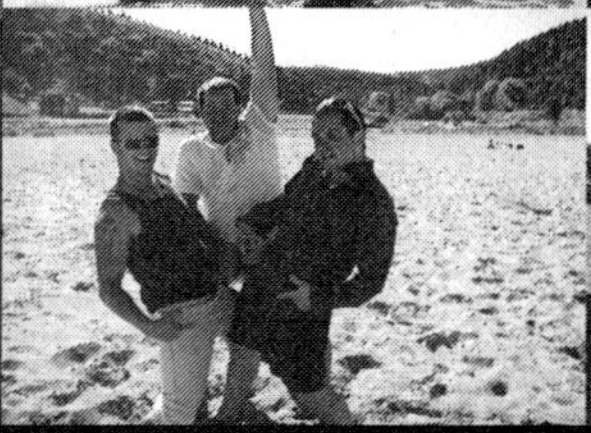

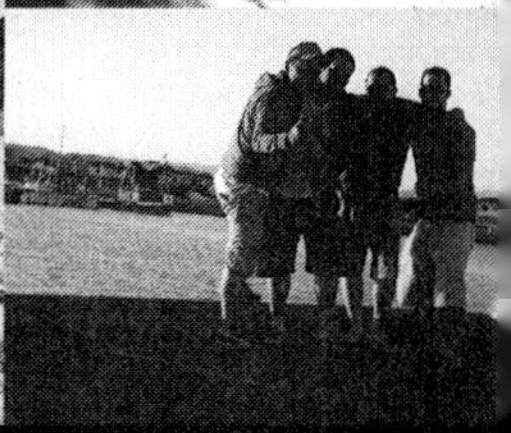

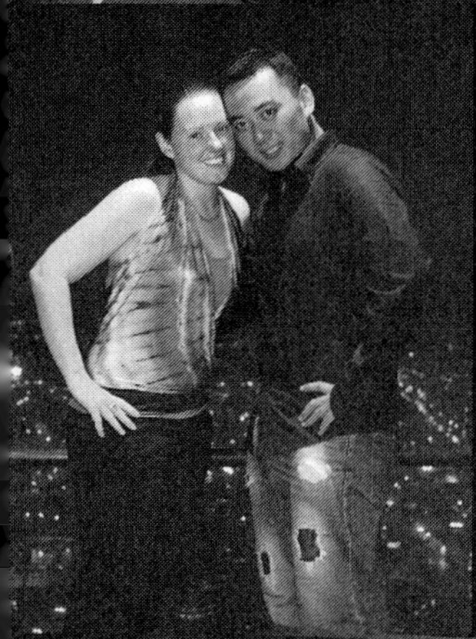

# 뉴질랜드

# 워킹홀리데이

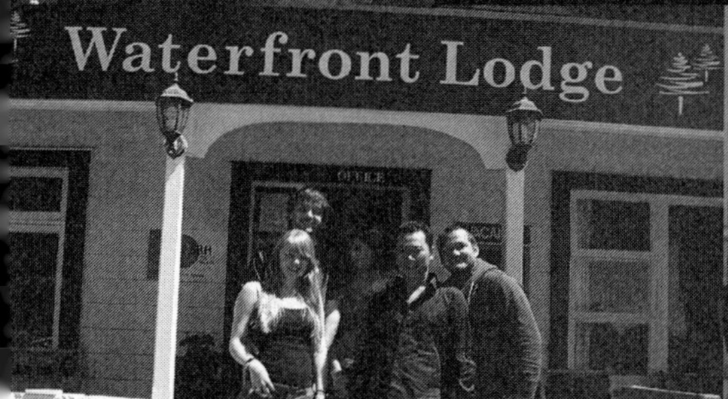
Waterfront Lodge

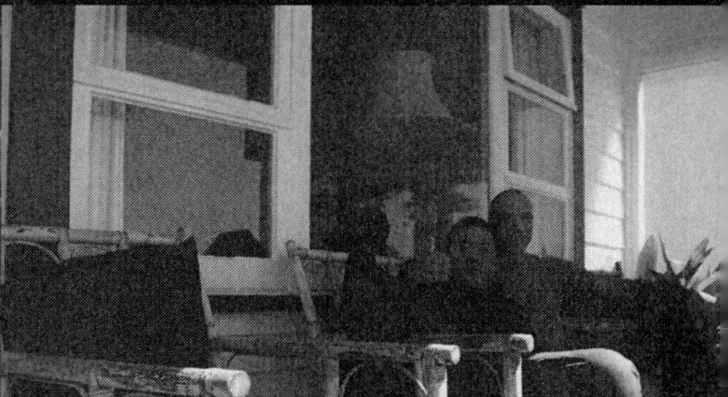

Waterfront Lodge

COTTON ON BODY
portmans

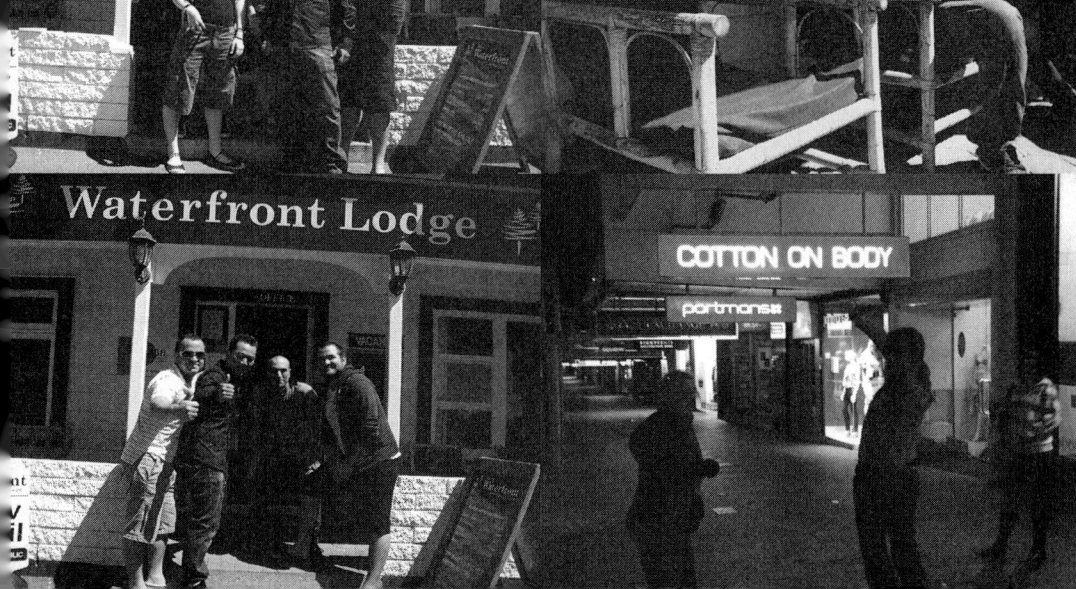

# 한 여름밤의 크리스마스를 위하여
## (뉴질랜드 워킹홀리데이)

준비했던 뉴질랜드 워홀비자와 호주 워홀비자 사이에서 갈등했다.

한국에서는 많은 일들이 있었다. 여자 친구와 헤어졌고 난 또다시 싱글로 돌아왔다. 아마도 난 커플이 어울리지 않는 인간인가 하고 생각하면서 씁쓸한 담배연기를 내뿜었다.

무작정 한 번도 가보지 않은 뉴질랜드 편도 행 비행기 티켓을 끊었다. 물론 식구들은 내게 근심어린 눈빛을 보내면서 내 여행을 격려해 주었지만 혼자 떠나는 인천공항 행 버스에서 난 절실히 외로움을 느꼈다. 어차피 혼자 살아가는 세상이라지만 나는 무슨 자유를 위해서 이런 외로움을 느끼고 있는가 하는 의문이 들었다. 마냥 이곳에서 자유로움 대신에 느낄 수 있는 가족의 따뜻함과 친구들과의 왁자지껄한 즐거움과 회사의 안정적인 월급 통장이 필요할지도 모른다고 생각했다.

하지만 난 이미 그것들과는 거리가 먼 단 하나의 목적을 생각했다. 자유가 주는 선택의 방황을 선택한 것이다.

말레이시아를 경유해서 난 10시간이 조금 넘는 비행으로 오클랜드에 도착했다. 오클랜드에 착륙하면서 본 공항은 나의 상상 이상이었다. 너무나 작은 공항은 뉴질랜드에서 제일 큰 공항이었으며 그곳은 심지어 붐비지도 않았다. 아직 겨울의 끝자락에서 비가 흩날리고 있었고 난 인포메이션 센터에 가서 간단한 여행 정보를 물었고 공항리무진 버스시간을 확인했다. 우선 시내에 가기 위한 버스를 30분정도 기다렸다. 기다리는 내내 담배를 피우면서 반바지에 반팔을 입은 내 모습에서 여행정보에 대한 무지를 비웃었다.

배낭에서 점퍼를 하나 꺼내 입고 아직 차가운 겨울바람이 부는 오클랜드로 나아갈 준비를 했다. 30분정도 버스에서 본 창밖의 모습은 시드니와 밴쿠버와 비교가 되지 않을 정도의 아기자기함을 나름 즐기기 시작했다.

그리고 4백만의 인구의 뉴질랜드를 생각해냈다. 비록 이백만의 인구가 오클랜드에 살고 있다고 하지만 역시 타 국가 대도시들과 비교자체가 되지 않을 정도로 작은 도시였다.

시내에 내려서 주위를 둘러보니 스타벅스가 보였다. 그곳에서 아메리카노를 주문하고서 차가운 몸을 녹이면서 백패커스(여행자 숙소)를 찾고 있었다. 생각보다 백패커스조차도 그리 많지 않아 보였다. 백패커스 거리라는 포트스트리트를 걸으면서 가장 먼저 만난 퀸스트리트 백패커스에서 짐을 풀었다.

역시 제일 처음으로 한 일은 텍스 번호를 신청한 일이었다. 무엇보다는 워킹이 주목적인 내게 텍스 넘버가 가장 중요한 일이었기 때문이다.

특이한 점은 뉴질랜드의 모든 행정은 우체국에서 가능한 점이었는데 텍스번호도 신청이 가능했고 자동차 등록도 가능하고 핸드폰 요금 수납도 가능한 만능 우체국이었다(호주는 여권사진까지 찍어준다).

다양한 우체국 기능에 감탄하면서 텍스넘버 신청을 하고서 호스텔에 돌아와 또 다른 여행자들과 여행 정보를 공유한다는 목적 하에 수다를 떨었다. 나는 어느 도시에 도착 하건 간에 제일 먼저 들르는 곳이 있는데 바로 도서관이다.

목적은 간단하다. 공짜 인터넷이 가능하기 때문이었다. 물론 오클랜드 도서관도 공짜 인터넷이 가능했고 내가 방문한 어떤 도시보다 무료 인터넷 시스템이 잘 되어 있는 편이었다. 물론 인터넷 비교 부분에 있어서는 한국과 비교해서는 안 될 일이지만 다른 여행했던 도시와 비교해서는 가장 편리한 컴퓨터 예약제 시스템이었다.

오클랜드시내 관광을 나름대로 하면서 이곳에서 일을 해야 할 것인지 말 것인지에 대해서 생각해 보기로 했다.

꽤 많은 호텔도 보이고 레스토랑도 있었다. 우선 가볍게 몇 장의 이력서를 작성해서 돌리기 시작했다. 물론 그다지 큰 기대를 하고 한 행동은 아니었지만 전화가 오지 않음에 실망한건 당연한 일이었다. 호스텔에도 이미 많은 친구들이 일자리를 구하고 있는 상황을 정리해 보면 이곳에도 공급과 수요 중에 수요가 단연 우위에 있음을 감지할 수 있었다.

또한 워킹홀리데이 비자는 한고용주 밑에서 삼 개월 밖에 일을 할 수 없다는 조항이 있어서 그들도 그리 반기지 않는 비자 컨디션이기도 했다. 대부분의 호텔이나 레스토랑에서 영주권자를 선호했다. 몇 통의 인터뷰 전화가 왔는데 영주권자가 아니면 안 된다고 하는 것이었다.

난 조금씩 당황하기 시작했고 오클랜드를 뜨기로 70프로 정도 마음을 정리하고 뉴질랜드 생활을 시작했다. 우선 차를 한대 사기로 했다. 이곳도 역시 공공교통은 거의 전무한 실정이었다고 하면 핑계일 테지만 귀찮은 것을 하지 않는 부분에서 세계 챔피언일 정도의 귀차니즘에 젖어 있어서 차를 한대 사기로 했다.

같은 호스텔(여행자 숙소)에서 머물던 원영 형과 함께 차를 보기로 했다. 그리고 간단히 테스트 운전을 하고 1000불이라는 많지 않은 금액으로 1990년 식 도요타 콜로나 스테이션 웨이건은 간단한 서류작업으로 나의 차가 되었다.

오클랜드의 주차난은 이미 서울의 주차난을 넘어선 것 같았다. 서울처럼 불법주차가 암묵적으로 허용되지 않는 이 도시에서 주차료를 감당해 내기도 힘들었고 무료로 주차가 가능한 호스텔을 찾아 시내 주변의 파넬이라는 곳에서 잠시 머물기로 했다.

그곳에서 난 이미 오클랜드가 아닌 다른 도시로의 이동을 마음을 먹었다. 차를 사기로 하면서 만난 원영 형이랑은 또 다른 인연이 있었는데 호주에서 만난 대학 친구의 친구였던 것이다.

대학 친구 중에 호주에서 만난 영국 여자와 결혼한 친구가 있는데 원영 형은 그 영국여자의 친구였던 것이다. 죄짓고 살면 안 되는 좁디좁은 우리는 지구촌에 살고 있었다.

우리는 차를 산 기념으로 오클랜드 북쪽 바다 구경을 하기로 했다. 처음으로 오클랜드를 벗어나 본 바다와 초원은 말 그대로 동화속의 자연이라는 말이 절로 나올 정도의 풍경이었다.

사방을 둘러보아도 녹색이었다. 말 그대로 한 점 티끌 없는 곳에 잔디가 펼쳐져 있고 그 위에 한가롭게 양떼가 잔디를 뜯고 있는 것이었다. 멀리서 보면 마치 하얀색 구더기가 움직이는 것처럼 많은 양떼들이었다.

그렇게 무리와이 비치에서 차에서 자기로 했다. 그리고 그날 우리는 서로를 껴안고 자면서 캠핑은 아직 무리라는 점을 체감했다. 등골이 사무치게 추운 겨울바다였던 것이다.

무리와이 비치 겨울바다, 뉴질랜드

다시 오클랜드에 돌아와서 원영 형과는 다음을 기약했다.

난 오클랜드에 온지 이주 만에 차를 사서 해밀턴으로 엑셀을 밟았다. 머물렀던 52번 방의 룸메이트들을 생각해 냈다. 영국출신의 앤디 미국의 멜리사 그리고 이탈리아의 에밀리오 인도 출신의 리 다양한 인종구성이었고 모두 독특한 캐릭터의 소유자 들이었다. 52번방의 특별한 방분위기는 다름 아닌 모두 여행을 막 시작한 사람이거나 여행을 마치는 사람들이었다. 그래서 모두 금방 어디론가 다시 떠날 사람들이었는데 누군가 떠나기 하루 전에는 모두 함께 펍에 가서 밤새도록 술을 마시면서 우정을 쌓아갔다. 그렇게 함께 술을 마시고 이야기를 하다 보니 어느새 서로의 경계가 모호해 졌고 우리는 그 모호한 경계를 우정이라고 생각했다. 서로의 음식을 공유하고 서로의 엠피쓰리 음악을 공유했다. 심지어 혼자만의 시간을 즐기는 배낭 여행자들이지만 서로의 시간을 공유해 함께 여행을 하기도 했다.

한 명 한 명 자신의 목적지로 떠나고 나도 드디어 그곳을 떠나는 엑셀을 밟았다. 엑셀을 채 밟기도 전에 나의 라디에이터는 심각한 열을 뿜어내서 엔진을 멈출 수밖에 없었지만. 가까운 정비소에 들러서 가볍지 않은 500불이라는 거금을 들여서 새로운 라디에이터로 여행을 시작해야만 했다.

뉴질랜드에서 탄 90년식 도요타

가까운 해밀턴에 가서 일을 한번 알아볼 작정이었다.

지금 생각해 보면 난 그때 까지도 아직 일이 그리 급하지 않았던 것이 사실이었다. 그냥 가까운 호스텔에 배낭을 풀고서 가까운 시내의 잡 에이전시(일자리 소개소)에 들러 이력서를 돌렸을 뿐이니까 말이다.

어쨌든 머물렀던 숙소는 굉장히 호스텔답지 않은 분위기의 민박집 분위기의 호스텔이었는데 해밀턴이라는 도시의 조금은 우울한 분위기의 도시에는 여행자들이 그리 많지 않은 듯 백패커스조차 귀했다.

조금의 재미를 위해 캠핑을 하기로 했다. 처음 해밀턴에 갔을 때는 당분간 머물 요량이었다. 캠핑을 하던 날 비가 왔는데 히터 없이 자다가 추위에 바들바들 떨다가 아침에 조금 따뜻한 지방으로 가야겠다는 생각이 들었다. 운전석을 뒤로 젖히고 잠이 들었는데 누군가가 창문을 두들긴다. 히터 키고 자다가 죽는다며 담요를 하나 갔다 준다. 겨울이지만 아주 몸을 웅크리지 않아도 되는 이유다. 뉴질랜드에는 아직 시골스러운 정이라는 것이 있었다.

난 죽기 싫어 시동을 걸고서 조금 따뜻한 곳으로 가기로 했다. 무작정 차를 몰아서 남쪽의 타우포라는 곳으로 향했다. 가는 중간에 보이는 풍경들은 마치 동화 속에 들어온 것처럼 온통 녹색이었다.

뉴질랜드의 자연은 축복 받았다. 그 자연을 오염시키는 사람조차 드문 이 나라는 자연이 보호될 수밖에 없을 것처럼 보였다. 물론 그 아름다운 자연 덕분에 그들은 지금의 여유로운 생활을 영위할 수 있을 것이었지만 난 그 자연만을 만끽하기엔 지갑이 점점 가벼워져 가고 있음을 심각하게 생각하기 시작했다.

타우포에 도착해서 강가에 앉아 점심과 커피를 한잔 하면서 잠시 앞길을 생각했다. 조금 더 차를 밟기로 했다. 아직 타우포도 겨울을 벗어나지 못한 쌀쌀한 겨울바람이 불었기 때문이다. 타우포의 강가의 바람은 정말 매섭도록 차가운 것이어서 커피 한잔에 손을 겨우 녹이니 이곳보다는 조금 더 따뜻한 남쪽나라가 그리워졌다. 이왕 여기까지 온 거 내피어까지 내려가기로 했다. 엑셀을 다시 밟았다.

몇 시간의 운전으로 내피어에는 해가 지기 직전에야 도착할 수 있었다. 파도소리가 들려왔다. 틀어져 있던 라디오를 끄고 도로를 달렸다. 그 어떤 음악보다 내 심장을 고요하게 만들어주다가 쿵쾅거리게 만들어주는 파도 소리가 들려왔다. 끝없는 수평선에 반해 버렸다.

바다에서 제일 가까운 호스텔에 짐을 풀었다. 호스텔 매니저와 잠시 일에 대한 이야기를 해보았지만 이곳도 아직 겨울인지라 바쁜 시기는 아니라고 했다. 물론 그것도 중요했지만 그것보다도 난 이곳이 너무 마음에 들어버렸다. 그 순간 지갑의 가벼움 따위는 내 머리 속에 들어설 틈이 없었을 것이다. 파도소리를 듣는 순간 내 머리 속의 지우개로 아주 깨끗이 지워버렸다. 호스텔 앞에 있는 벤치에 앉아 담배를 피우며 듣는 파도소리는 나의 심장을 녹였고 잠결에 듣는 파도소리는 내 영혼을 씻어주는 것 같았으니까.

이력서를 몇 장 복사해서 주변의 레스토랑과 카페에 돌렸다. 내피어의 분위기는 상당히 깨끗하고 세련된 도시의 모습이었다. 여름이 되면 수많은 여행객들로 북적될 것이었다. 호스텔 매니저에게서 몇 가지 정보를 물으니 주변의 잡에이전시(일자리 소개소)와 카페들이 많은 곳을 지도에 표시해 준다.

마음을 조금 가라앉히고 여행의 여독이 풀리면 슬슬 살아가기 위한 준비들을 해야 할 것이었다.내피어의 해변에 앉으니 파도소리가 나를 한없이 평화롭게 만들어 준다. 모래 해변이 아닌 자갈사장의 둥근 자갈들을 보고 있노라니 내 모난 성격을 더욱더 모나게 보이게 한다.

그동안의 나의 생활들을 되돌아봤다. 결코 적지 않은 29살이라는 나이를 먹어오면서 느끼던 생각들이 파도처럼 왔다가 바람처럼 쓸려간다. 아 옛날이여 결국 다시 내가 왜 이곳에 있는지를 생각해내려 애를 썼다.

결국은 다시 파도소리에 귀를 기울이고 자갈밭에 누워 하늘을 올려다봤다. 누워있는 나의 뺨을 부딪치는 바람은 아직도 겨울의 기운이 남아 있지만 햇살은 서서히 봄에 자리를 내어주고 있음을 느낄 수 있었다.

그렇게 잡 에이전시(일자리 소개소)와 몇 개의 레스토랑에 이력서를 뿌리고서 하염없이 시간을 보냈다.

그날도 여전히 호스텔에 돌아와 바다를 바라보며 기타를 쳤다. 책을 읽고 엠피쓰리로 존 레논의 'Imagine'을 들으면서 자갈밭에서 낮잠을 잠시 즐겼다. 배가 고파져 오후에 간단하게 샌드위치를 만들어 커피와 함께 마시려고 베란다 벤치에 앉았을 때 전화가 왔다.

트레시다. 5년 전에 사과 농장에서 만났던 트레시와는 그동안 몇 백 통의 메일로 연락을 해왔다. 한국에서도 가끔 전화통화를 하곤 했지만 뉴질랜드에서 듣는 그녀의 목소리는 또 다른 힘이 되어준다. 시드니에서 군 생활을 하고 있는 트레시가 뉴질랜드에 온단다. 잠시 생각했다. 그리고 결정했다. 다시 오클랜드 행이었다.

그날 저녁 호스텔 매니저와 잠시 이야기를 나눴다. 다시 온다고 하니 웃으며 그렇게 떠난 사람들 중에 다시 온 사람은 한명도 없었다고 말이다. 그날도 역시 메니가 내려준 커피 한잔을 들고 우리는 한동안 말없이 바다를 보며 담배 한대를 피웠다. 다음날 아침 일찍 배낭을 차에 싣고서 오클랜드로 향했다

오후에 도착하는 트레시를 마중 나가기 위해서 수많은 생각을 하면서 내려왔던 길을 설레는 마음으로 엑셀을 밟았다 다시 타우포를 지나 해밀턴 그리고 드디어 오클랜드에 입성했다.

공항에서 잠시 기다리니 선글라스를 낀 트레시와 친구가 보인다. 5년 전 그대로다. 조금 어른스러워진 건가? 더 이상 생각할 겨를도 없이 우리는 서로에게 다가가 포옹을 하고 등을 토닥였다.

내가 오클랜드에 있을 때 묵었던 호스텔(여행자 숙소)에 체크인을 했다. 그렇게 셋의 여행은 시작되었다. 시내에 돌아다니다가 비치 주변의 레스토랑에서 간단하게 저녁식사와 와인을 마시고 호스텔에 잠시 돌아와 앉아 있으니 전에 머물 때 만났던 친구들이 반갑게 인사를 한다.

역시 그날도 다들 나이트클럽에 갈려고 준비 중이어서 우리도 함께 따라나섰다. 역시 오클랜드 같은 대도시에서는 나이트클럽에서 노는 게 제일이다. 글로브 바에는 평소처럼 백패커들로 북적이고 있었다. 무슨 프로모션이라도 있었는지 몰라도 다들 들뜬 표정에 그들은 무엇인가를 기다리고 있는 표정이었다.

나와 트레시는 오랜만에 단둘이 자리에 앉아 그동안의 이야기를 했다. 쿵쾅거리는 음악과 은은한 조명들로 가득 채워진 클럽의 공간에서 메일이 아닌 실제로 귀에 대고 우리는 몇 년 만에 대화를 하고 있었다. 트레시의 친구는 처음 보는 친구들과 잘도 어울리고 있었다.

스테이지에는 이미 술이 취한 배낭여행자들의 누드 댄스경연대회가 열리고 있었고 실제로 몇 명인가는 손바닥으로 낭심을 가리고 어색한 춤을 쳐대는 친구도 있었으며 그 상태로 봉을 잡고 물구나무를 서기도 했다. 난 어이없는 웃음을 지었고 트레시는 못 볼 것 봤다는 표정과 트레시의 친구는 조그만 그의 물건을 보고 박장대소하며 비웃고 있었다. 그리고 조금 알딸딸한 기분이 되어 호스텔로 돌아왔다.

그때까지도 그냥 멍한 기분이었다. 트레시가 내 허리를 감쌌을 때야 비로소 깨달았다. 이친구와는 더 이상 친구가 되기가 힘들겠다고 친구이상의 감정을 느끼고 있었던 것이다.

다음날 차로 오클랜드 주변의 여행을 시작했다. 다시 해밀턴을 지나 로터루아에 몇 시간의 드라이브로 도착했다. 호스텔에 체크인을 하고 온천을 다녀왔다. 로터루아 여기저기에서 유황냄새가 진동하고 있었다. 유황냄새는 마치 시골 소똥냄새와 비슷한 역겨운 냄새를 풍겼다. 물론 나에게는 친근한 냄새였지만 다음날은 조브를 하러갔다. 트레시가 뉴질랜드에 오면서 가장 하고 싶었다는 조브는 뉴질랜드의 명물이었다. 잔디밭언덕에서 커다란 공 안에 들어가서 그냥 굴려지는 거다.

그 공 안에는 물을 채워 넣어서 굴려지기도 했다. 쌀쌀한 아침 기온에도 불구하고 트레시와 나는 물을 채우고 굴려지는 것을 선택했다. 그리고 굴려 졌다. 그냥 웃고 즐기는 세에 공은 언덕 꼭대기에서 순식간에 굴려졌다. 물에 흠뻑 젖어 트레시를 보니 뒤에서 또 다른 공에서 굴려지고 있었다. 물 채운 공 안에서 비디오카메라까지 찍었다. 활짝 웃는 트레시의 모습을 찍었다.

조브후 트레시와 함께, 뉴질랜드

아름다운 광경이었다. 자연도 아름다웠고 트레시의 미소도 아름다웠다. 내 마음은 쿵쾅대고 있었고 친구에게 친구이상 감정을 담고 있는 내 자신이 혼란스러워 지고 있었다.

그렇게 다시 오클랜드에 돌아왔다. 그리고 그날 저녁 펍에서 라이브 음악을 들으며 저녁을 먹었고 맥주를 마셨다. 이 남자 저 남자에게 눈길을 주던 친구 엘리샤는 자기에게 눈길을 주지 않는 다면서 토라져 있었다. 그런 엘리샤를 사이에 두고 우리는 그 동안의 이야기를 나눴다. 군인이 된 트레시는 벌써 삼 년차였다. 기간으로 따지면 나보다도 군 생활을 더한 셈이다. 곧 있으면 퍼스로 전근을 간단다. 퍼스와 프리맨틀이 그립다고 했더니 전에 함께 여행했던 프리맨틀의 피쉬엔 칩스가 먹고 싶어졌다.

한참 과거 일을 이야기 하다 곧 현실로 돌아왔다. 엘리샤는 급기야 짜증을 부리고 있었다. 그리고 돌아온 호스텔에서는 급기야 울기 시작했다. 엄마가 보고 싶단다. 그리고 다음날 비행기 표를 조정해서 떠나버렸다. 순식간이었다. 나중에 알고 보니 그녀의 취미는 남자 꼬시기였고 일이 뜻대로 안되니 생떼를 부리는 것이었다. 그리고 더더욱 그녀 인생에 호스텔은 처음이라는 둥 마치 본인의 인생에 있어 그곳에 머무는 것은 마치 한마디로 치욕적인 경험인 것처럼 말을 해대는 것이었다.

이런 이런 된장녀를 봤나 하는 말이 목구멍까지 쳐 올라왔지만 트레시를 생각해서 참았다. 어쨌든 다음날 그녀를 공항까지 태워다주고 우리는 오붓하게 여행을 하게 되었다. 뉴질랜드에 왜 그녀와 함께 왔냐고 묻자 대답이 가관이다. 혼자 오려고 했는데 트레시가 뉴질랜드 가는 거 알고 따라 왔다는 거다. 말릴 수는 없어서 그러자고 했는데 이렇게 될 줄 알았다는 것이다. 어쨌든 나에게는 하늘이 도우신 천우신조 같은 일이었다.

우선 차를 오클랜드 북쪽 왕가래이 쪽으로 가서 캠핑을 하기로 했다. 왕가래이 쪽은 경치가 조금은 실망스러웠지만 날은 봄기운이 완연했고 내 옆에는 나의 오랜 친구가 앉아 있었다. 시간이 어떻게 지나가는 지도 모를 정도로 빠르게 지나고 있었다. 그날 저녁 우리는 가까운 슈퍼에서 저녁 먹을거리와 술을 한잔 사들고서 텐트로 돌아왔다. 벌써 하루밖에 남지 않은 트레시와의 여행이 아쉬워지기 시작했다.

난 고민했다. 트레시에게 내가 가지고 있는 친구 이상의 감정을 말해야할지 아니면 그냥 지금처럼 좋은 친구로 남게 될지. 조심스럽게 트레시에게 말했다. 나의 감정을 그동안 너를 만나고 나서 바뀐 나의 마음들을 자세히 천천히 설명했다. 내 눈을 지그시 바라보면서 트레시는 생각을 하고 있는 듯했다. 아마 다시 친구로 돌아간대도 후회는 하지 않을 작정이었다. 그리고 흔쾌히 큰 미소로 화답하는 트레시. 우리는 그렇게 커플이 되었다. 커플이 되자마자 다시 멀리 떨어지겠지만 조만간 만날 있다는 희망으로 우리는 두 손을 꼭 잡았다. 다시 오클랜드로 돌아와서 트레시와 마지막 날을 호텔에서 보내기로 했다.

카지노에도 들르고 스카이시티 옥상에서 야경을 감상했다. 트레시를 공항에 데려다 주던 날 우리는 뜨겁게 포옹을 했다. 조만간 만나자는 약속과 함께 우리는 커플로서 포옹을 하고 키스를 했다. 난 다시 내피어로 돌아갈 작정이었다. 내가 가지고 있는 뉴질랜드 워킹비자를 활용하고 싶었다. 마음 같아서는 당장이라도 트레시와 함께 생활할 수 있는 호주로 가고 싶었지만 호주 세컨드 비자도 가지고 있었지만 조금 뒤에 활용할 예정이었기 때문이다.

그렇게 그날은 비가 많이 오고 바람이 세차게 불었다. 오후에 출발한 오클랜드는 비가 오기 시작했다. 타우포에 도착했을 때는 이미 강풍을 동반한 비가 앞을 제대로 못 볼 정도로 폭우가 쏟아지고 있었다. 해가 질시간도 아니건만 하늘은 이미 먹구름으로 사방이 캄캄했다. 라이트를 켜고서 천천히 엑셀을 밟았다. 라디오도 이미 청취권역에서 벗어나 지지직거려 끄고서 빗소리를 들으며 내피어를 향했다. 이곳을 벗어나면 과연 해가 떠있을 것인지 아니면 더욱더 막막한 앞길이 있을지 알 수 없지만 조심히 앞으로 나아갔다. 트레시도 아마 호주에 도착했겠지 하며 사무쳐져 오는 그리움을 겨우겨우 억누르고 있었다. 그렇게 내피어에 도착하니 하늘은 쾌청하게 맑아져있었다. 해가 뉘엿뉘엿 저물어 가고 있었다.

호스텔에 도착하니 매니저인 메니가 깜짝 놀라 반겨준다. 함께 있었던 미국인 친구들도 다들 한마디 한다. 다시 올 줄 몰랐다면서.

여행 중에 받았던 인터뷰를 다시 확인하고서 이제 일할 준비를 시작했다. 그렇게 바로 다음날 레스토랑 웨이터 트레이닝부터 시작했다. 처음 출근한 날 사람들이 죄다 나만 쳐다본다. 손님도 직원들도 아마 아시안을 처음 본 게 아닐까 하고 생각할 정도였다. 그렇게 가뿐하게 트레이닝을 마치고서 또 다른 트레이닝을 하러갔다. 이번에는 레스토랑 디저트 만드는 일이었다. 식당에서 하는 일이 마음이 편하긴 했다. 누구 신경 쓸 필요 없이 내 할일만 묵묵히 하면 되는 일이었기 때문이다.

그렇게 하루 잠시 일을 하고 나머지는 대부분 음악을 듣고 밤에는 미국인 친구 아담과 리브가 일하는 바에 가서 공짜 맥주를 마시고 집에 오면 트레시와의 통화를 했다. 하루하루는 정말 빠짐없이 24시간을 꼭꼭 채워 지나갔다. 하지만 난 그곳에서 보람을 찾지 못했다. 하루에 수십 통의 문자와 통화로도 트레시의 그리움을 잊지 못했다. 그렇게 한달 여를 훌쩍 보냈을 때 트레시가 퍼스로 전근을 가는데 함께 시드니에서 놀라보를 건너지 않겠냐는 제안을 한다. 거리 5000km 5년 전에 시도했다가 마지막에 차량전복 사건이 생각났다. 이번엔 김광석의 테이프도 없다. 그 기나긴 여행을 다시 시도하려고 생각하니 설렘보다는 두려움이 조금 생긴다.

하지만 트레시와 함께라면 무엇이 두려우랴. 마음을 정했다. 뉴질랜드 4개월 만에 호주에 건너가기로 했다. 원래의 계획은 뉴질랜드에 1년 호주 1년 그리고 호주에서의 사업이 목적이었다.

그때까지도 구체적인 사업계획 따위는 없었지만 퇴사하기 직전에 받아놓은 대출을 이용해 무엇인가를 벌일 작정이었던 것이다. 차를 팔려고 내놓았지만 여행자가 얼마 없는 이곳에서의 반응은 시큰둥했다. 아마도 조금 큰 도시로 향해야만 할 것 같았다. 그런 나의 마음을 미국인 친구 아담과 리브에게 말하니 심각한 표정을 하며 조금 더 놀다 가란다.

그동안 이친구들과도 정이 많이 쌓였다. 쉬는 날이면 와파타키 비치에 가서 축구를 하기도 하고 수영도 하고 등산도 하면서 둘도 없는 친구들이 되어갔다. 이곳에서도 멋진 친구들을 많이 만들었다. 호스텔의 유일한 여자인 일본인 여행자 치하루, 미국인 아담과 리브 호스텔 매니저 메니와 또다시 헤어져야 했다. 그렇게 우리는 성대한 파티를 했다. 있는 돈을 털어서 많은 코로나와 먹을거리들을 사서 오래간만의 파티를 즐겼다.

내피어 와파타키 비치에서

리브 아담

내피어 떠나는날

내피어 호스텔 친구들과

난 내일이면 웰링턴에 도착해서 차를 팔고 있을 것이었다. 다음날 느지막이 지독한 숙취에 일어나서 친구들과 포옹을 했다. 나의 다음 목적지를 향해서 정이든 친구들에게 이메일을 교환하고 새로운 곳으로 가야했다. 그렇게 정이 듬뿍 든 내피어를 떠나왔다.

웰링턴까지는 거의 하루가 꼬박 걸렸다. 엄청난 산을 하나 넘어왔다. 산 입구에 들어서다. 과연 내차가 이곳을 올라갈 수 있을지 의문이 들 정도로 경사와 커브가 심한 길이었다.

웰링턴은 바람이 엄청난 도시였다. 도착하자마자 호스텔을 돌며 내 차 전 단지를 호스텔게시판에 붙여놓았다. 당장 연락은 안 오지만 잠시 여행을 하고 있으면 연락이 오겠지 하며 시내 관광에 나섰다.

바람이 어찌나 거세게 불어대는지 몸을 제대로 가눌 수 조차 없었다. 이곳 은 아직 봄기운이라고는 눈곱만큼도 찾아볼 수 없어서 콧물 흘려가면서 시 내 관광을 하다 노트북을 들고 커피숍에 들어서서 인터넷을 하기 시작했다.

검색을 하다 본 시드니까지의 항공권 가격은 나를 유혹 하고 있었다. 지 금 당장이라도 결제를 하고 싶었다. 차를 빨리 팔아야만 했다. 그날 호스텔 예약을 취소하고 바로 오클랜드로 향하기로 했다. 언제나 그렇지만 계획 같 은 건 애초에 한국을 떠나면서부터 갖고 있지도 않았다. 아마도 10시간 이 상은 운전을 해야만 할 것이었다. 하지만 그런 건 문제꺼리도 되지 못했다. 뉴질랜드의 도로는 운전을 해도 해도 지치지 않고 질리지 않는 매력적인 자 연환경에 둘러싸인 도로였기 때문이었다.

웰링턴을 벗어나자 서서히 어두움이 깔리기 시작했다. 해변도로를 신나 게 달렸다. 다시는 올 일이 없겠지 하면서 종종 차를 세워가면서 사진을 찍 기도 했다. 그렇게 스스로 뉴질랜드와 헤어질 채비를 하고 있었던 것이다.

밤 10시가 넘어서야 오클랜드에 도착했다. 체크인도 안 되는 시간이라 그 냥 차에서 자기로 했다. 뉴질랜드 여행하면서 유난히도 차에서 잘 일이 많 았다. 트레시에게 차에서 잔다고 하니 정말 부러운 목소리로 자기도 차에서 자고 싶단다. 현실과 이상의 차이었다. 현실은 쪼그리고 앉아서 담요 하나 에 의지해 차창을 두들겨대는 빗소리를 자장가 삼아 자야하는 것이다.

다음날 새소리에 잠이 깨서 일어나 담배하나를 피우며 스트레칭을 하고

있으니 봉고차를 팔려고 하는 여행자와 사려고 하는 여행자가 왁자지껄 협
상중이다. 담배를 비벼 끄며 간단히 내 인사를 하고 얼마냐고 물어보니
8000불이란다. 물론 침대며 캠핑 부수 장비가 다 마련되어있어도 꽤 비싼
가격이다.

차 주인이 가고 사려는 여행자들을 데리고 내 차를 보여주니 시운전을 한
번 하잔다. 물론이다. 웰링턴에서 어제 도착한 따끈따끈한 차라고 소개를
하니 놀라워한다. 도요타 코로나 90년 식은 그렇게 내 이름에서 그 스위스
친구에게 넘어갔다.

우체국에서 명의 이전을 하고서 바로 현금을 챙겨 호스텔에 체크인을 하
고 시드니행 비행기 표를 예약했다. 트레시에게 전화해 시드니에 곧 도착한
다고 하니 제일 신나 한다.

원영 형에게 전화를 해 밥을 먹었다. 그리고 뉴질랜드와 그렇게 안녕을
외쳤다. 뉴질랜드는 어찌된 영문인지 일보다도 여행이 우선이었다. 그들의
자연이 나의 긴장감을 완전 무장 해제 시켜 버렸는지도 모를 일이다.

그렇게 4개월간의 짧은 워킹생활을 정리했다. 호주에 나의 여자 친구가
기다리고 있는 것이다.

그동안 내 인생을 살아오면서 대부분은 이성의 판단에 의지했다. 이번처
럼 이렇게 감정의 판단이 앞서기는 처음이 아닌가 싶었다. 뭐 그동안의 여
행도 이성에 의한 계획을 따른 건 아니었지만 어쨌든 뜨거운 가슴을 갖기로
했다. 그렇게 몇 시간의 비행으로 시드니에 도착했다. 5년 만에 밟은 시드니
공항은 어찌나 북적되는지 2시간 이상을 입국심사대에서 기다려야만 했다.

그렇게 밖에 나와서 핸드폰 심카드를 사서 바꿔 끼웠다. 트레시는 내가
나온 출구에서 200미터 떨어진 엉뚱한 곳에서 목이 빠져라 나를 기다리고
있었다. 다시 뜨거운 포옹을 하고 우리는 다시 호주에서 옆에 서로를 지켜
줄 수 있는 진정한 커플이 되었다.

나의 두 번째 호주 워킹은 그렇게 시작되었다. 첫 해외배낭여행에서 이렇게 커다란 세계가 있음을 보여주었던 호주에서 첫 워킹홀리데이로 입성해 많은 친구를 사귀었고 나의 여행자금을 만들어준 이곳 호주.

　이번에는 과연 어떤 추억을 만들 것인가 하고 담배를 하나 꺼내 물었다. 나의 두 번째 호주 워킹홀리데이이자 내 인생의 다섯 번째 워킹홀리데이는 그렇게 시작되었다.

## | 에필로그 |

　회사를 그만두고 일본을 3개월 동안 여행하면서 그 동안 여행기를 정리하는 기분으로 자판을 두들겨 대기 시작했다. 10년이란 기간은 짧으면서도 내 인생의 1/3이라는 긴 시간이었다. 그 여행기가 점점 길어져 200쪽이 넘어가면서 책을 구상하기 시작했다.

　책을 만들었다는 기쁨보다 그 동안 여행에서 스쳐 지나갔던 인연들에게 감사할 수 있었던 기회였다고 생각한다. 글을 쓰다가도 문득 그 당시 만났던 사람들을 회상하기도 하고 연락이 끊어진 그들에게 다시 이메일이며 전화로 다시 연락을 하기도 했다.

　전화선 넘어 잠시간의 침묵은 오랜 시간이 지났음을 의미했지만 이내 그때의 기억을 불러내 금세 예전의 친구를 전화선 너머로 기억해 주는 것이었다. 대학생활을 하며 준비했던 워킹홀리데이 비자들. 4개국의 워홀 비자는 내게 그들의 문화를 글로 배우는 것이 아닌 그들의 사회의 일원이 되어 문화를 체험하고 새로운 세상을 경험하게 해주었다.

　현재 유럽의 여러 국가들과도 워킹홀리데이 비자가 체결이 진행 중이라고 한다(독일과 프랑스는 이미 체결 중). 아직 만 서른 전인 나의 가슴을 방망이질 치게 하는 뉴스다. 답답한 도서관에서 인재가 되려고 발버둥 치는 수많은 범재들에게 말하고 싶다.

　도서관에서 졸면서 꿈꾸는 거 그만하고 뛰쳐나와 땀 흘려 일하면서 여행하면서 꿈꿔보라고 승자의 주머니에는 꿈이 있고 패자의 주머니에는 욕심이 있다고 하지 않은가?